KB115172

# 레벨업 축구황제 3

리더A6 현대 판타지 소설

초판 1쇄 찍은 날 § 2021년 8월 27일
초판 1쇄 펴낸 날 § 2021년 9월 3일

지은이 § 리더A6
펴낸이 § 서경석

총괄팀장 § 노종아
편집책임 § 김범석
디자인 § 스튜디오 이너스

펴낸곳 § 도서출판 청어람
등록번호 § 제387-1999-000006호
등록일자 § 1999. 5. 31
어람번호 § 제1-3154호

주소 § 경기도 부천시 부일로 483번길 40 서경B/D 3F (우) 14640
전화 § 032-656-4452  팩스 § 032-656-4453
http://www.chungeoram.com
E-mail § chungeorambook@daum.net

ISBN 979-11-04-92378-4 04810
ISBN 979-11-04-92370-8 (세트)

청어람
도서출판

[레벨이 올랐습니다.]

FC BAYERN MÜNCHEN

as®

③

리더A6 현대 판타지 소설

# 레벨업 축구황제

MODERN FANTASTIC STORY

# 목차

*Chapter. 1*

국내 최대 포털사이트 네이바.

그곳의 스포츠 카테고리엔 이민혁에 관한 기사가 가득했다.

「바이에른 뮌헨, 챔피언스리그 8강 1차전에서 맨체스터 유나이티드 2 대 1로 제압! 이민혁은 1골 1어시스트 기록해!」

「해외 언론, 대한민국의 천재 이민혁에 대한 관심 집중!」

「떨지 않는 천재 이민혁, 베테랑 가득한 챔피언스리그에서 1골 1어시스트 터뜨려!」

「이민혁, 아르연 로번에게 개인 강습 받는다?」

「펩 과르디올라 감독, '이민혁은 월드클래스 선수가 될 재능을 가진 선수'라며 이민혁을 높게 평가해.」

수십 개의 기사가 생성됐고, 실시간으로 계속해서 추가되고 있었다.

이토록 관심이 집중되는 건 놀라운 일은 아니었다.

아시아의 선수가, 한국의 선수가 챔피언스리그에서 이토록 대단한 활약을 펼치는 건 거의 보기 힘든 일이었으니까.

이토록 뛰어난 유망주가 나오는 건 보기 힘든 일이었으니까.

또한, 이민혁을 걱정하던, 그리고 응원하던 한국 팬들은 학교에서도, 그리고 직장에서도 이민혁에 관한 이야기를 멈추지 않았다.

"어제 챔스 봤어? 이민혁 개쩔던데?"

"당연히 봤지! 아오! 새벽에 그 경기 보느라 오늘 지각한 거잖아. 근데 안 봤으면 평생 후회할 뻔했어. 와~! 이민혁이 그렇게 잘할 줄 누가 알았겠어?"

"흐흐! 진짜 국뽕 오지게 차오르더라. 아, 그리고 이민혁이 골 넣었을 때 너무 놀라서 소리 지르고 옆집에서 찾아올까 봐 쫄았는데, 옆집에서도 소리 지르더라."

"이민혁 걔는 진짜 조금만 더 잘 크면 월드클래스 소리 듣겠더라. 우리나라 윙어들이랑은 수준이 달라."

"인정. 재능이 다르더라. 특히 돌파가 엄청 시원시원하던데? 유럽 선수들한테 전혀 안 쫄고 할 거 다 하는 거 보고 반했다니까?"

"난 이민혁 팬 돼서 바로 유니폼 주문했어. 이번 주말에 조기축구 나갈 때 입고 갈 거야."

"어? 유니폼? 나도 살래!"

같은 시각, 일본과 중국에서도 이민혁의 활약상에 커다란 관심을 보였다.

먼저 일본은.


┗아아악! 한국인이 챔피언스리그에서 1골 1어시스트를 기록했어! 젠장! 가가와 신지는 어디서 뭘 하고 있는 거야?

┗가가와는 벤치에서 잠든 것 같던데?

┗이민혁이 가가와를 뛰어넘었다. 한국인인 건 마음에 안 들지만, 확실히 대단한 선수야.

┗개소리! 그래도 가가와 신지는 월드클래스라는 평가도 받았던 선수라고! 이민혁이 따라오려면 한참 멀었어!

┗슬프게도 일본은 맨체스터 유나이티드에서 벤치만 지키는 가가와 신지밖에 떠오르는 선수가 없구나…….

┗역시 아시아 최강은 한국인가……?


질투심과 좌절감을 드러내는 반응이 많았다.

중국의 반응도 크게 다르진 않았다.


┗이민혁은 아시아의 자랑이야. 이대로 성장한다면 아르연 로번처럼 성장할걸?

┗오늘 기분 잡쳤다. 중국의 축구는 쓰레기인데, 한국은 땅도 작은 나라에서 어떻게 저런 선수가 계속 나오는 거냐? 박지석, 손흥민 그리고 이민혁까지… 짜증 난다 정말……!

┗중국의 축구는 격투기나 다름이 없는데, 한국의 이민혁은 아

름다운 축구를 하네…….

　└이민혁 조상이 중국인이지 않을까? 분명 피가 조금은 섞였을 거야! 그게 아니라면 중국은 빨리 이민혁의 귀화를 추진해야 해.

　└박지석과 손훈민 이후로 한국이 또 부러워질 줄이야…….

　이처럼 한국을 질투하고 부러워하는 일본과 중국의 반응은 다음 날까지도 계속해서 이어졌다.

＊　　　　＊　　　　＊

　맨체스터 유나이티드와의 경기가 끝난 이후,

　이민혁은 주발인 오른발이 아닌, 왼발을 사용하는 훈련에 매진했다.

　물론 팀 훈련이 전부 끝난 뒤, 개인 훈련 시간에 따로 하는 훈련이었다.

　사실 왼발을 이용한 슈팅, 패스, 크로스, 드리블 연습은 이민혁이 원래부터 꾸준히 해 오던 훈련이지만, 큰 비중은 없었던 훈련이다.

　투자하는 시간에 비해 효율이 너무 떨어졌기 때문이었다.

　축구 실력이 빠르게 좋아지는 '축구 재능' 스킬을 보유하고 있음에도 왼발의 숙련도는 쉽게 높아지지 않았었다.

　그러나 이제는 상황이 달라졌다.

　'이젠 양발잡이 스킬이 있으니까.'

　레벨 60을 달성하고 받은 양발잡이 스킬.

[양발잡이]

유형: 패시브

효과: 양발을 모두 잘 쓰게 됩니다.

이걸 얻은 이후론 놀랍게도 왼발이 빠르게 익숙해졌다.

조금 과장하면 마치 원래부터 쓸 수 있었던 것처럼 느껴졌다.

이처럼 이민혁이 빠르게 왼발에 익숙해지자, 팀 동료들은 놀라움을 드러냈다.

"민혁! 네가 왼발을 원래 잘 썼나? 사용하는 걸 거의 못 봤던 것 같은데?"

"뭐지? 왼발 연습을 꾸준히 하는 걸 보긴 했지만… 이렇게나 잘 쓴다고?"

"저 정도면 거의 왼발잡이라고 해도 믿겠는데?"

왼발에 익숙해지자 많은 장점이 드러났다.

우선 연습경기에서의 득점력이 올라갔다.

수비수는 양발을 잘 쓰게 된 이민혁을 막을 때마다 더욱 어려움을 겪을 수밖에 없었고, 이민혁은 심리전에서 우위에 설 수 있게 됐기 때문이었다.

골키퍼도 마찬가지였다.

상대의 주발을 알면 슈팅 타이밍을 수월하게 잡을 수 있는데, 이민혁이 양발을 다 잘 쓰게 됐다는 걸 알게 된 이후론 슈팅 타이밍을 잡는 게 어려워졌다.

'어떤 발로도 슈팅을 때릴 수 있게 되니 축구가 한층 쉬워진

느낌이야.'

또, 드리블에도 도움이 됐다.

이전엔 오른발 위주로 드리블을 했다면, 이젠 왼발로도 드리블을 펼칠 수 있게 됐고, 볼 컨트롤과 방향 전환을 더 자유자재로 할 수 있게 됐다.

당연하게도 돌파 성공률도 높아졌다.

이민혁을 막는 상대로선 어느 쪽을 막아야 할지 결정을 내리기가 힘들어졌으니까.

지금도 그랬다.

철렁!

이민혁은 왼발로 슈팅을 때려 골 망을 흔들었다.

상대는 바이에른 뮌헨의 주전선수들로 구성된 A팀.

최근 주전 센터백으로 출전하는 하비 마르티네스는 이민혁의 슈팅을 방해하지 못했고, 마누엘 노이어 골키퍼도 슈팅 타이밍을 잡지 못하고 무기력하게 골을 허용했다.

그리고.

이 장면을 입을 떡 벌리고 바라보는 남자가 있었다.

'민혁… 당신은 도대체… 정체가 뭡니까?!'

펩 과르디올라 감독, 그는 이민혁을 보며 경악하고 있었다.

'분명 얼마 전까지만 해도 오른발잡이였지 않습니까? 왼발은 거의 쓰지도 않고, 잘 못쓰는 편이었잖아요……?'

자신은 세계 최고의 감독 중 하나라고 평가받는 사람이다.

재능이 뛰어나다는 선수들을 수없이 많이 봐왔고, 가르쳐 봤다.

그토록 경험이 풍부했는데도 이런 경우는 본 적이 없다.

이민혁처럼 하루아침에 양발잡이가 되어 버린 선수는 본 적도, 들어 본 적도 없다.

또한, 앞으로도 볼 수 있을 거란 생각도 들지 않았다.

허허!

펩 과르디올라 감독이 헛웃음을 터뜨렸다.

그는 지금, 즐거움을 느끼고 있었다.

'민혁, 도대체 나를 얼마나 더 놀라게 할 생각입니까?'

동시에 생각했다.

'당신이 어디까지 성장하게 될지, 그 끝을 저는 감히 상상할 수가 없네요. 그래, 어차피 끝을 모르는 거… 이왕이면 '그 친구'에 근접한 선수가 되었으면 좋겠습니다.'

그가 가르쳤던 선수 중 가장 뛰어났던 '그 선수'의 실력에 도달했으면 좋겠다고.

지금 이 순간.

펩 과르디올라 감독, 그의 머릿속엔 한 남자의 얼굴이 떠올랐다.

'당신의 놀라운 재능이라면… 어쩌면 몇 년 뒤엔… 리오넬 메시, 그 괴물에게 근접하게 될 수도 있지 않을까요?'

\*　　　\*　　　\*

바이에른 뮌헨은 계속해서 바쁜 일정을 보냈다.

당장 지금도 그랬다.

바이에른 뮌헨은 챔피언스리그 8강 1차전을 치른 지 겨우 3일 만에 아우크스부르크와의 원정경기를 치렀다.

펩 과르디올라 감독은 선수들의 체력과 건강을 위해 아직 몸 상태가 회복되지 않은, 이민혁을 포함한 여러 주전급 선수들에게 휴식을 부여했다.

감독으로서는 당연한 선택이자, 어쩔 수 없는 선택이었다.

다만, 이 선택이 좋지 않은 결과를 가져왔다.


「바이에른 뮌헨, 아우크스부르크에 패배하며 13/14시즌 리그 무패 기록 깨져!」

「무적처럼 보였던 바이에른 뮌헨, 리그 중위권인 아우크스부르크에 충격 패!」


이번 시즌에 리그 무패 우승이라는 대단한 기록을 세우는 것.

펩 과르디올라 감독도 그렇고 선수들도 욕심을 냈던 목표였다.

목표를 이룰 때까지 거의 다 온 상황이었다.

겨우 6개의 경기에서만 승리하면 분데스리가 무패 우승이라는 대단한 목표를 이룰 수 있었다.

그런 상황에서 당한 패배였다.

펩 과르디올라 감독과 바이에른 뮌헨 선수들이 진한 아쉬움을 느끼는 건 당연한 일이었다.

이전까진 분데스리가 우승이 확정됐고, 챔피언스리그 8강 1차전에서도 승리를 거뒀기에 분위기가 좋았지만.

아우크스부르크전에서의 패배 이후 바이에른 뮌헨의 팀 내 분위기는 급격히 침체됐다.

바이에른 뮌헨 선수들은 의욕이 떨어진 모습을 보였고, 훈련 때도 좋지 못한 움직임을 보였다.

선수들에겐 동기부여가 얼마나 기량에 영향을 끼치는지 다시 한번 깨닫는 시간이었다.

사태가 점점 심각해지는 걸 깨달은 펩 과르디올라 감독이 다급하게 나섰다.

선수들을 다독이고 동기를 부여해 주기 위해 최선을 다했다.

그러나, 팀의 분위기는 쉽게 나아지지 않았다.

엎친 데 덮친 격으로 이런 상황에서 맨체스터 유나이티드와의 챔피언스리그 8강 2차전 일정이 다가왔다.

'…너무 위험해.'

위기.

지금, 펩 과르디올라 감독의 머릿속에 떠오른 단어였다.

맨체스터 유나이티드와의 1차전은 잘 마쳤지만, 최근 선수단의 분위기로는 2차전에서 역전패를 당할 수도 있다는 생각이 들었다.

'그나마 희망은……'

스윽!

펩 과르디올라 감독의 시선이 한 선수에게로 향했다.

팀의 분위기가 침체되건 말건 전혀 신경도 쓰지 않고 묵묵히 훈련에만 집중하는 유일한 선수.

얼마 전부터 왼발을 자유자재로 쓰기 시작하며 실력이 더 좋아진 그 선수는 지금도 땀을 흘리며 훈련에만 몰두하고 있었다.

'민혁… 아무래도 당신이 분위기를 바꿔 줘야 할 것 같습니다.'

지금 이 순간, 이민혁을 바라보던 펩 과르디올라 감독은 다짐했다.

모든 훈련이 끝난 뒤, 그와 중요한 이야기를 나눌 미팅을 진행해야겠다고.

*　　　　*　　　　*

이틀 뒤.

바이에른 뮌헨 선수들은 맨체스터 유나이티드의 홈구장 올드 트래퍼드에 모습을 드러냈다.

챔피언스리그 8강 2차전을 치르기 위해 원정을 온 것이다.

선발로 나서게 된 선수들과 벤치에 앉게 된 선수들 모두 경기장에서 패스를 주고받고, 슈팅 연습을 하며 몸을 풀었다.

바이에른 뮌헨은 경기가 시작되기 전에 주어지는 몸풀기 시간을 철저히 이용했다.

다만, 아직도 선수들의 눈빛은 좋지 못했다. 분위기 역시 좋지 않았다.

경기가 시작될 시간은 빠르게 다가왔다.

후보에 속한 선수들은 벤치에 앉았고, 선발로 나서게 된 선수들은 경기장 안으로 입장했다.

—양 팀 선수들이 입장하고 있습니다!

해설들은 선발로 나서게 된 선수들의 이름을 읊기 시작했다.
그리고.
그중엔 이민혁의 이름도 있었다.

—대한민국의 이민혁 선수가 맨체스터 유나이티드와의 챔피언
스리그 8강 2차전에 선발로 출전합니다!

'신기하네.'
이민혁이 주변을 둘러보며 미소를 지었다.
몇 년 전만 해도 올드 트래퍼드에서 축구를 하는 건 상상도
하지 못했던 일이다. 그저 대한민국의 레전드 박지석 선수가 뛰
던 걸 TV로만 봤을 뿐이었다.
그런데 지금은 경기장에 직접 들어왔다.
게다가 선발로 출전하게 됐다. 챔피언스리그 8강에 선발이라
니!
이 사실을 처음 펩 과르디올라 감독에게 들었을 땐 제자리에
서 점프를 했을 정도로 좋아했었다.
좋아할 수밖에 없었다.
챔피언스리그에 선발로 출전했다는 명예 때문은 아니었다.

[퀘스트를 완료하셨습니다!]
[퀘스트 내용: UEFA 챔피언스리그 8강 2차전에 선발로 출전하

세요.]

[보상으로 경험치가 대폭 증가합니다.]


[퀘스트를 완료하셨……]

…….


경기장에 들어온 순간부터 눈앞에 떠오르고 있는 메시지들.

그게 바로 이민혁이 좋아할 수밖에 없었던 진짜 이유였다.

"역시 선발은 경험치를 더 많이 주네."

이민혁은 눈앞에 떠오른 메시지들을 보며 씨익 웃었다.

선발, 그것도 챔피언스리그에서의 선발 출전은 확실히 많은 경험치를 줬다.

레벨도 하나 올랐다.

물론 지금 오른 경험치만으로 레벨이 오른 건 아니다.

훈련 때 꾸준히 쌓아 왔던 경험치와 지금의 경험치가 쌓여서 레벨이 오른 것이다. 물론, 지금 받은 경험치가 대부분의 역할을 하긴 했다.

'우선……'

이민혁은 상태 창을 띄웠다.


[이민혁]

레벨: 61

나이: 20세(만 18세)

키: 182㎝

몸무게: 75㎏

주발: 양발

[체력 72], [슈팅 80], [태클 54], [민첩 80], [패스 71]

[탈압박 76], [드리블 90], [몸싸움 63], [헤딩 61], [속도 85]

스킬: [예리한 슈팅], [예리한 패스], [축구 재능], [바디 밸런스], [강인한 신체], [양발잡이]

스탯 포인트: 2


먼저 눈에 띈 건 쭉 늘어선 능력치들이었다.

이젠 제법 높다고 말할 수 있게 된 능력치들을 볼 때마다 기분이 좋아졌다.

아직 부족한 능력치도 있지만, 그래도 많이 보완했다.

특히 최근 레벨이 60이 되면서 얻은 스탯 포인트를 투자해, 패스 능력치도 70을 넘겼다.

71이 된 패스 능력치는 훈련 때 확실히 달라진 느낌을 줬다.

'마음 같아서는 패스 능력치를 더 올리고 싶지만… 참아야지.'

패스뿐만 아니라 올리고 싶은 능력치는 여전히 많았다.

속도랑 민첩 능력치도 한참이나 더 올리고 싶었다. 지금도 빠른 편이지만, 로번보단 느리다. 이민혁은 로번보다 더 빨라지고 싶었다.

'속도 능력치가 95 정도 되면 비슷해지려나?'

쓰읍! 이민혁은 입맛을 다시며 속도 능력치에서 눈을 뗐다.

다음으로 본 건 슈팅 능력치였다. 슈팅 역시 욕심이 났다.

지금도 충분히 괜찮은 슈팅력과 정확도를 보유했고, 꾸준한 연습으로 점점 더 좋아지고 있지만, 전혀 만족스럽지 않았다.

팀 동료인 토니 크로스의 슈팅 능력에 비하면 한참이나 부족했으니까.

'슈팅 능력치를 90 정도로 만들고 연습을 엄청 하면 토니 크로스랑 비슷해질지도⋯⋯.'

생각은 여기까지. 이민혁은 애초에 올리려고 했던 능력치를 바라봤다.

그 능력치엔 63이라는 낮은 숫자가 적혀 있었다.

'몸싸움 능력치를 너무 많이 미뤄 두긴 했어.'

다른 능력치들이 더 급하다는 이유로.

쉽게 넘어지지 않고, 넘어져도 금방 일어날 수 있는 효과를 가진 '바디 밸런스' 스킬이 있다는 이유로 미뤄 뒀었다.

'확실히 바디 밸런스 스킬은 몸싸움에서나 밸런스를 잡는 데 큰 도움이 되긴 해. 그래도⋯⋯.'

부족했다.

아무리 스킬의 도움을 받아도 현재 이민혁의 몸싸움 능력치는 63.

이 정도 능력치론 스킬의 도움을 받아도 유럽 선수와의 싸움에서 버티는 게 힘들었다.

물론 스탯 포인트를 투자하지 않은 대신, 웨이트 트레이닝과 밸런스 훈련에 많은 시간을 투자하고 있지만. 그래도 부족함이 느껴지는 건 어쩔 수 없다.

능력치 자체가 낮으니, 훈련만으로는 커버할 수 없었다.

'지금까지 미룬 것도 많이 미룬 거야. 이제 더는 미루면

안 돼.'

그래서 이민혁은 스탯 포인트를 몸싸움에 투자했다.

[스탯 포인트 2를 사용하셨습니다.]
[몸싸움 능력치가 2 상승합니다.]
[현재 몸싸움 능력치는 65입니다.]

'앞으로도 몸싸움엔 꾸준히 투자를 해야겠어.'

다음으로 눈에 띈 건 특성들이었다. 특히, 양발잡이 특성이 가장 눈에 띄었다.

'이건 정말 미쳤지.'

레벨 60이 되었을 때 얻은 양발잡이.

이 스킬에 대한 효과는 충분히 느끼고 있었다.

이제 실전에서 느껴 볼 일만 남았다.

'그나저나… 이 양반들은 언제 기운을 차리려나?'

이민혁이 주변을 둘러보며 혀를 찼다.

그토록 강인하던 동료들의 눈빛이 지금은 병든 닭처럼 보였다.

동기부여가 전혀 되지 않고 있는 모습. 실망스럽다기보다는 안타까웠다.

'리그 무패 우승을 그토록 바라던 사람들이었고, 거의 다 이뤘다고 생각했으니까 더 힘이 빠지겠지.'

심지어 그토록 열정적인 아르연 로번과 주장인 필립 람마저도 기운이 빠진 모습을 보였다. 이민혁의 눈에도 이건 심각한 상황이었다.

바이에른 뮌헨 구단에서도 이 문제를 심각하게 바라봤다.

'감독님도 걱정을 많이 하시던데……'

얼마 전에 있었던 펩 과르디올라 감독과의 대화가 떠올랐다.

'이민혁 선수도 이미 느끼고 있을 테니, 편하게 얘기할게요. 최근 팀의 분위기가 좋지 않다는 걸 알고 계시죠? 아우크스부르크 전의 패배로 동기부여가 되지 않고 있기 때문이죠.'

'예, 알고 있습니다.'

'선수들의 멘탈은 경기력에 큰 영향을 끼칩니다. 멘탈이 좋지 않다면 경기력은 크게 떨어지게 되죠. 그게 세계적인 선수들이라고 할지라도요.'

'……'

'아마 이민혁 선수는 제가 왜 미팅을 하자고 했는지 궁금하시겠죠?'

'…예.'

'이민혁 선수에게는 정말 미안한 일이지만, 부탁을 드리려고 불렀어요.'

'부탁이요? 무슨 부탁을……?'

'팀에서 가장 어린 이민혁 선수에게 이런 부탁은 해선 안 되는 것이기는 한데… 휴우! 1군 선수 중에 현재 멘탈적으로 건강한 사람이 이민혁 선수밖에 없습니다. 이민혁 선수는 팀이 목표를 이루지 못했음에도 멘탈에 전혀 타격이 없는 것처럼 강해 보이거든요. 그렇지 않나요?'

'그거야 뭐… 아픈 경험에서도 얻는 게 있으니까요. 또, 팀이

리그 무패 우승을 하진 못하게 됐지만, 그래도 우승은 확정됐으니 충분히 잘했다는 생각도 들고요. 개인적으로는 배운 게 많은 시간이었고, 앞으로도 배울 게 많으니 실망할 필요가 없다고 생각했어요.'

'바로 그런 점 때문에 제가 이민혁 선수를 부른 겁니다. 제가 드릴 부탁은 다음과 같습니다. 맨체스터 유나이티드전에서 선수들의 약해진 정신을 일깨워 주세요.'

'…예?'

당시, 이민혁은 황당한 감정을 느꼈다.

말 같지도 않은 소리라고 생각했다.

팀의 막내급에 속하는 자신에게 뭘 어쩌라는 말인가? 베테랑 선수들 앞에서 훈계라도 하라는 말인가?

이민혁은 당연히 펩 과르디올라 감독의 부탁을 거절했다.

할 수 없는 일을 맡을 생각은 없었다.

그러나.

이어진 펩 과르디올라 감독의 말에 결국 고개를 끄덕일 수밖에 없었다.

'팀에서 가장 어린 선수이기에 할 수 있는 일입니다. 어리기에 나이가 많은 선수들에게 충격을 줄 수 있죠. 또, 이민혁 선수는 현재 팀 내에서 실력으로 인정을 받고 있어요. 훈련 때도 모범이 되는 선수고요. 이건 다른 선수가 할 수 없는 일입니다. 감독인 저도 마찬가지고요. 부탁합니다. 만약 이대로 아무것도 하지 않는다면… 바이에른 뮌헨은 남은 일정에서 급격히 무너질 겁니다.'

이민혁은 팀이 무너지는 걸 원하지 않았다.

팀을 사랑해서? 아니다. 자신이 성장을 하기 위해서였다.

동료들이 잘해 주면 그만큼 공격포인트를 기록할 확률이 높아지고, 경험치를 얻을 확률도 높아질 테니까.

그래도 후회가 된다.

"아무리 생각해도 그냥 못 한다고 할 걸 그랬어."

펩 과르디올라 감독과 한 대화가 머릿속에 맴돌았다.

경기를 뛰는 건 부담이 안 되는데, 팀의 분위기를 바꾸는 건 너무 부담되는 일이다.

비슷한 일을 해 봤으면 모를까, 이민혁은 이런 일과는 거리가 먼 삶을 살아왔다.

심지어 남들 다 해 봤다는 반장, 부반장도 해 본 적이 없다.

축구부에서 주장직을 맡아 본 적도 없다.

리더십은커녕 혼자서라도 살아남기 위해 발버둥 치는 삶을 살아왔다.

"방법이라도 알려 주던가."

어떻게 분위기를 바꿔야 할까?

동기부여가 되지 않고 있는 선수들에게 어떻게 하면 긍정적인 충격을 줄 수 있을까?

"…모르겠다."

이민혁이 고개를 저었다.

모르는 걸 어찌하겠는가. 일단은 할 수 있는 걸 하는 게 먼저라는 생각이었다.

'축구나 잘하자. 리베리 대신에 들어왔으니 자릿값은 해야지.'

바이에른 뮌헨의 왼쪽 윙어 자리.

아직은 이 자리가 자신의 것이라는 생각은 들지 않았다.

잠시 빌린 자리라는 생각이 더 컸다. 그럴 수밖에 없었다. 솔직히 아직은 리베리보다 실력이 많이 처졌으니까.

오늘도 프랑크 리베리 대신 출전할 수 있었던 건, 지난 1차전에서의 활약을 인정받았기 때문이었다.

또, 프랑크 리베리의 컨디션이 별로 좋지 않기도 했고.

어쨌든, 이민혁은 오늘 맨체스터 유나이티드를 상대로 좋은 모습을 보여야만 했다.

'그래야 경험치를 받으니까.'

스윽!

이민혁의 시선이 맨체스터 유나이티드 선수들에게로 향했다.

'살벌하네. 지난 경기에서 졌던 게 자극이 됐던 모양이야.'

아직 경기가 시작되지 않았음에도, 맨체스터 유나이티드 선수들은 이미 전투 태세에 들어간 것 같은 분위기를 하고 있었다.

이민혁은 알고 있었다.

저런 팀은 강할 수밖에 없다는 걸.

─바이에른 뮌헨과 맨체스터 유나이티드의 챔피언스리그 8강 2차전이 지금 시작합니다!

─1차전에서 패배한 맨체스터 유나이티드로서는 4강에 가려면 오늘은 꼭 승리해야 하는 상황인데요. 과연 어떤 경기를 보여 줄지 궁금하네요!

확실히 동기부여가 된 맨체스터 유나이티드는 강했다.

파트리스 에브라가 돌아왔다는 것도 맨체스터 유나이티드엔 큰 힘이 됐다.

반면, 바이에른 뮌헨의 전반전 경기력은 좋지 못했다.

패스는 부정확했고, 선수들은 1차전과는 다르게 적극적으로 뛰지도 않았다.


—오늘 바이에른 뮌헨의 움직임이 조금 이상한데요? 마치⋯ 의욕을 잃은 느낌입니다.

—이민혁 선수만 고군분투하는 느낌인데요?


오직 이민혁만이 1차전과 다를 것 없이 열심히 뛰었다.

아니, 그때보다 더 열심히 뛰었다. 상대의 공을 뺏기 위해 적극적으로 압박을 했고, 동료가 공을 잡으면 항상 주위를 맴돌며 패스를 받을 준비를 했다.

하지만 기세가 오른 맨체스터 유나이티드를 상대로 혼자 열심히 뛴다고 기회를 만들긴 어려웠다.

공을 뺏는 능력이 좋으면 모를까, 이민혁의 수비 능력치는 매우 낮았다.

오히려 좋은 기회를 만든 건 맨체스터 유나이티드였다.


—맨체스터 유나이티드가 코너킥을 얻어 냅니다!


전반 23분에 나온 맨체스터 유나이티드의 코너킥 상황.

키커가 바이에른 뮌헨의 페널티박스 안쪽으로 공을 높게 차 올렸고, 양 팀 선수들이 치열한 몸싸움을 펼치며 공중으로 몸을 띄웠다.

전방에서 역습을 준비하던 이민혁은 동료들이 공을 걷어 내 주길 바랐다.

'다들 조금만 집중해 줘요. 역습이 시작되면 어떻게든 좋은 장면을 만들어 볼 테니까.'

하지만 이민혁의 바람은 완전히 빗나갔다.

맨체스터 유나이티드는 코너킥 기회를 놓치지 않았다.

네마냐 비디치.

수비수임에도 대단한 헤딩 능력으로 많은 골을 넣는 선수.

그는 지금도 멋진 헤딩슛을 보여 주며 바이에른 뮌헨의 골 망을 흔들었다.


─고오오오오올! 네마냐 비디치입니다!

─맨체스터 유나이티드가 선제골을 넣으며 앞서가네요~! 오늘 맨체스터 유나이티드의 분위기가 심상치 않습니다! 반면에 바이에른 뮌헨의 수비수들은 조금 더 집중해야겠는데요?


선제골을 넣은 맨체스터 유나이티드는 얄미울 정도로 수비에 치중했다.

단순히 수비만 한 건 아니었다.

1차전에서 패배한 맨체스터 유나이티드가 4강에 오르려면 점수를 더 내야 하는 상황. 맨체스터 유나이티드는 공격을 하는 척, 적극적으로 라인을 올리는 척을 하며 바이에른 뮌헨의 압박을 유도했다.

바이에른 뮌헨의 체력을 소모시키는 전술이었고, 이는 제대로 먹혀들었다.

—오늘 맨체스터 유나이티드의 전술이 굉장히 좋은데요?

바이에른 뮌헨은 동점골을 넣기 위해 공격에 나섰지만, 맨체스터 유나이티드의 수비를 효과적으로 공략하진 못했다.

이민혁이 풀백으로 출전한 크리스 스몰링을 상대로 좋은 돌파를 선보이며 컷백 패스와 크로스를 연달아 보냈지만, 골로 연결되지는 않았다.

오늘 선발로 출전한 마리오 만주키치가 네마냐 비디치를 이겨내지 못했기 때문이었다.

바이에른 뮌헨은 점유율에선 계속 앞섰지만, 골은 넣지 못했다.

전반전이 종료될 때까지도.

삐이이이익!

—전반전이 종료됩니다! 라커 룸으로 향하는 펩 과르디올라 감독의 발걸음이 급해 보입니다!

바이에른 뮌헨의 라커 룸은 조용했다.

"……."

"……."

"……."

선수들은 고개를 푹 숙이고 있었다, 한숨을 쉬는 선수도 보였다. 아무도 분위기를 바꾸기 위해 나서지 않았다.

그나마 주장인 필립 람이 후반전엔 잘해 보자며 동료들을 다독였지만, 그의 목소리에도 힘은 느껴지지 않았다.

펩 과르디올라 감독만이 열정적으로 전술 판을 가리키며 지시를 내리고 있었다.

그때였다.

조용히 상황을 지켜보던 이민혁의 얼굴이 일그러졌다.

'다들 뭐 하는 거야, 정말?'

동료들의 실망스러운 모습을 보니, 짜증이 났다.

훈련에서 그러는 건 그나마 이해를 하려고 했다. 동기부여가 안 될 만한 일을 겪은 건 맞으니까.

그러나 이건 아니지 않은가.

지금은 훈련이 아니라 실전이다. 그것도 챔피언스리그 8강 2차전이라는 중요한 실전이다.

게다가 수많은 팬이 지켜보고 있다. 당장 이곳 올드 트래퍼드만 해도 응원을 하러 온 팬들이 상당히 많지 않았는가.

'궁상도 적당히 떨어야지!'

타앗!

이민혁이 자리를 박차고 일어났다.

원래라면 부담스러워서 나서지 않을 생각이었지만, 지금은 부담감 따윈 조금도 느껴지지 않았다.

이대론 열이 뻗쳐서 참을 수가 없었다.

"다들 적당히 하시죠?"

그 순간, 라커 룸의 모든 시선이 이민혁에게로 쏠렸다.

근처에 있던 피터가 옆에 서서 통역을 시작했다.

고개를 숙이고 있던 선수들과 한숨을 쉬던 선수들 모두 이민혁을 바라봤다.

이들의 얼굴엔 의아함이 담겨 있었다. 갑작스러운 상황에 황당함을 드러낸 선수도 있었다.

그럴 만도 했던 게, 이민혁은 평소에 나서는 성격이 아니었으니까.

더구나 지금은 팀이 경기에서 지고 있어서 기분도 안 좋은 상태였으니까.

그렇게 선수들의 시선이 집중된 순간.

이민혁이 다시 입을 열었다.

"당신들은 어떻게 생각할지 모르겠지만, 저는 이곳에 있는 게 꿈만 같아요. 바이에른 뮌헨 1군에서 뛰는 것… 그리고 챔피언스리그에 선발 출전 하는 것. 전부 꿈에서나 가능했던 일이었거든요. 저는 지금도 꿈을 이루고 있고, 너무 행복해요. 스스로가 자랑스럽고 매 순간이 즐거워요. 당연히 세계 최고 수준의 괴물들인 당신들과 함께 뛸 수 있다는 것도 제겐 놀라운 일이고, 영광스러운 일이에요. 또, 당신들과 함께 훈련하고 호흡하고 공을 주고받을 때마다 많은 걸 배우고 있어요. 그래서 바이에른 뮌헨 모두에게 늘 감사하게 생각해요. 그러나! 지금 여러분의 모습은… 정말 실망스러워요."

라커 룸에 있는 선수들은 아무도 입을 열지 않았다.

모두 입을 꽉 다물고 이민혁을 응시했다.

"시즌은 아직 끝나지 않았어요. 우리는 프로 축구선수잖아요? 시즌이 끝나기 전까지는 어떤 일이 있어도 최선을 다해야 하는 사람들이라고요. 물론 최근에 동기부여가 안 되는 건 이해합니다. 정말 아쉽게 리그 무패 우승을 놓쳤죠. 또, 리그 우승이 확정되며 더 이상 승점을 따는 게 큰 의미가 없어졌죠. 하지만! 그렇다고 해서 경기가 열린 당일까지도 멘탈을 못 잡는 건 프로답지 못한 것 아닌가요? 우리를 좋아해서 이 먼 곳까지 찾아와 준 팬 분들은 무슨 죄가 있어서 그런 모습을 봐야 하는 거죠? 제발… 당신들을 사랑하는 모두에게 최소한의 예의를 갖춰 주길 바랍니다."

이민혁의 말은 그걸로 끝이었다.

라커 룸에 있던 선수들은 후반전이 시작될 때까지 아무도 입을 열지 않았다. 이들 모두 생각에 잠긴 얼굴을 한 채, 조용히 시간을 보냈다.

벌컥!

라커 룸을 가장 먼저 빠져나온 이민혁이 크게 심호흡을 했다.

후읍! 후우우……! 얼굴이 터질 것처럼 뜨거웠다. 붉어진 얼굴은 쉽게 가라앉지 않았다.

'너무 나댔나?'

순간 열이 받아서 속에 있는 말들을 뱉어 버렸는데, 막상 뱉고 나니 조금… 아니, 많이 민망했다.

'에휴! 후회해서 뭐 하겠어. 이왕 질러 버린 거, 효과가 조금이라도 있었으면 좋겠다.'

이민혁은 바랐다.

부디 동료들이 조금이라도 멘탈을 잡기를.

맨체스터 유나이티드와의 경기에서 이겨서 많은 경험치를 받기를.

*　　　*　　　*

놀랍게도.

이민혁의 말은 효과가 있었다.

―바이에른 뮌헨이 적극적으로 압박을 시도합니다! 전반전과는 달라진 움직임이죠?

―그렇습니다. 전반전에는 이상할 정도로 무기력한 모습을 보여 줬는데, 후반전에 들어선 바이에른 뮌헨의 움직임이 확실히 좋아 졌습니다.

큰 효과는 아니었다.

전반전보다 조금 더 적극적으로 압박하고, 더 적극적으로 골을 노리기 시작했다는 것. 조금 더 수비에 집중하기 시작했다는 것.

그 정도였다.

그러나 이민혁은 이 정도면 충분하다고 생각했다.

바이에른 뮌헨이지 않은가.

'이 효과면 충분해. 바이언 양반들은 괴물들이니까.'

괴물들로 득실거리는 이 팀에서 이 정도 효과면 경기의 결과도 바꿀 수 있다고 생각했다.

이민혁의 생각은 틀리지 않았다.

바이에른 뮌헨은 후반 10분이 지나기도 전에 기회를 만들었다.

늘 그랬듯 오른쪽 윙어로 출전한 아르연 로번이 만든 기회였다.


─전반전엔 잠잠했던 아르연 로번이 후반전에 부활합니다! 역시 클래스가 있는 선수답게 엄청난 발기술이네요! 파트리스 에브라를 단숨에 제쳐 냅니다!

─로번! 계속 파고듭니다! 와~! 빨라도 너무 빠릅니다! 이런 선수는 아무리 파트리스 에브라라고 해도 잡을 수가 없습니다!


아르연 로번은 맨체스터 유나이티드의 측면을 박살 낸 것으로도 모자라, 페널티박스 안까지 파고들었다.

뛰어난 수비수인 네마냐 비디치가 앞을 가로막았지만, 아르연 로번은 전진을 멈추지 않았다.


─맨체스터 유나이티드! 위기입니다! 아르연 로번을 막아야 합니다!

─아르연 로번의 드리블이 제대로 살아났어요! 이 선수가 마음

먹고 드리블을 하면 막을 수 있는 선수는 몇 없죠!

맨체스터 유나이티드의 수비진엔 비상이 걸렸다.

상대는 아르연 로번이다. 세계 최고 수준의 윙어가 페널티박스 안을 파고든 건 심각한 일이었다. 자칫 잘못하면 골을 허용할 수도 있고, 반칙을 하면 퇴장과 함께 페널티킥을 내줄 수도 있는 상황이었다.

"집중해!"

맨체스터 유나이티드의 골키퍼, 다비드 데 헤아가 고함을 쳤다.

데 헤아의 고함을 들은 네마냐 비디치가 자세를 더욱 낮추고 아르연 로번의 움직임에 집중했다. 긴장을 놓을 수가 없었다. 아르연 로번의 드리블은 알고도 당하는 수준이었으니까.

'절대 놓치면 안 돼. 그리고 반칙을 해서도 안 돼. 최대한… 깔끔하게 막아야만 해.'

네마냐 비디치는 아르연 로번의 왼발에 집중했다.

로번은 왼발을 주로 쓰는 선수였고, 왼발을 막으면 돌파나 슈팅을 막기 수월해질 테니까.

전성기의 네마냐 비디치였다면, 로번을 충분히 막아 낼 수 있었을지도 모른다.

그러나, 지금의 비디치는 기량이 많이 떨어진 상태.

전성기를 맞은 아르연 로번을 막는 건 어려운 일이다. 전반전엔 필사적인 수비로 두 번이나 막아 냈지만, 이번엔 막지 못했다.

—아르연 로번이 네마냐 비디치까지 뚫어 냅니다! 로번을 아무도 막을 수가 없습니다!

아르연 로번은 침착했다.

다비드 데 헤아 골키퍼의 앞에서도 침착하게 슈팅 페인팅을 한 번 주며, 데 헤아의 중심을 흔들었다. 이후엔 반대편 골대 안으로 여유 있게 공을 밀어 넣었다.

—고오오오오올! 아르연 로번의 슈퍼플레이가 나왔습니다! 스코어는 이제 1 대 1 동점이 됩니다!

—아르연 로번이 결국 만들어 내네요! 역시 세계 최고 수준의 윙어답네요!

놀라운 플레이로 동점골은 넣은 아르연 로번.

그는 골을 넣자마자 세리머니를 생략하고 이민혁을 향해 달려왔다.

'응? 로번? 왜 나한테 오지?'

내가 어시스트를 한 것도 아닌데, 왜?

그렇게 생각하며 이민혁은 로번을 향해 엄지를 올렸다.

"축하해요, 로번. 방금 골 엄청 멋있었어요."

그때였다.

아르연 로번은 이민혁에게 어깨동무하며 작은 목소리로 말했다.

"민혁, 모범이 되진 못할망정 실망스러운 모습 보여 줘서 미안하다."

웅? 갑자기?

라커 룸에서의 일 때문인가?

그렇게 생각하며, 이민혁은 손사래를 쳤다.

"아, 저는……."

"고맙다. 네 덕에 정신을 조금 차렸어. 그리고 다른 친구들도 네 말을 듣고 난 뒤론 생각이 많아 보이더라."

"별로 대단한 말은 아니었는데… 좀 주제넘은 행동이었다는 생각도 들었고요."

"평소라면 그럴 수도 있지. 지금 1군에 있는 선수들은 실력만큼이나 자존심도 세니까. 하지만 최근엔 다들 자존심을 세울 자격이 없는 상태였어. 네 말, 틀린 거 하나도 없었다."

'도움이 됐다니… 다행이네.'

이민혁이 멋쩍게 웃었다.

로번의 말을 들으니, 민망하고 불편했던 마음이 조금은 나아졌다.

그리고, 로번의 말은 사실이었다.

바이에른 뮌헨 선수들은 이곳 올드 트래퍼드에서 시간이 지날수록 더 나아진 플레이를 펼쳤다.

그 결과.


—이민혁! 좋은 패스입니다! 고오오오올! 토마스 뮐러의 마무리! 바이에른 뮌헨이 역전골을 터뜨렸습니다!

─맨체스터 유나이티드가 이렇게 무너지나요? 분명 전반전까지만 해도 분위기가 좋았는데요~!

바이에른 뮌헨은 이민혁의 어시스트에 이은 토마스 뮐러의 골로 스코어를 2 대 1로 만들었다.

이후, 남은 시간 동안엔 맨체스터 유나이티드의 공격을 막아 냈고.

삐이이익!

─경기가 이대로 종료됩니다! 바이에른 뮌헨이 맨체스터 유나이티드를 챔피언스리그 8강 2차전에서도 꺾어 냈습니다!

─바이에른 뮌헨이 굉장히 고전했지만, 결국엔 승리를 가져왔네요.

마침내 힘들었던 경기 끝에 챔피언스리그 4강행을 확정 지었다.

\*          \*          \*

「바이에른 뮌헨, 챔피언스리그 8강에서 맨체스터 유나이티드 꺾고 4강 진출!」

맨체스터 유나이티드와의 챔피언스리그 8강 2차전이 끝난 이후.

바이에른 뮌헨의 팀 분위기는 전보다 나아졌다.

선수들은 훈련 때 웃음을 되찾았고, 집중력도 높아졌다. 신기하게도 이민혁에게 불만을 드러내는 선수도 없었다.

오히려 이민혁의 팀 내 입지는 이전보다 더 높아졌다.

패스가 오는 횟수도 많아졌고, 훈련 때도 말과 친근한 장난을 걸어 오는 선수들도 많아졌다.

'다행이야.'

이민혁은 오늘도 열심히 훈련하는 동료들을 보며 흐뭇하게 웃었다.

'이런 분위기면 남은 경기들도 잘 마무리할 수 있겠는데?'

다만, 좋은 일만 생긴 건 아니었다.

"민혁! 우리의 캡틴 필립 람이 훈련을 게을리하는데? 어서 네 리더십으로 시원하게 한마디 해 줘."

"으하핫! 이민혁이라면 필립 람에게도 큰 소리를 낼 수 있지!"

"민혁, 저기 펩 과르디올라 감독이 핸드폰을 보고 있는데? 아무리 감독님이라고 해도 신성한 훈련장에서 핸드폰을 보는 게 말이 돼? 빨리 혼내 줘."

틈날 때마다 장난을 치는 팀 내 베테랑 선수들 때문에 훈련 때마다 얼굴이 벌게졌으니까.

"아오! 그만 좀 놀리세요."

이후에도 이민혁은 동료들이 퍼지려고 할 때마다 민망함을 참고, 과감하게 할 말을 전부 뱉어 냈다.

이러한 이민혁의 행동이 도움이 됐는지는 모르겠지만, 바이에른 뮌헨은 다시 이전과 같은 분위기를 빠르게 되찾았다.

그리고 며칠 뒤.


「4월 13일, 바이에른 뮌헨 vs 도르트문트 맞붙어. 리그 1위와 2위 격돌! 승리하는 팀은 어디?」

「이민혁, 도르트문트전에 출전할까?」


바이에른 뮌헨은 현재 리그 2위인 보루시아 도르트문트를 만났다.

리그 1위와 2위의 경기였기에 분데스리가를 즐겨 보는 팬들에겐 놓치지 말아야 하는 빅 매치였다.

"오늘은 어느 팀이 이길지 도저히 예상이 안 되는데? 둘 다 너무 강팀이잖아."

"어느 팀이 이길지는 모르겠지만, 확실한 건 이 경기는 엄청 재밌을 거라는 거야. 리그 1위랑 2위의 대결이고, 두 팀 모두 리그의 다른 팀들보다 수준이 높으니까."

"그래도 난 도르트문트가 이길 것 같아. 요즘 도르트문트의 경기력이 제대로 물이 올랐거든. 반면에 바이에른 뮌헨은 최근 챔피언스리그 4강에 진출하긴 했지만, 아우크스부르크한테 졌잖아?"

"바이에른 뮌헨의 경기력이 시즌 전반기보다는 많이 떨어지긴 했지. 그래도 이 두 팀은 붙어 보기 전까지는 누가 이길지 쉽게 예상할 수 없어."

수준 높은 팀들의 승리를 예상할 수 없는 경기.

당연하게도 분데스리가 팬들은 경기장에, 그리고 TV 앞에 몰려들었다.

곧 경기가 시작될 시간이었다.

그리고 지금.

몸을 풀기 위해 경기장에 들어온 이민혁의 시선이 본능적으로 움직였다.

'저 사람이……'

184cm의 큰 키에 다부진 몸을 가진.

보루시아 도르트문트의 스트라이커이자, 현재 분데스리가 득점 1위를 달리고 있는 괴물.

로베르트 레반도프스키에게로.

'…그 유명한 레반도프스키구나.'

\*　　　　　\*　　　　　\*

현재 리그 2위를 달리고 있는 보루시아 도르트문트.

분데스리가 내에서도 손에 꼽힐 정도로 많은 인기를 가진 구단이다.

오늘 경기가 펼쳐질 도르트문트의 홈구장 지그날 이두나 파크. 지금 이곳에 가득한 관중들이 그 인기를 증명하고 있었다.

우와아아아!

바이에른 뮌헨을 부숴 버려!

우리가 진짜 분데스리가의 제왕이라는 걸 보여 주자고!

8만 명이 넘는 인원을 수용할 수 있는, 독일 최대의 경기장인 이곳엔 노란색 유니폼을 입은 관중들이 광적인 응원을 펼치고 있었다.

보는 것만으로도 압도될 것 같은 장면. 바이에른 뮌헨 선수들은 쓴웃음을 지으며 몸을 풀었다.

'대단하긴 하네.'

이민혁도 입을 살짝 벌리고 경기장을 한 바퀴 돌아봤다.

과연 독일에서 가장 큰 경기장을 가졌고, 가장 많은 인기를 가진 팀 중 하나답게 대단한 열기가 느껴졌다.

분데스리가에서 겪어 봤던 원정 경기장 중 가장 그 열기가 강한 건 물론이고, 맨체스터 유나이티드의 홈구장인 올드 트래퍼드에 갔을 때보다 더 강한 열기가 느껴졌다.

'도르트문트의 팬들이 열정적이라더니… 정확한 정보였어.'

이때, 이민혁의 시선이 도르트문트의 스트라이커 레반도프스키에게로 향했다.

레반도프스키는 반대편 골대 앞에서 슈팅 연습을 하고 있었다.

'그렇게 잘한다고 했지?'

로베르트 레반도프스키에 관한 이야기는 많이 들었다.

바이에른 뮌헨 동료들에게 들은 이야기였다.

한참 1군 선수들과 친해졌을 때, 이민혁은 어린 나이답게 궁금한 게 많았고. 동료들에게 여러 질문을 던졌었다.

그중엔 분데스리가의 공격수 중 누가 가장 잘하냐는 질문도 있었다.

놀라운 건, 동료들은 망설임 없이 한 선수의 이름을 뱉었다는 것이었다.

그게 바로 로베르트 레반도프스키였다.

'분데스리가에서 가장 잘하는 공격수? 당연히 로베르트 레반도프스키지.'

'레반이 가장 잘해. 내가 독일 대표팀에 있을 때 상대편으로 많이 만나 봤는데, 걘 진짜 괴물이야.'

'레반도프스키는 내가 본 공격수 중 가장 완벽했어.'

'음… 로베르트? 그래, 도르트문트의 로베르트 레반도프스키를 말하는 거야. 분데스리가 최고의 공격수라고 하면 걔밖에 안 떠올라. 아, 이렇게 말하니 마리오 만주키치한테 좀 미안해지네. 근데 어쩔 수가 없는 게, 나는 레반도프스키가 분데스리가에서만이 아니라 세계적으로 봐도 최고의 공격수라고 생각하거든.'

대답을 들었을 때, 이민혁은 놀랄 수밖에 없었다.

그가 질문을 던진 선수들이 누구던가.

프랑크 리베리, 아르연 로번, 토마스 뮐러, 바스티안 슈바인슈타이거, 마누엘 노이어와 같은 괴물들이었다.

이 괴물들의 입에서 '최고', '괴물'이라는 말이 나올 정도면 얼마나 잘한다는 건지 상상하기도 어려웠다.

그리고 지금.

이민혁은 몸을 풀고 있는 로베르트 레반도프스키에게서 눈을 떼지 못했다.

'레반도프스키 저 사람… 영상으로 봤을 때도 대단하긴 했어.

근데 영상만으론 실력을 완전히 파악할 수 없는 스타일이야.'

영상으로 봤던 로베르트 레반도프스키는 화려한 플레이를 많이 하지 않는다.

탄탄한 기본기를 위주로 스트라이커의 정석과도 같은 플레이를 한다. 때문에, 골을 넣을 때를 제외하면 그렇게 눈에 띄는 스타일은 아니다.

물론 아르연 로벤이나 프랑크 리베리와 같은 선수들에 비해서 그렇다는 거지만.

'화려하진 않지만, 스트라이커로서 필요한 모든 능력을 지닌 선수라고 했지?'

씨익!

지금 이 순간, 이민혁의 얼굴에 웃음이 번졌다.

'배울 게 많겠네.'

불안한 감정은 전혀 없다.

그냥 기쁠 뿐이었다. 저런 괴물의 플레이를 직접 보고 상대하는 건 자신의 성장에 큰 도움이 될 테니까.

\*        \*        \*

삐이이이익!

주심의 휘슬과 함께.

―드디어 바이에른 뮌헨과 도르트문트의 경기가 시작합니다!

─오늘 이민혁 선수가 출전한다는 소식에 많은 수의 한국 팬분들이 잠을 포기하셨을 것 같습니다! 그런데 현지에서의 예상으로는 이민혁 선수가 벤치에 앉고, 프랑크 리베리와 아르연 로번 조합이 선발로 나올 거라고 보지 않았습니까?

─예, 맞습니다. 선발 예상 라인업으론 그랬지만, 아무래도 펩 과르디올라 감독으로선 최근 무리한 일정을 소화한 아르연 로번에게 휴식을 주려고 한 것 같습니다. 또, 이민혁 선수가 꾸준히 좋은 폼을 보여 주고 있기도 하고요.

─정말 자랑스럽네요! 비록 상대가 너무나도 강한 도르트문트라고 하지만, 이민혁 선수는 챔피언스리그에서도 위축되지 않고 좋은 실력을 보여 준 선수거든요! 이민혁 선수가 오늘도 자신감 있는 플레이를 펼치길 바랍니다!


경기가 시작됐다.

양 팀 선수들이 기다렸다는 듯 뛰기 시작했다.

이민혁도 그랬다.

오늘 아르연 로번 대신 오른쪽 윙어로 선발 출전 한 그는 초반부터 활발하게 뛰어다니며 팀에 활기를 불어 넣었다.

오른쪽 윙어로 뛰게 된 건 아무런 불편함이 없었다.

이미 훈련 때 충분히 경험을 해 봤던 자리고, 양발잡이가 된 이후로는 더욱 편하게 느껴졌다.

'도르트문트… 빨리 붙어 보고 싶었는데, 드디어 붙게 됐네.'

이민혁의 입가엔 여전히 미소가 떠 있었다.

도르트문트는 너무나도 붙어 보고 싶었던 팀이다. 괴물과도 같은 바이에른 뮌헨 동료들이 승리를 확신하지 못하는 몇 안 되는 팀이었기 때문이다.

'도르트문트랑 붙으면 더 많이 이기긴 하지만, 질 때도 많다고 했었지? 좋아. 이 경기, 정말 재밌겠어.'

실력에 자신감이 생긴 이후부터는 강한 팀과 붙는 게 즐거워졌다.

어지간해선 긴장도 되지 않았다. 자신의 실력을 강팀에게 쏟아 내고 싶을 뿐이었다.

지금도 그랬다.

투욱! 휘익!

마리오 괴체가 찔러 준 공을 받은 이민혁이 몸을 돌리며 상대 선수 하나를 제쳐 냈다.

"헙!"

도르트문트의 미드필더 누리 샤힌이 놀란 얼굴로 헛바람을 들이켰다. 이민혁의 움직임을 순간적으로 완전히 놓쳐 버렸다.

"쉽게 놓아줄 것 같냐!"

누리 샤힌은 이민혁에게 거칠게 달라붙었다. 중앙 미드필더인 그는 쉽게 뚫려선 안 된다는 생각에 마음이 급해졌다.

그래서일까? 누리 샤힌은 생각했던 것보다 더 거칠게 이민혁을 밀어 버리고 말았다.

퍼억!

그리고.

'젠장……!'

기다렸다는 듯 앞으로 넘어지는 이민혁을 보며 인상을 찌푸렸다.

—주심이 반칙을 선언합니다! 이민혁 선수가 프리킥을 얻어 냅니다!

—이민혁 선수가 다치지 않았으면 좋겠는데요……? 아! 다행히 괜찮아 보입니다!

이민혁은 몸을 일으키곤 다리에 묻은 잔디를 털어 냈다. 동시에 반칙이 선언된 위치를 확인했다.

'위치가 나쁘지 않아. 이 정도면 직접 프리킥을 찰 수 있는 위치야.'

직접 프리킥으로 골을 노릴 수 있는 위치.

왼발로 차기에 아주 괜찮은 위치였다. 마침 바이에른 뮌헨엔 왼발 킥이 아주 좋은 선수가 있다.

아르연 로번 그리고 데이비드 알라바.

로번은 출전하지 않았으니 제외였고, 알라바가 프리킥을 준비했다.

이민혁도 욕심이 났지만, 차겠다고 나서진 않았다.

솔직히… 아직은 프리킥 실력이 좋지 않았으니까.

'하… 언젠가는 나도 프리킥 차고 만다.'

프리킥 연습의 비중을 더 높이겠다고 다짐하며, 이민혁은 도르트문트 선수들로 이뤄진 벽 주변에 섰다.

직접 프리킥을 차진 못하지만, 흘러나오는 공이라도 노릴 생각이었다.

―데이비드 알라바 선수면 직접 때리겠죠?

―예. 알라바는 왼발 슈팅에 자신이 있는 선수이기 때문에, 직접 때릴 것 같습니다.


이민혁은 알라바가 직접 슈팅을 할 거라는 걸 알고 있었다. 하지만 넣을 수 있을 거라고 확신하진 못했다.

훈련 때, 데이비드 알라바의 프리킥 성공률은 상당히 높다. 10번 차면 7~8번은 들어갈 정도로.

하지만 실전은 다르다. 난이도가 훨씬 높아진다.

실시간으로 고막을 때려 대는 관중들의 함성을 들어야 하고, 그로 인해 생기는 긴장감을 이겨 내고 슈팅을 때려야 하니까.

당연히 훈련 때만큼의 프리킥 능력을 보여 주긴 어렵다.

역시 지금도 그랬다.


―알라바! 때립니다! 아……!


알라바의 슈팅은 확실히 좋았다. 공은 골대 오른쪽 하단을 향해 쏘아졌다. 날카로운 슈팅이었다.

그러나 구석으로 향하진 않았다. 골키퍼가 방향을 예측하고 손을 뻗으면 닿는 거리였다.

도르트문트의 골키퍼 로만 바이덴펠러는 방향을 예측하는 것에 성공했고, 반응도 빨랐다.

퍼엉!

─로만 바이덴펠러가 막아 냅니다! 이야~! 엄청난 반응속도네요! 데이비드 알라바의 슈팅이 상당히 좋았는데 말이죠!

깔끔한 펀칭.

다만, 최고의 선방은 아니었다.

최고의 선방은 공을 깔끔하게 잡아 내는 것. 로만 바이덴펠러는 잡지 못해서 쳐 낸 것이었다. 더구나 공을 안전하게 쳐 내지도 못했다.

공은 페널티박스 바로 바깥 라인 쪽으로 날아갔고.

그곳엔 이민혁이 서 있었다.

'이건 내 거야.'

지금 이 순간, 이민혁은 신기한 경험을 했다.

허리 높이로 떨어지는 공이 느리게 보이는 것. 훈련 때 한두 번 경험해 봤던 그 느낌이었다. 그리고, 이런 느낌이 들 땐 좋은 슈팅을 때릴 수 있었다.

'침착하게……!'

이민혁은 양팔을 넓게 벌리고 중심을 잡았다. 이어서 왼쪽 다리를 들고 휘둘렀다. 너무 빠르지 않게, 그렇다고 너무 느리지도 않은 적당한 속도로.

날아오는 공을 때려 내는 발리슛.

정확한 임팩트를 주기 어려운 슈팅이지만, 이민혁은 침착하게 때린다면 좋은 슈팅을 만들어 낼 자신이 있었다.

정말 많은 연습을 했으니까.

매일 펼쳐지는 훈련 때마다 슈팅 연습을 빼먹은 적이 없었으니까.

퍼엉!

공이 발등에 걸린 느낌이 좋았다.

예리한 슈팅 스킬은?

아쉽게도 발동되지 않았다.

그러나, 이민혁은 확신했다.

이 슈팅은 골이 될 거라고.


─우오오오오오! 들어갔습니다! 이민혁이 도르트문트를 상대로 골을 터뜨렸습니다!

─굉장한 슈팅이 나왔네요! 이민혁! 정말 대단합니다! 골키퍼가 반응도 할 수 없었던 강력한 발리슛이었어요!


이곳은 도르트문트의 홈구장 지그날 이두나 파크.

분명 도르트문트의 홈이지만, 바이에른 뮌헨의 팬들이 보내는 함성이 경기장을 뒤엎었다.

전부 이민혁을 향한 함성이었다.

"하하!"

이민혁이 크게 웃음을 터뜨렸다.

온몸에서 느껴지는 짜릿함이 절로 웃음을 만들어 낸 것이다.

더구나, 지난 챔피언스리그에서 얻었던 경험치들과 방금 골로 받은 경험치들이 합쳐져 레벨도 올랐다.

[레벨이 올랐습니다!]

[스탯 포인트 2를 사용하셨습니다.]
[몸싸움 능력치가 2 상승합니다.]
[현재 몸싸움 능력치는 67입니다.]

스탯 포인트를 사용한 뒤, 이민혁은 웃음을 멈추고 고개를 갸 웃거렸다.

'스킬 없이도 이런 발리슛을 성공시킬 줄이야… 그것도 실전에 서.'

이민혁은 동료들의 축하를 받는 상황에서도 방금 넣은 골 장 면을 머릿속으로 복기했다.

놀라운 느낌이었다. 이유는 모르지만, 날아오는 공이 느려 보 였고 원하는 궤적으로 정확한 슈팅이 때려졌다.

'…컨디션이 좋은 건가? 방금 그 느낌은… 훈련 때 분명 겪어 본 것이긴 했지만, 실전에선 처음이야. 공을 때린 순간 무조건 골이 될 것 같은 느낌이……'

이때, 이민혁이 고개를 세차게 흔들었다.

잡념은 이 정도면 충분했다. 중요한 건 분데스리가 최강의 팀 중 하나인 도르트문트와의 경기에서 골을 넣었다는 것이다.

지금은 이 상황을 즐길 때였다.

＊　　　　＊　　　　＊

살다 보면 이상할 정도로 일이 잘 풀리는 날이 있다.

축구선수에게도 그런 날이 오곤 한다.

왠지 공이 올 것 같은 위치에 서 있으면 정말로 공이 오고, 슈팅을 때리면 때리는 족족 골이 되는 그런 날.

이민혁에게도 그런 날이 있었다.

―이민혁이 두 번째 골을 터뜨렸습니다! 보고도 믿기지 않는 골이네요! 잘하면 이번 시즌 분데스리가 최고의 골로 뽑힐 수도 있을 것 같은데요?

―대한민국의 이민혁이 도르트문트 킬러로 거듭나고 있습니다!

바로 오늘이었다.

*　　　　*　　　　*

도르트문트의 스트라이커 로베르트 레반도프스키는 확실히 축구를 잘했다.

바이에른 뮌헨 선수들이 괜히 분데스리가 최고의 스트라이커로 꼽은 게 아니라는 듯, 전반전이 진행되는 동안 계속해서 바이에른 뮌헨의 수비진을 위협했다.

페널티박스 근처에서의 퍼스트 터치, 몸싸움, 슈팅 모두가 위협적이었다.

레반도프스키는 결정력도 좋았다.

계속해서 바이에른 뮌헨의 수비진을 흔들어 놓더니 전반전

40분엔 기어코 골을 만들어 냈다.

누리 샤힌의 패스를 받자마자 몸을 돌려 때려 낸 슈팅이 그대로 바이에른 뮌헨의 골 망을 흔들어 놓은 것이다.

—로베르트 레반도프스키가 환상적인 골을 터뜨렸습니다! 이번 골로 레반도프스키는 분데스리가 득점왕에 한층 더 가까워졌습니다!

아름다운 턴에 이은 강력한 슈팅.

군더더기 없는 움직임이었고, 분명 입이 떡 벌어질 만한 골이었다.

하지만 레반도프스키는 좋아하지 못했다. 웃음기 없는 얼굴로 공을 주워서 중앙선을 향해 뛰었다.

멋진 골을 넣었음에도 기쁨과 여유는 조금도 느껴지지 않았다.

그럴 수밖에 없었다.

—로베르트 레반도프스키가 세리머니를 생략하네요. 아무래도 마음이 급한 것이겠죠?

—팀이 점수에서 밀리고 있기에 급해질 수밖에 없죠! 레반도프스키는 바이에른 뮌헨을 이기고 싶을 테니까요.

팀이 지고 있었으니까.

한 곡을 넣었음에도 아직 2 대 1로 밀리는 상황이었으니까.

로베르트 레반도프스키의 움직임은 확실히 빛났다. 바이에른 뮌헨의 수비수들을 계속해서 힘들게 했을 정도로.

다만, 오늘만큼은 이민혁의 활약이 더 빛났다.

─도르트문트로서는 오늘 이민혁 선수의 플레이가 너무나도 무섭게 느껴질 것 같습니다!

─다른 경기에서보다 컨디션이 훨씬 더 좋아 보이죠?

현재 스코어 2 대 1.

이민혁은 홀로 2골을 넣었다.

첫 번째는 발리슛이었다.

두 번째는 도르트문트의 수비 뒷공간을 침투하며 때려 낸 슈팅으로 만든 골이었다.

그리고 전반 45분이 된 지금.

이민혁은 세 번째 골을 노렸다.

─이민혁이 공을 받습니다! 도르트문트의 수비진은 긴장해야 합니다. 오늘 이민혁의 움직임은 심상치가 않거든요!

이민혁의 컨디션이 보통이 아니라는 건 이미 2골을 허용한 도르트문트 선수들도 뼈저리게 느끼고 있었다.

그래서 이민혁이 오른쪽 측면에서 공을 받자마자 2명의 선수가 압박해 왔다.

'2명이 나한테 붙는다고? 평소라면 그냥 패스하는 게 맞

는데…….'

2명이 압박을 해 오는 상황에서 뚫고 나간다는 건 어려운 일이다. 최정상급의 드리블 능력을 지닌 선수들도 성공할 때보다는 실패할 때가 더 많을 정도로.

이민혁은 그 사실을 잘 알고 있었다. 연습경기가 펼쳐질 때도 두 명에게 압박을 당할 땐 그냥 주변에 있는 동료한테 공을 넘기거나, 2 대 1 패스를 이용해 돌파를 시도하곤 했다.

그러나 지금은 그러고 싶지 않았다.

'이상하게 뚫어 낼 수 있을 것 같다는 말이지.'

근거 없는 자신감이었다.

일대일 돌파는 훈련 때와 이전의 경기들에서 많이 성공해 왔기에 확실한 자신감이 있지만, 2명을 상대로 하는 돌파 성공률은 그리 높지 않았으니까.

그래도, 지금은 왠지 될 것 같았다.

도르트문트의 미드필더 두 명을 상대로 이길 수 있을 것 같다는 자신감. 그 자신감과 함께 이민혁이 공을 툭툭 차며 전진했다.

공을 몰고 드리블을 하며 상체와 하체를 계속해서 흔들었다. 턱을 높이 든 채, 시선은 좌우를 계속해서 주시했다.

어떤 움직임을 취할지 전혀 예상하지 못하게끔 만드는 페인팅.

도르트문트의 미드필더 미키타리안과 누리 샤힌은 그런 이민혁에게 달려드는 걸 망설이지 않았다.

'어차피 우리는 2명이잖아? 내가 막지 못해도 누리 샤힌이 막

아 줄 거야.'

'미키타리안이랑 같이 막는데 설마 우리가 뚫리겠어?'

누리 샤힌과 미키타리안, 이 두 명의 미드필더는 이민혁만큼 이나 자신감 있게 행동했다.

먼저 미키타리안이 이민혁을 향해 다리를 뻗었다. 이어서 누리 샤힌이 이민혁에게 찰싹 달라붙었다. 한 명은 강한 압박을 해서 움직임을 방해하고, 다른 한 명이 공을 빼앗는 협력 수비.

여러 번 손발을 맞춰 온 누리 샤힌과 미키타리안이었고, 이들 은 이번에도 성공을 의심치 않았다.

그런데 이때.

이민혁이 공을 뒤로 빼며 미키타리안의 발을 피해 냈다. 동시 에 양발로 공을 잡고 상체를 앞으로 숙이며 뒤꿈치로 공을 툭 차올렸다.

휘익!

공은 앞을 가로막던 두 선수의 키를 넘겨 날아갔고, 이민혁은 이미 땅을 박차고 튀어 나갔다.

그 즉시, 경기장엔 함성이 터져 나왔다.

해설들도 잔뜩 흥분해서 음 이탈이 나는 목소리로 상황을 설 명했다.


ㅡ사, 사포입니다! 이민혁이 사포로 두 선수를 제쳐 냈습니다!


사포.

또는 레인보우 플릭이라고도 불리는 이 기술은 이민혁이 꾸준히 연습해 왔던 것 중 하나였고, 도르트문트의 선수 2명을 상대로 완벽하게 구사해 내는 것에 성공했다.

"……!"

"뭐?!"

그 움직임에 누리 샤힌과 미키타리안의 눈이 찢어질 듯 커졌다. 하지만 그것도 잠시, 이들은 터질 듯 붉어진 얼굴을 한 채 다급히 이민혁의 뒤를 쫓기 시작했다.

'이 자식! 절대 가만두지 않을 거야!'

'감히 나한테 레인보우 플릭을 써?!'

다른 기술도 아니고 사포였다.

당하는 선수에겐 알까기보다도 더 심한 굴욕감을 주는 최악의 기술!

더구나 이곳은 도르트문트의 홈구장이지 않은가.

많은 수의 팬들 앞에서 치욕스러운 일을 당했다는 사실에 누리 샤힌과 미키타리안은 분노했다.

하지만, 당장 할 수 있는 게 없었다.

―이민혁이 계속 전진합니다!

이민혁은 이들보다 더 빨랐으니까.

이미 도르트문트의 풀백 에릭 두름마저 뚫어 내 버렸으니까.

―이민혁이 스피드를 살린 드리블로 에릭 두름을 뚫어 냈습니

다! 양발을 자유자재로 쓰는 이민혁 선수를 막는 건 너무나도 어려운 일입니다!

 에릭 두름을 뚫어 낸 뒤, 이민혁은 굳이 중앙수비수인 마츠 홈멜스를 상대하지 않았다.
 그대로 슈팅을 때려 냈다.
 아르연 로번이 자주 보여 주는 오른쪽에서 왼쪽으로 각을 잡고 때리는 매크로 슈팅.
 이민혁은 그 움직임을 그대로 재현해 냈다.
 퍼어엉!
 발 안쪽으로 감아 찬 슈팅이 아름다운 궤적을 그리며 반대편 골대를 향해 날아갔다.
 지금 이 순간, 이민혁은 골을 확신했다.
 오늘은 경기가 이상할 정도로 잘 풀리는 날이었고.
 이번엔 메시지까지 떠올랐으니까.

[20% 확률로 '예리한 슈팅' 스킬 효과가 발동됩니다!]
[슈팅의 정확도가 대폭 상승합니다.]

 확신에 찬 공.
 그 공은 도르트문트의 골키퍼를 뚫고 골 망을 흔들었다.

 ─들어갔습니다! 이민혁이 해트트릭을 기록합니다!
 ─정말 자랑스럽습니다! 이민혁이 분데스리가에 데뷔한 이래 처

음으로 기록한 해트트릭이죠!

해트트릭은 한 경기에서 3개의 골을 넣는 것을 말한다.

당연히 하기 어렵다. 그래서 해트트릭을 한 선수들이 기뻐하는 것은 물론이고, 경기를 지켜보는 팬들도 크게 기뻐하곤 한다.

현재, 바이에른 뮌헨을 좋아하는, 그리고 이민혁을 좋아하는 현지 팬들의 반응도 뜨거웠다.

더불어 한국 팬들과 각종 해외 반응들 또한 뜨겁게 불타고 있었다.

ㄴㅋㅋㅋㅋㅋㅋ이민혁 뭐냐? 미친 무슨 사포로 2명 제치고, 수비수 하나 또 제치고 골 넣은 거 실화냐?ㅋㅋㅋ 해트트릭을 한 것도 놀라운데, 이런 골을 넣을 줄은 몰랐지;;;;

ㄴ후덜덜;;;;;; 손훈민이 도르트문트 킬러인 줄 알았는데, 알고 보니 이민혁이 진짜 도르트문트 킬러였네;;; 근데 이민혁 드리블은 진짜 독일에서도 최상급인 것 같음. 레인보우 플릭은 정말… 와… 전혀 예상 못 했음.

ㄴ꿀벌 군단은 앞으로 이민혁만 보면 경기를 일으킬 듯ㅋㅋㅋㅋㅋㅋ

ㄴ와……! 이민혁은 진짜 대박이다. 3명 뚫고 직접 골까지 넣는 건… 이야……!

ㄴ이 골은 리얼로 올해의 골로 뽑힐 수도 있겠는데?

ㄴ나 소름 돋았자너;;;;;

이처럼 한국 팬들은 대체로 크게 기뻐하며 놀랍다는 반응을 보였다.

반면, 일본의 경우엔 맨체스터 유나이티드전 때와 비슷한 반응을 보였다.

강렬히 시기하고, 질투했다.

ㄴ레인보우 플릭? 비매너 플레이 역겹다. 이민혁은 인성이 별로구만.

ㄴ한국인들은 성격이 별로야.

ㄴ일본인은 절대 저런 플레이를 하지 않지. 그라운드 위에서 불이익을 받아도 따지지도 못하는 민족이니까.

ㄴ인성이 별로여도 좋으니 이민혁 같은 선수가 일본에서도 나왔으면 좋겠다… 젠장! 왜 하필 한국인 거야?

ㄴ짜증 나게도 이민혁은 바이에른 뮌헨에서 완전히 자리를 잡았네.

ㄴ가가와 신지는 점점 자리를 잃어 가고 있는데 말이지.

ㄴ여기서 가가와 신지가 왜 나와? 너 한국인이냐? 한국인은 여기서 꺼져!

ㄴ이민혁 저 자식… 해트트릭이라니… 이건 너무하잖아?

ㄴ…한국에서 진짜 괴물이 나와 버렸군.

같은 시각.

한국 팬들과 독일 현지 팬들이 기뻐하는 것만큼, 이민혁도 기뻐하고 있었다.

"좋았어!'

다만, 그는 해트트릭을 기록한 것만으로 기뻐한 건 아니었다.

이민혁이 기뻐하는 진짜 이유는 남들과는 조금 달랐다.

[퀘스트를 완료하셨습니다!]
[퀘스트 내용: 분데스리가에서 첫 해트트릭을 기록하세요.]
[보상으로 경험치가 50% 증가합니다.]

[퀘스트를 완료하셨습니다!]
[퀘스트 내용: 현재 리그 2위인 강팀, 보루시아 도르트문트를 상대로 해트트릭을 기록하세요.]
[보상으로 경험치가 대폭 증가합니다.]

[퀘스트를 완료하셨습니다!]
[퀘스트 내용: 도르트문트와의 경기에서 3개의 공격포인트를 기록하세요.]
[보상으로 경험치가 대폭 증가합니다.]

[퀘스트를 완료하셨······]
······.

[레벨이 올랐습니다!]

상당히 많은 경험치를 얻게 되었다는 것과 단숨에 레벨이 올랐다는 것.

그 사실이 이민혁이 기쁨을 느끼는 진짜 이유였다.

'…경험치를 50%나 받을 수도 있는 거였어?'

기뻐하던 것도 잠시, 이민혁의 표정이 진지하게 변했다.

분데스리가에서 첫 해트트릭을 기록하라는 퀘스트의 보상은 놀라웠다.

무려 경험치 50%라는 보상!

즉, 대단한 기록을 세우거나 아주 좋은 활약을 펼친다면 더 빠르게 레벨을 올릴 수도 있다는 것 아닌가.

'앞으로 더 열심히 해야겠는데?'

활약에 따라서 50%라는 많은 경험치를 받을 수도 있다는 사실.

그 사실은 이민혁에겐 축구를 잘해야 한다는 확실한 동기부여가 됐다.

이후 2개의 스탯 포인트로 몸싸움 능력치를 올린 뒤, 다시 경기에 집중했다.

오늘처럼 경기가 잘 풀리는 경우는 드물었고, 또 언제 이런 날이 올지 모른다.

그래서 이민혁은 이번 경기에서 최대한 많은 걸 뽑아 먹을 생각이었다.

'꿀은 빨 수 있을 때 빨아 둬야지.'

　　　　　*　　　　　　*　　　　　　*


　이민혁이 해트트릭을 기록하며 3 대 1 스코어가 된 이후.

　전반전은 애초에 남은 시간이 얼마 되지 않았기에 금방 끝이
났다.


　—후반전이 시작됩니다! 그런데 양 팀 모두 교체 없이 후반전을
맞이하네요?

　—아무래도 바이에른 뮌헨으로선 분위기가 좋기에 굳이 교체
카드를 사용할 이유가 없겠죠. 반면 도르트문트는 분위기가 좋진
않지만, 교체 카드는 좀 더 신중하게 사용할 것으로 보입니다.


　바이에른 뮌헨은 후반전을 맞아 교체 카드를 사용하지 않았
고, 전술에 특별한 변화를 주지도 않았다.

　반면, 보루시아 도르트문트는 변화를 줬다.


　—도르트문트의 전술이 조금 바뀐 것 같죠? 전반전처럼은 당하
지 않겠다는 의도가 보입니다.


　전반전처럼 당하지 않겠다는 듯, 이민혁에 대한 경계심을 높
였다.

　누리 샤힌이 이민혁의 개인 마크 역할을 소화하기 시작했고,
팀 측면의 라인을 내리며 안정감을 높이려고 했다.

　더불어 도르트문트의 풀백 에릭 두름은 오버래핑을 거의 나

가지 않고 수비에만 집중했다.

측면만큼은 더 이상 뚫리지 않겠다는 의지가 보이는 변화.

오늘 미친 활약을 보여 주고 있는 이민혁에게 많은 신경을 쓴 변화.

이 변화로 인해, 후반전이 진행되는 동안 확실히 이민혁의 활약은 줄어들었다.

그러나, 결과적으론 도르트문트에게 좋지 않은 상황을 만들어냈다.

Chapter. 2

　─이민혁 선수가 집중적으로 견제를 당하고 있습니다! 아~! 방금은 너무 거칠게 이민혁 선수를 밀었죠! 심판이 반칙을 선언합니다!

　─어? 이게 구두 경고로 끝나나요? 방금 반칙은 카드가 주어질 만도 했는데요?

　이민혁은 답답함을 느꼈다.

　공이 없을 때도 누리 샤힌이 계속해서 끈적하게 붙어 있었고, 공을 잡았다 하면 여러 명이 동시에 달라붙었으니까.

　하지만, 그럼에도 이민혁은 웃을 수 있었다.

　자신이 답답해질수록 동료들이 편해진다는 걸 알고 있었으니까.

실제로 바이에른 뮌헨의 공격은 막힘없이 잘 풀리고 있었다.

오른쪽에 이민혁이 있다면, 왼쪽엔 세계 최고 수준의 윙어인 프랑크 리베리가 있다.

프랑크 리베리는 전반전부터 도르트문트의 풀백을 꾸준히 괴롭혔고, 후반전인 지금도 좋은 돌파와 크로스를 뿌리고 있었다.

더구나 중원엔 필립 람, 슈바인슈타이거, 마리오 괴체가 있다.

최고 수준의 기량을 가진 이 선수들이 이민혁 대신 공격을 풀어 나갔다.

—마리오 괴체! 좋은 돌파입니다! 아! 리베리에게 넘기네요! 리베리! 빠릅니다! 크로스!

—마리오 만주키치의 헤더! 으아~! 아쉽게 빗나갑니다! 비록 골로 연결되진 않았지만, 바이에른 뮌헨이 훌륭한 연계를 보여 줬습니다.

바이에른 뮌헨의 공격은 위협적이었다.

측면과 중앙을 가리지 않고 끊임없이 공격을 펼쳤다.

—아~! 마리오 괴체! 날카로운 슈팅이었지만, 골키퍼의 선방에 막힙니다!

도르트문트는 시간이 지날수록 이민혁을 막는 것에 많은 투자를 한 대가를 치렀다.

―리베리! 슈우웃! 또다시 골키퍼의 선방! 아~! 오늘 바이덴펠러 골키퍼의 선방이 자주 나오네요! 비록 3개의 골을 허용하긴 했지만, 그래도 바이덴펠러가 없었으면 도르트문트는 더 많은 골을 허용하고 말았을 겁니다.

도르트문트에겐 언제 골이 터질지 모르는 불안한 상황이 이어졌다.

결국, 도르트문트는 어쩔 수 없이 이민혁에 대한 경계를 낮췄다.

이젠 이민혁보단 위협적으로 파고드는 프랑크 리베리와 마리오 괴체를 막는 것에 신경을 쓰기 시작했다.

그리고.

이민혁은 그 틈을 놓치지 않았다.

―만주키치! 이민혁에게로 연결합니다! 이민혁! 아주 좋은 침투입니다!

마리오 만주키치가 머리로 떨어뜨려 준 공이 도르트문트의 페널티박스 안으로 떨어졌고.

이민혁은 순간적으로 누리 샤힌의 마크를 뚫어 내고, 도르트문트 수비진의 오프사이드트랩까지 뚫어 내며 공을 잡아 냈다.

투욱!

오른발로 부드럽게 공을 떨어뜨리는 퍼스트 터치.

이민혁은 바닥에 떨어진 공을 향해 왼발을 휘둘렀다.

각도를 좁혀 오는 골키퍼의 가랑이 사이를 노리는 슈팅. 운이 좋지 않으면 골키퍼의 다리에 걸릴 수도 있는 슈팅이었지만.

오늘 이민혁의 운은 어느 때보다도 좋았다.

―고오오오오올! 골입니다! 대한민국의 이민혁이 네 번째 골을 터뜨립니다!

―바이에른 뮌헨의 이민혁이 도르트문트와의 경기를 지배합니다!

무려 네 번째 골이었다.

이민혁은 광기 어린 모습을 보여 주고 있는 팬들을 향해 몸을 던졌다. 무릎으로 잔디 위를 미끄러지는 세리머니. 이에 팬들의 광기는 더욱 진해졌다.

우오오오오오오옷!

이민혁! 넌 바이에른 뮌헨의 레전드가 될 거야!

우린 네가 도르트문트를 박살 내 줄 거라고 믿었다고!

이민혁의 활약은 거기서 끝나지 않았다.

후반 76분, 이민혁은 페널티박스 안으로 파고드는 마리오 만주키치에게 좋은 패스를 찔러 넣어 주며 어시스트까지 기록하는 것에 성공했다.

―들어갔습니다! 바이에른 뮌헨이 또다시 골을 넣었습니다! 이

선수들, 도대체 몇 골이나 넣으려는 걸까요?

―마리오 만주키치가 좋은 마무리를 보여 주며 양 팀 스코어는 이제 5 대 1이 됩니다!

다만, 도르트문트는 쉽게 무너지지 않았다.

마르코 로이스, 그리고 로베르트 레반도프스키.

이 두 선수는 좋은 호흡을 보여 주며 기어코 바이에른 뮌헨의 수비를 뚫어 냈다.

하지만, 그럼에도 도르트문트의 분위기는 좋아지지 않았다.

―도르트문트가 한 골을 추가합니다! 마르코 로이스의 돌파에 이은 레반도프스키의 멋진 골! 하지만 경기의 결과를 뒤집기엔 시간이 너무 부족한데요?

―시간이 없습니다! 도르트문트는 조금 더 이른 시간에 골을 넣었어야 했죠!

해설들의 말 그대로였다.

후반 90분이 가까워지고 있는 상황에서 많은 골을 넣는 건 어려운 일이다. 시간이 너무 부족했다.

사실상 한 골을 넣기도 어려운 시간이었다.

지금, 로베르트 레반도프스키가 명성에 걸맞은 활약으로 2골을 넣었지만.

그렇다고 해도 스코어는 여전히 5 대 2.

현실적으로 따라가기 힘든 점수 차이였다.

도르트문트는 경기가 끝날 때까지 바이에른 뮌헨을 이기기 위해 최선을 다했다.

그러나 비현실적인 일을 만들어 내진 못했다.

\* \* \*

「바이에른 뮌헨, 도르트문트와의 자존심 싸움에서 5 대 2로 완벽한 승리 거둬!」

「이민혁, 4골 1어시스트 기록하며 독일을 놀라게 하다.」

「골 몰아친 이민혁, 진정한 도르트문트 킬러 등극?」

바이에른 뮌헨과 도르트문트전의 최종 스코어는 5 대 2.

이 경기에서 4골 1어시스트를 기록하며 최고의 활약을 펼친 이민혁은 당연하게도 MOM(Man of the Match)으로 선정됐다.

MOM으로 선정된 이민혁은 경기장에 들어온 방송사 관계자들과 인터뷰를 진행했다.

늘 그랬듯, 아직 독일어가 부족한 이민혁에겐 매니저 겸 통역사인 피터가 붙었다.

—이민혁 선수, 오늘 4골이나 넣었는데 기분이 어떤가요?

"최고입니다. 정말 꿈같은 날입니다."

—엄청난 성장세로 팬들을 놀라게 하고 있습니다. 남들보다 빠르게 성장할 수 있는 비법이 있나요?

"두 가지 비법이 있죠."

─비법을 공개할 수 있나요?

"그럼요. 첫 번째는 최고의 동료들과 훈련하는 것입니다. 아시다시피 바이에른 뮌헨 선수들은 전부 괴물들이고, 저는 이들과 매일 훈련하고 있죠. 그리고 두 번째는 매일 연습하고, 분석하는 겁니다."

─분석이라면 어떤 걸 말하는 거죠?

"말 그대로 분석입니다. 제 플레이를 분석해서 장단점을 파악하고, 상대편으로 만나게 될 팀을 분석해서 약점을 찾죠."

─…멋진 대답 감사합니다. 이민혁 선수는 굉장한 노력을 하는 것 같군요.

"노력하지 않으면 살아남을 수 없는 곳이니까요."

─이민혁 선수는 최근 여러 이적설에 얽히고 있는데, 바이에른 뮌헨에서의 생활에 만족하시나요?

"이적에 관련된 내용은 들어 본 적이 없습니다. 저는 매일 훈련을 하느라 바쁩니다. 이적에 관련된 생각을 할 여유가 없죠. 아, 현재 바이에른 뮌헨에서의 생활에도 매우 만족합니다. 감독님과 동료들과의 사이도 아주 좋고요."

─아르연 로번과 특히 가까운 사이라던데……?

"하하! 아르연 로번은 제겐 은인이고 스승 같은 선수입니다."

─…은인이자 스승이요?

"예. 제가 바이에른 뮌헨에 처음 왔을 때, 제게 아무것도 바라는 것 없이 축구를 가르쳐 주고, 맛있는 걸 사 주며 정말 잘 챙겨 줬거든요."

─이민혁 선수에게 앞으로의 목표가 있다면……?

"이번 2013/14시즌을 잘 마무리하는 겁니다."

인터뷰는 여기서 끝이 났다.

펩 과르디올라 감독이 기자들에게 양해를 구하고 이민혁을 데려갔기 때문이었다.

"민혁, 오늘 아주 멋졌어요. 제가 얼마나 놀랐는지 알아요? 어떻게 훈련 때도 안 보여 주던 플레이를 한 거예요? 특히 3명을 제치고 골을 넣는 건 전혀 예상을 못 했다고요."

"이상하게 될 것 같더라고요. 감독님께서 저에게 많은 기회를 주신다면, 오늘과 같은 장면을 볼 확률은 높아질 겁니다."

"으하핫! 민혁, 날이 갈수록 자신감이 더 커지는 게 보이는데요? 바이에른 뮌헨에 처음 왔던 민혁은 상당히 겸손했던 사람이었는데 말이죠."

"이곳에서 과한 겸손은 좋지 않다는 걸 배웠죠."

"좋습니다. 전 과거의 민혁도 좋지만, 지금의 민혁이 더 좋아요. 앞으로도 자신감 있는 모습과 좋은 실력 기대할게요."

"알겠습니다."

대화는 여기까지였다.

이민혁은 동료들을 향해 걸어가며 눈앞에 떠 있는 메시지들을 바라봤다.

'대박이 터졌어.'

메시지의 숫자는 많았다.

MOM을 받아 내는 것에 성공했다는 메시지와 만 20세 이하의 나이에 MOM을 받았다는 메시지 등. 경험치가 대폭 증가했다는 내용의 메시지들이 가득했다.

더불어 레벨이 올랐다는 메시지도 떠 있었다.

'이 정도로 활약할 줄은 몰랐는데.'

이민혁이 씨익 웃었다.

조금 전에 때렸던 슈팅들의 감각이 아직도 느껴지는 것만 같았다. 골 장면들을 기억하는 것만으로도 절로 웃음이 흘러나왔다.

'부모님이 좋아하시겠네. 피터는……'

이민혁이 옆을 바라봤다.

피터는 아까부터 웃음을 멈추지 않고 있다. 어찌 보면 MOM을 받은 이민혁보다 더 좋아하는 것처럼 보였다.

"피터, 그렇게 좋아요?"

"당연하죠! 우리 선수가 이렇게 잘나가는데, 안 좋으면 이상한 거죠."

"고마워요. 항상 도와줘서."

"그것도 당연한 거죠. 이민혁 선수가 잘될수록 제가 부자가 되는 날이 당겨지는 거잖아요? 근데 이거… 오늘 분위기 봐서는 조만간 부자 되겠는데요?"

"예? 하하!"

이후, 동료들과 만난 이민혁은 짧은 대화를 마친 뒤, 바로 레벨이 오르며 받은 스탯 포인트를 사용했다.


[스탯 포인트 2를 사용하셨습니다.]

[몸싸움 능력치가 2 상승합니다.]

[현재 몸싸움 능력치는 71입니다.]

　　　　　　*　　　　　*　　　　　*

　바이에른 뮌헨의 일정은 여전히 바빴다.

　도르트문트와의 경기에서 승리한 지 겨우 6일 만에 다음 일정을 치렀다.

　상대는 현재 리그 꼴등으로 강등이 유력한 브라운슈바이크.

　이민혁은 이 경기에서 70분간 뛰며 어시스트 1개를 기록하는 괜찮은 활약을 펼쳤다.

　「바이에른 뮌헨, 브라운슈바이크 상대로 3 대 0 승리! 이민혁은 또 공격포인트 기록!」

　「이민혁, 물오른 드리블로 브라운슈바이크 수비진 휘저어. 긴장해야 하는 아르연 로번과 프랑크 리베리.」

　펩 과르디올라 감독은 이민혁의 체력을 관리해 주며, 다음 경기에도 출전할 수 있다는 것을 암시했다.

　그리고.

　이 암시에 한국이 크게 반응했다.

　한국의 각종 포털사이트엔 바이에른 뮌헨, 그리고 이민혁과 관련된 기사들이 실시간으로 떠오르며 기대감을 조성했다.

　팬들의 관심 역시 대단했다.

　"이민혁 다음 경기에도 출전하는 거 아니야? 브라운슈바이크전에서 잘했는데도 70분 뛰고 빠졌잖아."

"펩 과르디올라 감독이라면 분명 이민혁의 체력을 관리해 준 것일걸? 다음 경기, 이민혁은 분명히 출전할 거야."

"제발 이민혁이 나왔으면 좋겠다. 꼭 선발이 아니더라도 교체로라도 출전했으면 좋겠어. 다음 경기는 정말 나오기만 해도 대박이잖아?"

"전 세계가 지켜보는 경기일 테고, 출전하기만 한다면 이민혁의 이름과 실력은 전 세계에 알려지게 되겠지."

어느 때보다도 큰 관심이었다.

사실, 이러한 관심은 당연했다.

바이에른 뮌헨이 다음 일정에서 만나게 된 상대가 엄청난 거물이었으니까.


「바이에른 뮌헨, 챔피언스리그 4강전에서도 승리할까?」

「펩 과르디올라 감독에게 체력 관리 받는 이민혁, 챔피언스리그 4강전에 출전할까?」

「바이에른 뮌헨의 미래 이민혁, 아르연 로번과 프랑크 리베리와의 경쟁에서 이길 수 있나.」


세계 최고의 리그 중 하나인 스페인 라리가, 그곳을 대표하는 팀 중 하나인.

레알 마드리드 CF였으니까.


「바이에른 뮌헨 vs 레알 마드리드, 챔피언스리그 4강에서 세기의 대결 펼친다!」

＊　　　＊　　　＊

축구 강국 스페인의 1부 리그인 라리가.

그 라리가엔 유난히 수준이 높은 2개의 구단이 있다.

사실상 라리가를 지배하고 있는 2개의 팀.


FC 바르셀로나.

그리고 레알 마드리드 CF.


이 두 개의 구단은 라리가를 양분하고 있는 만큼, 세계적으로 유명한 라이벌이다.

두 팀이 붙게 되는 날엔 엘클라시코라며 전 세계적인 관심을 받을 정도로.

더구나 바르셀로나와 레알 마드리드는 단순히 라리가 안에서만 강한 팀이 아니다.

세계적으로도 최강의 팀들이라는 평가를 받는다.

때문에, 축구 팬들은 세계 최강의 다섯 팀을 꼽으면 항상 이 두 팀의 이름을 집어 넣곤 한다.

그리고.

그 다섯 팀 중엔 FC 바이에른 뮌헨도 들어간다.


「레알 마드리드 vs 바이에른 뮌헨! 드디어 만났다! 챔피언스리그 결승 티켓, 누가 따낼까?」

때문에, 전 세계 축구 팬들이 챔피언스리그 4강전에 관심을 보이는 건 이상한 일이 아니었다.

다섯 손가락 안에 꼽히는 세계적인 강팀들끼리의 대결!

그것도 최고의 리그라는 라리가와 분데스리가를 지배하고 있는 팀들의 대결이었으니까.

라리가와 분데스리가, 두 리그의 자존심이 걸린 경기였으니까.

ㄴ와! 레알 마드리드랑 바이에른 뮌헨이 붙네! 이 경기, 어디가 이길까?

ㄴ당연히 레알 마드리드지! 바이에른 뮌헨도 분데스리가에서 최고이긴 하지만, 분데스리가는 아직 라리가보다 수준이 떨어지잖아.

ㄴ붙어 보기 전엔 모르는 거지. 난 분데스리가가 더 강한 것 같던데?

ㄴ바이에른 뮌헨이 레알 마드리드를 부숴 버릴 거야.

ㄴ웃기네. 바르샤라면 모를까 바이언이 어떻게 레알 마드리드를 이긴다는 거야?

이처럼 축구 팬들의 많은 관심을 받는 지금.

우와아아아아아아!

경기장은 이미 관중들로 만석이 된 채, 경기가 시작되기만을 기다리고 있었다.

양 팀 선수들은 경기장에서 몸을 풀며 곧 시작될 전투를 준비했다.

'어마어마하네.'

이민혁은 몸을 풀던 것을 멈추고 경기장을 둘러봤다. 도르트문트 때도 대단하다고 느꼈지만, 이곳의 열기는 더 크게 느껴졌다.

'챔피언스리그 4강이라서 그런 건가?'

이곳은 레알 마드리드의 홈구장 에스타디오 산티아고 베르나베우.

얼핏 봐도 경기장엔 레알 마드리드의 팬들이 훨씬 더 많았다.

어쩔 수 없는 일이었다.

바이에른 뮌헨은 원정을 온 것이니까.

이때, 이민혁이 머리를 긁적이며 시선을 힐끔 옮겼다.

'아… 자꾸 눈이 가네.'

시선이 간 곳은 몸을 풀고 있는 상대 팀 선수들 쪽이었다.

볼 때마다 신기하니, 자꾸 시선이 갔다.

'쉽게 익숙해지지 않는단 말이야?'

세계 최고 수준의 선수들, 세계 최고의 몸값을 지닌 선수들이 모인다는 레알 마드리드.

그곳의 선수들을 직접 보는 건 너무 신기했다. 이민혁은 대단한 선수들과 매일 훈련하고 있지만, 그래도 레알 마드리드의 선수들을 보는 건 신기했다.

'루카 모드리치, 가레스 베일, 이케르 카시야스, 세르히오 라모스, 페페, 사비 알론소, 앙헬 디 마리아, 코엔트랑, 카르바할, 카림 벤제마 그리고… 크리스티아누 호날두까지. 미쳤네, 그냥.'

하나같이 대단한 기량을 지녔고, 세계적으로 유명한 선수들이다.

팀에 구멍이 없다. 물론 레알 마드리드 정도 되는 팀한테 구멍이 있는 게 더 이상한 일이겠지만. 그래도 레알 마드리드는 심하다 싶을 정도로 드림 팀 같은 느낌이었다.

바이에른 뮌헨의 1군 선수들의 네임 밸류도 굉장히 화려했지만, 레알 마드리드에 비하면 조금 부족하게 느껴질 정도였다.

'오늘 잘하면 저 선수들을 상대해 볼 수도 있겠어. 그나저나 선발이었으면 더 좋았을 텐데.'

이민혁은 약간의 아쉬움을 느꼈다.

오늘 선발 출전이 아니라, 후보라는 사실 때문이었다.

물론 후반전에라도 출전은 할 것 같았다. 팀의 주전 윙어인 아르연 로번과 프랑크 리베리가 체력적으로 힘들어하고 있으니까.

물론 제르단 샤키리도 있지만, 최근 팀 내 입지는 이민혁이 더 높다.

그렇다고 해도, 선발 출전이 주는 만족감을 느끼지 못하게 됐다는 건 역시 아쉬운 일이다.

'선발이었으면 경험치도 더 받았을 거고… 에이, 됐다. 내가 더 잘했으면 선발로 나올 수 있었겠지.'

부동의 선발이 될 때까지 분발하자. 그렇게 중얼거리며 이민혁은 몸을 푸는 것에 집중했다.

레알 마드리드의 홈구장 산티아고 베르나베우에 쏟아지던 함성이 커지기 시작했다. 점점 커지더니 이제는 경기장 안에서 거대한 메아리가 칠 정도로 커졌다.

경기가 시작될 시간이 다가왔다.

─레알 마드리드와 바이에른 뮌헨의 선수들이 입장하고 있습니다!

─많은 분이 기다렸던 시간이죠! 양 팀 선수들이 서로를 바라보며 승리에 대한 의지를 다지고 있습니다.

─두 팀 모두 승리에 대한 의지가 클 겁니다. 챔피언스리그 결승이 달린 경기거든요! 특히 레알 마드리드는 더 욕심이 날 수밖에 없는 상황입니다. 최근 바르셀로나와 아틀레티코 마드리드가 좋은 성적을 보여 주고 있어서 라리가에서의 경쟁이 치열한 상황이거든요. 라리가 우승이 쉽지 않아졌기 때문에, 챔피언스리그에서만큼은 꼭 우승을 거머쥐고 싶을 겁니다.

해설들의 말 그대로였다.

레알 마드리드 선수들은 어느 팀보다도 챔피언스리그 우승에 대한 욕심이 컸다. 무조건 이기겠다는 마음. 그 마음은 레알 마드리드 선수들의 눈빛에 드러났다.

하지만, 최근 다시 동기부여가 된 바이에른 뮌헨 선수들의 눈빛도 이글거렸다. 이들 역시 경기를 내줄 생각이 없었다.

양 팀 모두 동기부여가 잔뜩 된 상황에서 펼쳐지게 된 챔피언 스리그 4강 1차전.

그 경기가 지금 시작됐다.


―경기 시작합니다. 양 팀 모두 조심스러워 보이죠?

―그렇습니다. 서로의 화력이 강하다는 걸 알기 때문에, 두 팀 모두 서로의 역습을 경계하고 있네요.


스페인 최강 팀과 독일 최강 팀의 격돌은 팬들의 생각보단 잔 잔했다.

서로의 실력을 경계했기에 빠르지 않은 템포로 조심스레 패스 를 이어 갔다.

또한, 서로의 빈틈이 보이지 않기 때문이기도 했다.

안정을 찾고, 서로의 빈틈을 찾는 과정.

그 과정은 전반전 22분이 될 때까지 이어졌다.

그리고.

마침내 전반전 23분이 지나갈 때.

경기장의 분위기가 변했다.

먼저 칼을 빼 든 건 바이에른 뮌헨이었다.


―필립 람이 전진합니다. 바이에른 뮌헨이 전체적으로 라인을 올리고 있네요. 제대로 기회를 만들어 보겠다는 생각인 것 같습니다.

바이에른 뮌헨의 주장 필립 람.

오랜만에 풀백으로 출전한 그가 공을 몰고 전진했다. 그 즉시 레알 마드리드의 스트라이커 카림 벤제마가 압박을 시도했다.

필립 람은 공을 오래 끌지 않았다. 벤제마가 달려오는 걸 보자마자 아르연 로번에게 공을 넘겼다. 로번은 굴러오는 공을 다시 밀어냈다.

―아르연 로번이 원터치 패스로 토니 크로스에게 공을 넘겨줍니다. 토니 크로스, 토마스 뮐러와 공을 주고받으며 루카 모드리치의 압박을 벗어납니다.

토니 크로스와 토마스 뮐러의 기량은 대단했다. 끈질기게 쫓아오는 루카 모드리치의 압박을 쉽게 벗어날 정도로.

바이에른 뮌헨이 공격적으로 라인을 올린 상황. 공을 소유한 선수는 토니 크로스였다.

어떤 상황에서든 강력한 슈팅과 정확한 패스를 뿌릴 수 있는 토니 크로스였기에, 바이에른 뮌헨의 공격진은 적극적으로 공을 받을 준비를 했다.

이때, 토니 크로스를 향해 레알 마드리드의 중앙수비수 페페가 뛰쳐나왔다. 그 순간, 슈팅을 하려던 토니 크로스는 계획을 바꿨다. 오른쪽에서 파고드는 아르연 로번을 향해 공을 툭 찔러넣었다.

―오오오! 좋은 패스입니다! 아르연 로번이 받습니다!
―바이에른 뮌헨의 공격이 상당히 날카롭습니다!

바이에른 뮌헨의 연계는 부드러웠고, 빨랐다.

토니 크로스가 아르연 로번에게 패스를 찔러 넣을 때까지도 레알 마드리드 선수들은 막아 내지 못했다.

마침내 아르연 로번이 레알 마드리드의 페널티박스 안에서 공을 받고 슈팅을 위해 왼발을 휘둘렀을 때.

'됐어! 아르연 로번에게 저런 상황을 주면 골이나 다름없지.'

벤치에 앉아 있던 이민혁이 주먹을 불끈 쥐었다.

이민혁이 아는 아르연 로번은 저런 상황에서 골을 놓치는 선수가 아니다. 강력하고 정확한 왼발로 레알 마드리드의 골 망을 흔들어 놓을 거라고 확신했다.

그러나 이 생각은 착각에 불과했다.

레알 마드리드엔 세르히오 라모스라는 세계 최고 수준의 수비수가 존재했다.

―아르연 로번이 넘어집니다! 완벽한 슬라이딩태클입니다! 그대로 골이 될 수 있었던 장면인데 역시 세르히오 라모스가 막아 내네요!

'저 태클은 뭐야?!'

이민혁은 경악했다.

그의 수비 수준은 높지 않지만, 수비수들의 실력을 보는 눈은 있다고 자부했다.

그런데 이민혁이 본 세르히오 라모스의 슬라이딩태클은 아득히 높은 수준의 동작이었다. 정석적인 슬라이딩태클 동작과 정확한 타이밍. 세계 최고 수준의 윙어인 아르연 로번의 심리를 읽어 내는 두뇌까지!

보는 것만으로도 소름이 돋는 수비였다.

이민혁은 방금 세르히오 라모스가 보여 준 태클 한 번으로도, 그의 클래스를 느낄 수 있었다.

'세계 최고의 센터백 중 하나라는 말은 절대 과장이 아니었어. 아르연 로번은 분명 페인팅과 함께 슈팅을 때렸는데, 그걸 정확히 간파해 버렸어. 저런 건… 어?!'

이민혁이 자리에서 벌떡 일어났다.

놀라운 장면이 계속해서 이어졌기 때문이었다.


―세르히오 라모스가 전방으로 패스를 뿌립니다!


세르히오 라모스, 그가 뿌려 낸 롱패스는 포물선을 그리며 전방을 향해 날아갔다. 최전방에서 뛰어들어 가는 가레스 베일에게로 보내는 정확한 패스였다.

'센터백이 저렇게 정확한 롱패스를 뿌린다고?'

놀라운 건 이걸로 끝이 아니었다.

긴 다리로 쭉쭉 달려 나가는 가레스 베일의 속도는 로번과 거의 비슷한 수준으로 보일 정도로 빨랐다. 즉, 어지간한 선수들은 따라가지도 못할 정도로 빠르다는 것. 더구나 발의 안쪽을 이용해 부드럽게 공을 받아 내는 트래핑 동작까지 완벽했다.

라인을 올리느라 앞으로 나와 있던 바이에른 뮌헨의 수비수들은 필사적으로 가레스 베일의 뒤를 쫓았지만, 거리는 좁혀지지 않았다.

그 즉시 마누엘 노이어가 튀어나왔다.

수비들의 도움을 받지 못하는 상황이기에 직접 나와서 막아야 한다고 판단한 것이다.

여기서 가레스 베일은 슈팅을 때리지 않았다.

반대편에서 비슷한 속도로 뛰어오는 동료를 향해 공을 툭 밀어 줬다. 가레스 베일을 막기 위해 튀어나온 마누엘 골키퍼를 바보로 만드는 패스였고.

그 공을 바이에른 뮌헨의 골대 안으로 가볍게 밀어 넣은 선수는 크리스티아누 호날두였다.

철렁!

경악스러울 정도로 날카로운 단 한 번의 역습.

그 역습에 바이에른 뮌헨의 수비가 무너졌다.


─고오오오오오오올! 크리스티아누 호날두가 선제골을 터뜨립니다!

─바이에른 뮌헨은 레알 마드리드의 역습을 좀 더 경계했어야죠! 레알 마드리드는 역습이 강한 것으로 유명한 팀이라는 걸 알고 있었을 텐데요!

─가레스 베일과 크리스티아누 호날두의 스피드는 볼 때마다 경이롭네요! 이 두 선수의 스피드는 제아무리 바이에른 뮌헨이라고 해도 막을 수가 없죠!

산티아고 베르나베우의 분위기는 축제와 다름없었다.

레알 마드리드의 팬으로 가득한 관중석은 열광하고 있었고, 레알 마드리드 선수들 역시 선제골을 넣었다는 것에 기뻐했다.

반면, 바이에른 뮌헨 선수들은 서로를 격려하며 동점골을 향한 의지를 불태웠다.

"라인 관리에 좀 더 신경 쓰고 오프사이드트랩을 확실하게 유지하도록 하세요! 또, 공을 뺏겼으면 바로 압박해서 찾아와야 한다는 거 잊었나요? 다들 집중하세요!"

펩 과르디올라 감독 역시 목소리를 높여 가며 문제가 있었던 부분을 보완하려 했다.

다만, 바이에른 뮌헨에게 상황이 너무 좋지 않았다.

레알 마드리드는 역습이 강한 팀이었고, 바이에른 뮌헨은 동점골을 넣기 위해 라인을 올릴 수밖에 없다.

그러면 또 역습의 위험에 노출될 수밖에 없다.

"좀 더 템포 올려! 동점골 넣고 후반으로 넘어가야 해!"

"바로 리베리한테 줘! 측면에서 기회를 만들어 보자고!"

전반전의 시간이 흘러갈수록 바이에른 뮌헨의 움직임은 급해졌다. 동점골을 넣기 위해서 무리한 공격을 시도하기 시작했다.

완벽과는 거리가 먼 상황에서 측면에서의 무리한 돌파 시도.

이건 바이에른 뮌헨에겐 또다시 좋지 않은 상황을 만들어 냈다.

─아~! 들어갔습니다! 카림 벤제마가 마누엘 노이어의 키를 넘

기는 슈팅으로 스코어를 2 대 0으로 만듭니다! 완벽한 역습 상황에서 나온 완벽한 마무리!

―레알 마드리드! 강하네요! 정말 강합니다!


전반 45분, 레알 마드리드의 역습이 또다시 바이에른 뮌헨의 골문을 열었다.

"…이게 뭐야?"

이민혁이 멍한 얼굴로 경기장을 바라봤다.

그토록 든든하던 동료들이 허무하게 무너지는 모습을 보는 건… 이민혁에게 커다란 충격을 줬다.


*　　　　*　　　　*


전반전 45분.

챔피언스리그 4강 1차전이 펼쳐지는 지금, 바이에른 뮌헨은 레알 마드리드에게 2골을 허용했다.

'우리가… 이렇게 밀린다고?'

이민혁은 충격받은 얼굴로 경기장을 바라봤다.

제아무리 레알 마드리드가 강하다고는 해도, 자신의 팀은 바이에른 뮌헨이지 않은가.

가까이서 함께 뛰고 호흡해 온 동료들은 축구를 정말 잘한다. 1군에 들어온 지 시간이 조금 지난 지금도 매번 감탄할 정도로.

이런 선수들로 이뤄진 팀을 도대체 누가 이기겠냐는 생각이

들 정도로 잘한다.

그래서 경기가 시작되기 전엔 확신했다.

레알 마드리드도 세계적인 강팀이기에 어느 팀이 이길지는 모르겠지만, 최소한 치열한 경기가 나올 거라고.

그런데 이게 무슨 일이란 말인가.

이민혁의 눈앞에서 펼쳐지는 경기는 치열하지 않았다.

일방적이었다.

레알 마드리드. 바르셀로나와 함께 라리가를 양분하고 있는 이 팀에게 바이에른 뮌헨이 일방적으로 밀리고 있었다.

'당황스럽네.'

익숙하지 않은 일이다.

독일에서 바이에른 뮌헨은 늘 최강의 팀이었으니까.

질 때도 있었지만, 이토록 무기력하게 밀린 적은 없었으니까.

"우와아아아아! 이게 바로 레알 마드리드다! 애초에 분데스리가 놈들이 상대가 될 것 같았냐?"

"푸하하하! 거 봐! 분데스리가는 라리가보다 수준이 낮은 리그라니까?! 멍청한 놈들이나 분데스리가가 라리가와 비슷한 수준이라고 하지, 이게 현실이라고!"

"큭큭! 레알 마드리드의 BBC(벤제마, 베일, 크리스티아누 호날두)라인이 바이에른 뮌헨을 완전히 박살 내 버리는구나!"

승리에 대한 확신이 담긴 현지 팬들의 비웃음 소리도 익숙하지 않았다.

꾸욱!

이민혁이 주먹을 강하게 쥐었다.

'뛰고 싶다.'

몸이 근질거렸다.

밀리고 있는 팀을 벤치에 앉아서 지켜보는 건 괴로운 일이다. 차라리 지더라도 직접 나가서 뛰고 싶었다.

레알 마드리드를 상대로 그동안 쌓아 온 노력과 성장을 확인해 보고 싶었다.

그때였다.

삐이이익!

전반전 종료를 알리는 휘슬 소리가 들렸다.

─전반전이 종료됩니다! 레알 마드리드와 바이에른 뮌헨의 전반전은 많은 축구 팬분들이 예상했던 것과는 다르게 흘러갔죠?

─그렇습니다. 두 팀 모두 각각 라리가와 분데스리가에서 최고의 팀으로 뽑히기에 치열한 경기가 펼쳐질 거라는 예상이 많았습니다. 게다가 사실 최근 분위기만 보면 분데스리가 우승을 확정 지은 바이에른 뮌헨의 기세가 더 좋다고 볼 수 있었거든요. 하지만 막상 뚜껑을 열어 보니 레알 마드리드가 바이에른 뮌헨을 압도했습니다!

─바이에른 뮌헨으로선 변화를 줘야겠군요. 후반전에도 지금과 같은 전술을 들고나오면 다시 한번 레알 마드리드에게 잡아먹히는 그림이 나올 것 같습니다.

이민혁은 자리에서 일어나 라커 룸으로 들어갔다.

머릿속에 가득한 잡념도 버렸다.

지금은 벤치에 앉아 있지만, 언제 경기장에 들어갈지 모른다. 동료들과의 대화로 상대 선수들의 특징을 들어야 하고, 감독이 곧 지시할 전술의 변화도 머릿속에 집어넣어야 한다.

라커 룸의 분위기는 한껏 달아올라 있었다.

"수비수들은 라인을 조심스럽게 올려야 해! 계속 역습에 뒤가 뚫리잖아."

"그럼 네가 막던가?"

"뭐? 왜 말을 그렇게 하는 건데? 잘해 보자는 거잖아."

"젠장! 나도 뚫려서 실망스럽고 빡치니까 가만 좀 놔두라고!"

프랑크 리베리와 제롬 보아텡이 얼굴을 붉히며 다퉜고, 몇몇 선수들은 이들을 말렸다. 그런데 싸움을 말리는 선수들은 당황하지 않고 있었다. 오히려 싸움을 말리는 모습이 자연스러워 보였다.

익숙한 일이었기 때문이다.

혈기 왕성하고 승부욕과 자존심이 강한 사람들이 모인 곳이었기에, 다툼은 흔한 일이었다.

이민혁도 그랬다. 귀찮다는 표정으로 보아텡의 몸을 붙잡고 싸움을 말렸다.

"다들 그만 좀 싸워요! 감독님 오셨어요!"

싸움은 감독이 왔다는 말이 나온 뒤에야 끝이 났다.

잠시 후, 라커 룸엔 펩 과르디올라 감독의 목소리가 울려 퍼졌다.

"솔직히 말하겠습니다. 전반전은 좋지 못했습니다. 하지만 후반전엔 우리가 더 좋을 거라고 확신합니다. 여러분은 상대를 이길 방법을 이미 알고 있습니다. 역습을 조심하고, 중원에서 더 치열하게 싸우는 것, 수비 라인은 유지하되, 점유율을 높게 가져와서 기회를 만드는 것. 마지막으로 공을 뺏겼을 때는 꼭 다시 뺏어 온다는 생각으로 강하게 압박하는 것. 전부 아는 것이지 않나요? 우리가 늘 훈련 때 해 오던 것들입니다. 전반전은 늘 해 오던 걸 하지 못해서 밀린 겁니다. 하지만 후반전의 여러분은 해 오던 걸 늘 그랬던 것처럼 잘할 거라고 믿습니다."

*　　　　　*　　　　　*

펩 과르디올라 감독의 지시는 효과가 있었다.

후반전에 들어온 바이에른 뮌헨은 중원에서 잘 싸웠고, 수비 뒷공간이 한 번에 뚫리는 역습도 내주지 않았다.

다만, 펩 과르디올라 감독의 표정은 좋지 못했다.

'마무리가 안 되고 있어. 시간은 계속 흐르고 있는데……'

바이에른 뮌헨의 공격이 좀처럼 레알 마드리드의 수비를 뚫지 못하고 있었으니까.

분명 바이에른 뮌헨의 경기력엔 안정감이 생겼지만, 레알 마드리드의 수비 집중력이 너무 좋았다.

특히, 세르히오 라모스의 수비가 좋았다. 프랑크 리베리와 아르연 로번이 레알 마드리드의 측면을 뚫어 내도, 어느새 나타난 세르히오 라모스가 공을 걸어 내 버렸다.

'분위기를 바꿀 카드가 필요해. 마리오 괴체? 제르단 샤키리? 아니야… 이들로는 부족해.'

펩 과르디올라, 그의 머릿속엔 한 선수가 떠올랐다.

'이민혁. 레알 마드리드는 그를 상대해 본 경험이 없어. 잘하면… 이민혁의 패기 넘치는 플레이가 분위기를 바꿀 수 있을지도 몰라.'

확신은 없었다.

이민혁이 지금까지 좋은 모습을 보여 주고 있긴 해도, 상대는 레알 마드리드였으니까.

같은 경기장에 서 있는 것만으로도 상대를 위축되게 만드는 팀이었으니까.

그래도.

'어차피 이대로는 승산이 없어. 2차전을 위해서라면 어떻게든 점수 차이를 좁혀 놔야 해. 그렇다면 지금 믿을 수 있는 카드는… 이민혁밖에 없어.'

이민혁을 믿어 볼 생각이었다.

유럽 나이로 이제 겨우 18세밖에 안 되는 어린 선수지만, 중요할 때마다 한 방을 터뜨려 주는 선수였으니까.

스윽!

펩 과르디올라 감독의 시선이 이민혁에게로 향했다. 이민혁은 이미 몸을 풀며 뛰고 싶다는 마음을 드러내고 있었다.

"민혁, 준비하세요."

그 순간, 이민혁이 씨익 웃었다. 드디어 기회가 왔다는 생각에 기뻤다. 더구나 후반전이긴 해도 아직 70분도 안 된 상황이다.

뛸 시간은 충분했다.

그래서, 이민혁은 늘 그랬던 것처럼 웃으며 대답했다.

"준비는 이미 끝났죠."

"아르연 로번의 역할을 소화할 겁니다. 오른쪽 측면, 자신 있나요?"

"당연하죠. 박살 내고 오겠습니다."

대답과 함께 저 멀리서 걸어 나오는 아르연 로번을 향해 손을 흔들었다.

"로번, 고생 많았어요."

"뒤를 부탁할게. 네 실력을 멋지게 보여 주고 와."

"로번한테 배웠으니 당연히 그래야죠."

아르연 로번은 큭큭 웃으며 이민혁의 어깨를 툭 치고 들어갔다.

이민혁은 그를 향해 엄지를 들어 올렸다.

'고생했어요. 정말로.'

탓!

레알 마드리드의 홈구장 산티아고 베르나베우에 발을 내딛는 순간. 원정경기 아니랄까 봐 엄청난 야유가 쏟아졌다.

"우우우우우! 넌 뭐냐? 그대로 앉아 있지 왜 나와서 망신을 당하려고 하냐?"

"얜 누구야? 아르연 로번이 들어가길래 얼마나 대단한 녀석이 나오나 했더니, 웬 애송이가 튀어나오냐? 이봐, 펩 과르디올라! 챔피언스리그가 장난이냐? 아니면 그냥 포기해 버린 거야?"

"탈탈 털리기 딱 좋게 생겼네! 애송아, 네가 파비우 코엔트랑과 세르히오 라모스의 수비를 뚫을 수 있을 것 같냐?"

"푸하하핫! 저 애송이 자식, 이미 겁먹은 것 같은데?"

피식!

이민혁의 입꼬리가 올라갔다.

'이상하게 야유를 받으면 전투력이 더 올라가는 것 같단 말이야?'

원정경기에서 무시를 받는 건 익숙해진 일이다. 이제 분데스리가에서는 어느 정도 이름과 실력이 알려져서 무시받는 일이 줄었지만. 라리가 팬들에게 존중받지 못하는 건 예상했던 일이다.

'저런 사람들을 놀라게 하는 것도 재밌는 일이고.'

기분이 나쁘지도 않았다.

오히려 기분이 더 좋아졌다. 야유 때문은 아니었다.

실시간으로 허공에 떠오르고 있는 메시지들 때문이었다.


[퀘스트를 완료하셨습니다!]
[퀘스트 내용: UEFA 챔피언스리그 4강 1차전에 출전하세요.]
[보상으로 경험치가 대폭 증가합니다.]


[퀘스트를 완료하셨습니다!]
[퀘스트 내용: 만 20세 이하의 나이에 UEFA 챔피언스리그 4강 1차전에 출전하세요.]
[보상으로 경험치가 대폭 증가합니다.]

[퀘스트를 완료하셨습……]

…….

[레벨이 올랐습니다!]

챔피언스리그 4강전이기 때문일까?

8강에 출전했을 때보다 많은 경험치를 받은 느낌이었다.

"출전으로 이 정도면 공격포인트 기록하면 난리가 나겠네."

이민혁은 상태 창을 빠르게 살폈다.

패스 능력치와 몸싸움 능력치 모두 이젠 70을 넘겼다. 급한 불은 끈 상태다. 이젠 원하는 능력치에 포인트를 투자해도 별 상관이 없어 보였다.

그래서.

이민혁은 스탯 포인트 2개를 지금 펼쳐지는 레알 마드리드와의 경기에 가장 도움이 될 만한 능력치에 투자했다.

[스탯 포인트 2를 사용하셨습니다.]
[드리블 능력치가 2 상승합니다.]
[현재 드리블 능력치는 92입니다.]

\*　　　　\*　　　　\*

─대한민국의 이민혁이 출전합니다! 챔피언스리그 8강전에 이어 4강전에도 출전하네요!

이민혁의 출전 소식은 한국에도 퍼져 나갔다.

한국에서도 챔피언스리그를 중계하기 때문에, 한국 축구 팬들은 실시간으로 이민혁의 출전을 확인하고 열광했다.


ㄴ이민혁 나온다!!!!!!!!

ㄴ진짜 출전하네?ㄷㄷㄷ

ㄴ아직 후반 65분인데 벌써 출전한다고? 미친ㅋㅋㅋㅋ 바이에른 뮌헨에서 이민혁에게 기회 엄청 주네.

ㄴ기회를 안 주면 이상하지. 내보낼 때마다 잘하는데. 솔직히 요즘엔 로번보다 실력은 밀리지만, 순간적인 임팩트는 더 센 거 같아. 공격포인트도 더 잘 만들어 내는 것 같고.

ㄴ이민혁이 나오면 팀 분위기가 바뀌는 건 있는 것 같음. 근데 그 실력이 레알 마드리드에도 통할진 모르겠네.

ㄴ레알 마드리드를 상대로 잘하면 진짜 이적 제의 오질 듯. 근데 잘할 수 있을까? 레알 마드리드 오지게 세던데.


과연 이민혁이 레알 마드리드를 상대로 무엇을 할 수 있을까?

한국 축구 팬들은 그걸 궁금해 했다.

그리고 지금.


―토니 크로스가 측면으로 길게 공을 보냅니다! 이민혁이 공을 받습니다! 파비우 코엔트랑이 앞을 가로막습니다!

이민혁은 경기장에 들어온 지 3분 만에 팬들의 궁금증을 해결해 줬다.

─뚫었습니다! 이민혁이 파비우 코엔트랑을 제쳐 냈습니다!
─플립플랩입니다! 이민혁은 겁이 없네요! 세계적인 풀백인 파비우 코엔트랑을 상대로 과감한 돌파를 시도했고, 멋지게 성공했습니다!

눈이 번쩍 떠지는 화려한 드리블!
그 드리블로 레알 마드리드의 주전 풀백 파비우 코엔트랑을 제쳐 냈다. 그걸로도 모자라 코너킥 라인을 타고 계속해서 전진했다.
이민혁이 갑작스레 빠른 스피드로 돌진하자, 늘 그랬듯 세르히오 라모스가 나섰다.
레알 마드리드에겐 너무나도 든든한 수비수고, 바이에른 뮌헨에겐 뚫리지 않는 벽처럼 느껴지던 남자.
'라모스.'
이민혁은 그런 세르히오 라모스의 얼굴을 바라봤다.
가장 눈에 띈 건 강렬한 눈빛이었다. 그가 얼마나 자신감에 차 있는지 훤히 보이는 눈빛.
'저런 눈빛을 한 상대들은 뚫기 어려웠어.'
바이에른 뮌헨에도 저런 눈빛을 한 선수가 존재한다.
필립 람.

팀의 주장이자 레전드. 축구를 할 때, 그의 눈빛은 세르히오 라모스에게 밀리지 않을 정도로 강렬하다. 실력 역시 다른 수비수들에 비해 압도적이다.

그런데.

필립 람을 떠올린 이민혁의 입꼬리가 올라갔다.

아주 재밌는 생각 하나가 떠올랐기 때문이었다.

'저런 눈빛을 가진 수비수를 뚫어 내는 것에 성공하면, 그 짜릿함은 엄청나지.'

이글거리는 눈빛을 한, 절대 뚫리지 않을 것 같던 필립 람의 수비를 기어코 뚫어 냈을 때 느꼈던 짜릿함.

세르히오 라모스를 뚫어 낸다면 그에 못지않은, 아니, 더 강렬한 짜릿함을 느낄 것 같다는 생각이었다.

그렇게 생각하며.

'해 보지 뭐.'

이민혁은 세르히오 라모스의 앞에서 자신 있게 다리를 휘저었다.

세르히오 라모스.

세계 최고의 수비수 중 하나인 그의 앞에서.

이민혁은 양쪽 다리를 공 주변으로 빠르게 휘저었다.

휘익! 휙!

─스텝오버입니다! 이민혁 선수가 세르히오 라모스의 앞에서 헛다리를 짚고 있습니다!

─굉장히 도발적인 움직임인데요? 세계 최고 수준의 수비수인

세르히오 라모스 앞에서 만 18세의 선수가 이런 플레이라니, 대단한 패기입니다!

흔히 말하는 헛다리 짚기.

발을 휘저으며 상대의 발이 나오게끔 유혹하는 기술. 또, 갑자기 방향을 전환하는 동작으로 연계할 수도 있는 기술이었다.

양발잡이가 된 이민혁에겐 더욱 효과적인 기술이다.

어떤 발로 치고 나가거나, 슈팅을 때릴지 모르니까.

지금도 그랬다.

세르히오 라모스는 쉽게 발을 뻗지 못했다.

대놓고 카운터를 노리는 이민혁의 의도를 알고 있기 때문이었다.

'뭘 할 거야? 뭐라도 할 거면 빨리해.'

세르히오 라모스는 자세를 낮췄다. 이글거리는 눈으로 이민혁의 움직임을 살피며, 끊임없이 한쪽 무릎을 밑으로 숙이는 동작을 했다. 혹시 모를 알까기 상황을 막으려는 움직임이었다.

이때, 이민혁이 오른발로 땅을 짚고 왼쪽으로 몸을 틀었다. 단순히 몸만 튼 것이 아니라 왼발로 공을 왼쪽으로 가볍게 툭 쳤다.

가벼운 동작. 하지만 세르히오 라모스에겐 절대 가볍지 않은 움직임이었다.

이곳은 페널티박스 바로 바깥이다. 라모스가 뚫린다면 바로 골을 허용할 수 있는 위험한 상황. 이런 상황에서 이민혁의 움직임은 물 수밖에 없는 미끼였다.

―이민혁이 왼쪽으로 칩니다! 세르히오 라모스가 반응합니다! 슈팅인가요?

짧은 순간, 세르히오 라모스는 이민혁이 왼발로 마무리할 거라고 확신했다. 아니, 확신하진 않더라도 이미 결정을 내렸다. 바꿀 수는 없다.

휘익!

라모스가 이민혁의 왼발 각도를 막아섰다.

'이제 슈팅을 때리겠지.'

세르히오 라모스는 이민혁이 왼발 슈팅을 때리는 타이밍에 발을 뻗어서 공을 뺏을 생각이었다.

그런데 이민혁은 슈팅을 때리지 않았다. 분명히 때릴 것 같았는데 때리지 않았다. 이민혁은 왼쪽으로 한 번 더 공을 툭 쳤다.

'크윽! 이 자식! 통할 것 같냐?'

세르히오 라모스가 이를 강하게 깨물었다. 다리에 힘을 잔뜩 주며 중심을 이동했다. 어지간한 선수는 반응하지 못했겠지만, 세르히오 라모스는 엄청난 신체 능력을 지닌 선수. 그는 이민혁의 움직임을 따라 급격히 중심을 이동했다.

그런데 이때, 세르히오 라모스의 눈엔 보였다.

이민혁의 왼발이 공을 치는 것과 거의 동시에, 다시 공을 끌어오는 것을.

'젠장! 플립플랩이었냐?!'

플립플랩.

실전에서 쓰기 어렵다는 기술이지만, 이민혁은 너무나도 쉽게 구사하고 있었다.

꾸준한 연습과 92라는 드리블 능력치가 그걸 가능하게 만들었다.

헛다리 짚기, 슈팅 페인팅 이후에 나온 플립플랩에 세르히오 라모스는 완전히 중심을 잃었다.

그때였다.

툭!

"……!"

휘청거리는 라모스의 눈동자가 흔들렸다.

이민혁이 오른쪽으로 끌어온 공을 그의 양쪽 다리 사이로 툭 밀어 넣어 버렸으니까.

그와 동시에.

중심을 잃은 세르히오 라모스를 지나쳐 버렸으니까.

"으아아아악!"

분노에 찬 세르히오 라모스의 목소리를 들으며.

이민혁은 골대를 향해 왼발 슈팅을 때려 냈다. 각은 좁은 편이었지만, 충분히 넣을 수 있다는 자신감이 있었다.

상대 골키퍼가 세계 최고 중 하나인 이케르 카시야스였지만, 그래도 자신이 있었다.

터엉!

공은 반대편 골대 구석으로 쏘아졌고, 이케르 카시야스 골키퍼는 날아오는 공을 막아 내지 못했다.

—고오오오오오오올! 골입니다! 이민혁의 원더골! 믿을 수 없는 움직임으로 골을 만들어 냅니다!

—바이에른 뮌헨이 살아나고 있습니다!

골을 넣은 지금.

이민혁은 팬들을 바라보며 양팔을 하늘 높이 들어 올렸다.

더 큰 환호를 보내 달라는 뜻의 세리머니.

바이에른 뮌헨의 팬들은 목이 터질 듯 함성을 질렀다.

팬들은, 바이에른 뮌헨을 응원하러 온 관중들은 이민혁이라는 이름을 계속해서 불러 주었다.

그 모습을 본 이민혁이 씨익 웃었다.

'대단한 수비수를 뚫고 골을 넣을 때도 짜릿하지만, 역시 관중들이 내 이름을 외쳐 줄 때가 가장 짜릿하단 말이지.'

스윽!

웃음을 흘리던 이민혁의 초점이 조금 흐려졌다.

팬들을 바라보는 것을 멈추고, 바로 앞에 떠 있는 메시지들에 집중하기 시작했다.

[퀘스트를 완료하셨습니다!]

[퀘스트 내용: UEFA 챔피언스리그 4강 1차전에서 골을 기록하세요.]

[보상으로 경험치가 대폭 증가합니다.]

[퀘스트를 완료하셨습니다!]

[퀘스트 내용: UEFA 챔피언스리그 4강 1차전에서 공격포인트를 기록하세요.]

[보상으로 경험치가 대폭 증가합니다.]

[퀘스트를 완료하셨…….]

…….

[레벨이 올랐습니다!]

10개 정도의 퀘스트 완료 메시지와 함께 떠오른 레벨업 메시지.

그것들을 본 이민혁의 표정은 더욱 밝아졌다.

'골을 넣었다고 해도, 이 정도면 경험치를 퍼 주는 수준인데?'

역시 챔피언스리그 4강이라는 건가? 그렇게 중얼거리며, 이민혁은 스탯 포인트를 사용했다.

어떤 능력치를 올릴지는 조금 전 골을 넣었을 때, 이미 결정했다.

[스탯 포인트 2를 사용하셨습니다.]

[드리블 능력치가 2 상승합니다.]

[현재 드리블 능력치는 94입니다.]

＊　　　　＊　　　　＊

레알 마드리드의 홈구장 산티아고 베르나베우엔 긴장감이 흘렀다.

조금 전까지만 해도 존재하지 않던 긴장감이었다.

경기장에서 상대 팀을 비웃던 레알 마드리드의 팬들.

그들은 이제 불안해하고 있었다.

"뭐, 뭐야? 저 한국인 녀석 왜 저렇게 잘해?"

"개인 능력으로 파비우 코엔트랑과 세르히오 라모스를 전부 제치고 골을 넣는다고……? 저 자식 몇 살이야?"

"…이제 겨우 18살이라던데? 바이에른 뮌헨의 미래라고 불릴 정도로 천재라는 말은 들었지만, 이 정도일 줄이야……."

"이거… 조심하지 않으면 위험해질 수도 있겠는데?"

너무나도 든든했던 세르히오 라모스가 뚫려 버렸다는 것.

그것도 스텝오버, 플립플랩, 넛맥 연계에 완벽히 농락을 당해 버렸다는 것.

레알 마드리드의 팬들에겐 충격적인 일이었다.

충격을 받은 건 팬들만이 아니었다.

─분위기가 바뀝니다! 레알 마드리드가 흔들리고 있습니다!

레알 마드리드 선수들.

이들 역시 당황하고 있었다. 이민혁에게 골을 허용한 뒤로부턴 불안한 모습을 보이기 시작했다. 잘 안 나오던 패스 실수가 나왔고, 안 해도 될 반칙을 하며 옐로카드를 받았다.

반면, 바이에른 뮌헨의 분위기는 완전히 살아났다.

이민혁이 오른쪽에서 날뛰자, 왼쪽에 있던 프랑크 리베리와 데이비드 알라바마저 날뛰기 시작했다.

이들은 계속해서 레알 마드리드의 측면을 허물었고, 후반 81분이 된 지금도 날카로운 움직임을 보여 줬다.

─프랑크 리베리! 데이비드 알라바와의 좋은 호흡을 보여 줍니다! 오오! 리베리, 전진패스! 알라바가 측면을 파고듭니다! 카르바할이 뒤를 쫓아 보지만 너무 늦은 감이 있습니다! 알라바! 계속 침투합니다!

바이레른 뮌헨의 왼쪽 풀백 데이비드 알라바.

어린 나이에 바이에른 뮌헨의 주전을 차지한 그는, 자신이 왜 주전선수인지를 실력으로 보여 줬다.

빠른 스피드로 레알 마드리드의 측면을 파고든 그는 중앙으로 빠르고 정확한 땅볼 패스를 뿌려 냈다.

퍼엉!

대각선 뒤로 쏘아져 가는 공.

그 패스의 목적지에는 이민혁이 서 있었다.

'이게 웬 꿀이야?'

이민혁의 눈이 빛났다.

혹시 몰라서 서 있던 자리였다. 사실은 데이비드 알라바가 마리오 만주키치나 토마스 뮐러에게로 패스할 거라고 생각했었다.

설마 자신에게 패스할 줄은 몰랐다.

'고마워, 알라바.'

데이비드 알라바가 수비수들은 잔뜩 끌어낸 뒤에 보내 준 패스는.

절로 웃음이 나올 정도로 훌륭한 패스였다. 그냥 골을 떠먹여 주는 패스라고 말해도 인정할 정도로.

지금 이 순간, 이민혁의 앞엔 텅 빈 골대와 그곳을 지키고 있는 이케르 카시야스 골키퍼만 존재했다. 더구나 카시야스는 혹시 모를 데이비드 알라바의 슈팅을 경계하느라 왼쪽으로 치우쳐 있었다.

휘익!

빠르게 굴러오는 공을 향해 발의 안쪽 면을 가져다 댔다. 강하게 차는 것이 아닌, 가볍게 민다는 느낌으로 발을 휘둘렀다.

터엉!

공과 발이 만났을 때 터지는 경쾌한 소리.

때리자마자 골이라는 걸 직감할 정도로 제대로 맞은 슈팅이었다. 실시간으로 눈앞에 떠오른 '예리한 슈팅' 스킬 발동 메시지가 아니었어도 이건 골이 될 거라고 확신했을 것이다.

'됐어!'

공은 골대의 오른쪽 하단 구석으로 파고들었다.

이케르 카시야스가 재빨리 몸을 날려 봤지만, 왼쪽으로 치우친 그가 오른쪽 끝으로 날아가는 공을 건드릴 순 없었다.

철렁!

레알 마드리드의 골 망이 흔들렸다.

—오오오오옷! 들어갔습니다! 골입니다! 이민혁의 두 번째 골!
이민혁이 아주 중요한 골을 터뜨렸습니다!

—역시 바이에른 뮌헨이 쉽게 무너질 리가 없죠! 분데스리가의
최강 팀이잖습니까!

챔피언스리그 4강에서 레알 마드리드를 상대로 2골을 넣은
지금.

이민혁은 팬들이 보내는 거대한 함성을 들으며 환하게 웃었
다.

동시에.

'레벨 진짜 잘 오르네.'

두 번째 골을 넣으며 받은 스탯 포인트를 사용했다.

[스탯 포인트 2를 사용하셨습니다.]
[드리블 능력치가 2 상승합니다.]
[현재 드리블 능력치는 96입니다.]

동점골을 허용하게 된 레알 마드리드는 바빠졌다.

어떻게든 추가골을 넣기 위해서 경기장을 뛰어다녔다.

레알 마드리드의 BBC라인은 확실히 위협적이었다. 바이에른
뮌헨에게로 분위기가 넘어간 상황에서도 꾸준히 좋은 기회를 만
들어 내기 위해 고군분투했다.

하지만 바이에른 뮌헨의 집중력이 더 좋았다.

몸을 던지고, 거칠게 덤벼가며 BBC라인의 공세를 막아 내는 것에 성공했다.

그리고 지금.


삐이이익!


추가시간이 5분으로 결정됐다.

양 팀 선수들의 얼굴이 딱딱하게 굳었다. 모두가 괴로운 표정으로 크게 숨을 내쉬었다.

승리에 대한 의지는 강했지만.

지금처럼 모두가 지친 상황에서 추가시간이 길게 주어진 건 선수들에겐 끔찍한 일이었다.

차라리 3분 정도 주어지고, 그 시간에 모든 걸 쏟아붓는 게 더 낫다는 생각이 들 정도였다.

가진 체력은 모두 바닥났기에 그저 정신력으로만 뛰어야 하는 상황.

그런데.

유일하게 기뻐하고 있는 선수가 있었다.

이민혁.

바이에른 뮌헨의 윙어인 그는 추가시간이 5분이나 주어졌다는 것에 진심으로 기뻐했다.

당연한 일이었다.

'좋았어! 이러면 한 번쯤은 공격포인트 얻을 기회가 생길 수도 있고, 그렇게 되면 경험치도 더 먹는 거잖아?'

시간을 얻음으로써 경험치를 더 얻게 될 가능성이 높아졌으니까.

*       *       *

90분을 넘어간 이후, 5분의 추가시간이 진행됐다.

양 팀 모두 선수교체 카드를 사용했다.

바이에른 뮌헨은 프랑크 리베리를 빼고 제르단 샤키리를 투입했고, 토마스 뮐러를 빼고 마리오 괴체를 투입했다.

레알 마드리드는 앙헬 디 마리아와 루카 모드리치를 빼고 카세미루와 이스코를 투입했다.

양 팀 모두 지친 선수를 빼며, 짧은 시간이나마 팀에 새로운 활기를 불어넣으려고 했다.

이런 의도가 통했던 것일까?

레알 마드리드와 바이에른 뮌헨은 90분 동안 치열한 경기를 치른 팀답지 않은, 활발한 움직임을 펼쳤다.

마지막 남은 시간 동안 모든 걸 쏟아 내고 있었다.

이민혁도 마찬가지였다.

아직 체력이 남아 있었기에, 그 누구보다도 더 열심히 뛰며 팀에 도움이 되려고 했다.

수비에도 적극적으로 참여했다.

이민혁의 뒤에 선 풀백은 필립 람. 세계 최고의 풀백이기에 평소라면 걱정할 필요가 없는 선수다. 굳이 도움을 주지 않아도 알아서 잘한다.

그러나 오늘은 상황이 달랐다.

필립 람이 막아야 하는 선수는 크리스티아누 호날두였으니까.


크리스티아누 호날두.

현시점에서 세계 최고의 선수를 꼽을 때면, 리오넬 메시와 함께 절대 빠지지 않는 선수다.

슈팅, 스피드, 헤딩, 드리블, 오프 더 볼 상황에서의 움직임, 패스, 기본기 등, 거의 모든 부분에서 뛰어난 축구 기계.

인성은 몰라도 실력만큼은 최고라는 말이 잘 어울리는 대단한 선수다.

축구 팬들에게 신계에 오른 축구선수라고 평가받는 남자.

그런 선수를 혼자서 막는 건, 아무리 필립 람이라고 해도 어려운 일이다.

때문에, 이민혁은 레알 마드리드가 공격할 때마다 필립 람을 적극적으로 도왔다.

지금도 그랬다.

'…크리스티아누 호날두.'

이민혁의 앞엔 크리스티아누 호날두가 공을 툭툭 치며 다가오고 있었다.

'어떻게 올 거냐?'

이민혁이 침을 꿀꺽 삼켰다.

상대는 크리스티아누 호날두다.

저 녀석은 양발을 모두 잘 쓴다.

고로 어디로 치고 나갈지 예상할 수가 없다.

'날 막는 수비수들도 조금은 비슷한 기분이려나?'

이민혁 역시 이제는 양발잡이. 자신을 상대하는 수비수들이 오른발만을 사용할 때보다 훨씬 더 힘겨워하는 걸 느끼고 있었다.

그렇다고 해도 지금 눈앞에 선 선수한테는 못 미칠 것이다.

유일하게 리오넬 메시와 비슷한 급으로 평가받는 괴물, 크리스티아누 호날두의 위압감은 장난이 아니었다.

─이민혁이 호날두를 막아섭니다! 오늘 이민혁이 수비에도 적극적으로 참여하는 모습을 보여 주네요!

─아무래도 상대가 크리스티아누 호날두여서겠죠. 크리스티아누 호날두는 혼자서 막기엔 너무 버거운 선수니까요.

이민혁의 눈빛이 차분하게 가라앉았다.

'침착하자.'

침착하게 상대해도 막기 어려운 상대다. 급해지려는 마음을 다스려야 한다.

하지만 현재 남은 시간은 추가시간으로 주어진 5분이다.

겨우 5분이었다.

크리스티아누 호날두를 상대하는 지금도 시간이 지나고 있어서 사실상 5분도 안 남았다.

마인드컨트롤을 잘 하는 편인 이민혁이지만, 지금만큼은 마음을 다스리지 못했다.

계속해서 페인팅을 쓰며 유혹하는 크리스티아누 호날두에게 발을 뻗고 만 것이다.

휘익!

다만, 이민혁의 태클은 제법 날카로웠다.

수비 능력치는 낮지만, 좋은 실력을 지닌 동료들을 막아 본 경험이 담긴 태클이었다. 반칙이 될 가능성을 최대한 낮추고 빠르게 뻗은 태클.

제아무리 크리스티아누 호날두라고 해도 쉽게 볼 만한 것은 아니다.

그렇게 생각했다.

휘익! 툭!

"······!"

이민혁의 눈이 커졌다.

크리스티아누 호날두는 이민혁의 태클을 너무나도 쉽게 피해 냈다. 마치 이미 알고 있었던 것처럼 대응했다.

태클을 실패한 것에 대한 대가는 컸다.

크리스티아누 호날두를 완전히 놓쳐 버렸다.

'안 통하네.'

이민혁은 씁쓸한 표정을 한 채, 빠르게 스쳐 지나가는 크리스티아누 호날두의 뒤를 쫓았다. 아니, 쫓으려고 했던 그 순간.

이민혁의 눈엔 보였다.

크리스티아누 호날두의 발밑으로 파고드는 필립 람의 모습이.

완벽한 자세로 펼치는 슬라이딩태클로 그 대단하던 크리스티아누 호날두의 공을 뺏어 내는 모습이.

차자자자잣!

잔디 위로 미끄러진 필립 람이 몸을 일으켰다.

그는 이민혁의 귀에 들릴 정도로 큰 목소리로 소리쳤다.

"민혁, 고마워. 그 정도면 충분히 도움이 됐어. 계속 힘내 줘!"

도움? 호날두의 앞에서 시간을 조금이나마 끌었던 게 도움이 됐다는 건가?

이민혁이 허탈하게 웃었다. 분명 그런 뜻이었을 거다.

필립 람은 동료가 시간을 조금만 끌어 준다면 정확한 타이밍 태클을 구사할 수 있는 선수다.

그런 괴물이다.

'도움이 됐다니, 좋아해야 하는 건가?'

기분이 별로 좋진 않았다.

애초에 필립 람을 도울 생각이었다. 그래도 직접 크리스티아누 호날두를 막아 내고 싶었는데, 그러지 못했다.

하고자 했던 걸 하지 못한 것은 씁쓸하다.

아무래도 수비 훈련에 더 신경을 써야 할 것 같다는 생각이 들었다.

그리고.

'수비 능력치도… 언젠가는 올려야겠어.'

기회가 될 때면, 수비 능력치도 높은 수준까지 올리고 싶어졌다.

수비에 대한 욕심이 생겼지만 그 시간은 짧았다.

길게 생각할 시간이 없었기 때문이다.

"민혁!"

이민혁은 고개를 들고 굴러오는 공을 바라봤다. 패스였다. 공을 보낸 선수는 필립 람.

'우선 리턴.'

이민혁은 필립 람에게 다시 공을 넘겼다. 그의 주변이 압박이 헐거웠기도 했고, 자신의 주변엔 이미 파비우 코엔트랑이 다가와 있기도 했다.

어려운 길보다는 편한 길을 선택하는 게 나았다. 또, 느린 길보다는 빠른 길을 선택하는 게 나았다.

이민혁의 패스 능력은 좋은 편이 아니고, 필립 람의 패스 능력은 좋다.

사람의 속도는 공을 따라가지 못하기에, 필립 람이 전방으로 패스를 하는 편이 더 효율적이다.

터엉!

필립 람이 반대편 측면으로 공을 보냈다. 그걸 본 이민혁은 전방으로 뛰었다.

이제 남은 시간은 기껏해야 4분 정도.

기회를 적극적으로 만들어야 할 시간이었다.

그리고.

바이에른 뮌헨의 역습은 이미 시작되고 있었다.


―역습입니다! 필립 람이 데이비드 알라바에게 공을 연결합니다. 알라바, 제르단 샤키리에게 패스합니다!


패스의 템포는 빨랐다. 레알 마드리드 선수들이 가하는 압박을 벗어나기에 충분할 정도로.

프랑크 리베리와 교체되어 들어온 제르단 샤키리는 공을 오래 끌지 않았다.

크게 욕심을 부리지도 않았다.

곧바로 최전방에 있는 마리오 만주키치에게 빠르고 강한 땅볼 패스를 보냈다.

레알 마드리드의 센터백 페페를 등지고 있던 마리오 만주키치는 굴러오는 공을 가볍게 툭 밀었다.

—만주키치! 뒤에서 달려오는 마리오 괴체에게 공을 밀어 주네요! 좋은 플레이입니다!

—바이에른 뮌헨이 급하지 않게 역습을 진행하고 있습니다!

마리오 괴체.

체구는 작지만 좋은 실력을 지닌 그는 신중한 눈으로 주변을 둘러봤다. 빠르게 판단을 내리기 위해서 계속해서 머리를 굴렸다.

'마리오 만주키치에게 다시 패스를 하는 건 좋지 않아. 페페가 너무 견고하게 막고 있어.'

이때, 그의 눈에 이민혁의 움직임이 포착됐다.

눈을 마주치며 측면 뒷공간을 파고드는 이민혁. 마리오 괴체는 그 즉시 다리를 휘둘렀다.

터엉!

세르히오 라모스와 파비우 코엔트랑의 사이로 파고든 공. 이민혁이 그 공을 잡아냈다. 아슬아슬하게 오프사이드트랩을 뚫어 낸 이민혁은 빠르게 달려 나갔다.

—이민혁입니다! 이민혁이 중앙으로 파고듭니다!

마리오 괴체의 패스가 좋았다.

이민혁은 좋은 기회를 얻었다. 세르히오 라모스와 파비우 코엔트랑을 직접 상대하지 않고도 뚫어 냈다.

페페가 뛰어오는 게 보였지만, 마리오 만주키치가 몸싸움을 하며 진로를 방해했다. 만주키치다운 훌륭한 조력이었다.

'모두 고마워요. 이 기회, 어떻게든 살려 볼게요.'

확실한 마무리가 필요했다.

슈팅? 아니, 좋지 않다. 대각선으로 뻗어 나가는 오른발 슈팅을 때릴 수도 있지만. 각도가 그리 좋지 못하다. 더구나 상대는 이케르 카시야스이지 않은가. 세계적인 골키퍼인 상대가 잔뜩 긴장하며 몸을 날릴 준비를 하고 있다. 어중간한 슈팅은 통하지 않을 가능성이 높다.

'더 근접해야 해.'

급할 필요는 없다. 침착해야 한다.

이민혁은 빠르게, 최대한 공을 짧게 치며 전진했다. 어떤 타이밍에서든 공을 컨트롤할 수 있게 거리를 유지하며 집중했다.

이케르 카시야스가 참지 못하고 튀어나오는 게 보인다.

이민혁은 목표 지점을 찾았다. 가랑이 사이? 골대 반대편? 아니다. 지금은 골키퍼의 키를 넘기는 게 골을 넣기에 가장 안전한 방법이다.

물론, 정확하게 공을 띄워야 했지만. 자신은 있다.

수도 없이 연습했던 슈팅이었으니까.

휘익!

이민혁이 이케르 카시야스와의 거리를 계산하며 전진했다.

거리는 빠르게 가까워졌다. 1초… 2초…….

'지금!'

짧게 다리를 휘둘렀다. 공의 밑부분을 가볍게 찍어 차올렸다.

투웅!

이케르 카시야스가 하늘 높이 팔을 뻗어도 닿지 않을 정도. 딱 그 정도 높이로 공을 띄우려고 했다. 예리한 슈팅 스킬은 발동되지 않았다. 그래도 의도는 성공했다.

공은 포물선을 그리며 이케르 카시야스의 키를 넘겼다. 이케르 카시야스가 중심이 무너지는 상황에서도 필사적으로 팔을 휘저었지만. 공은 그의 손에 닿지 않았다.

꽈악! 이민혁이 주먹을 강하게 쥐었다.

'들어가라… 제발……!'

어쩌면 마지막 기회일 것이다.

마지막 기회가 아니라고 해도, 이보다 좋은 기회는 없을 것이다.

이민혁은 그렇게 생각했다.

때문에, 공의 움직임을 끝까지 놓치지 않았다. 간절한 마음으로 공이 골대 안으로 들어가기를 기다렸다.

힘을 잃은 공은 골대 앞에서 스르르 떨어져 내렸다.

퉁!

땅에 부딪혔다가 다시 튀어 올랐다.

튀어 오른 공의 궤적은 골대 안쪽.

철렁―

다행스럽게도 이민혁의 칩슛은 성공적으로 레알 마드리드의 골 망을 흔들었다.

"푸하!"

이민혁은 그제야 참았던 숨을 터뜨렸다.

챔피언스리그 4강.

그것도 레알 마드리드라는 세계적인 팀을 상대로 역전골이 될 슈팅을 하는 상황은.

강심장이라고 자부하던 이민혁에게도 긴장되는 순간이었다.

'다행이야.'

이마에 흐르는 식은땀을 닦아 내며, 이민혁은 주변을 둘러봤다.

잔뜩 흥분한 동료들이 달려오고 있었다.

평소라면 도망을 갔겠지만, 지금은 그러고 싶지 않았다.

"제가 해냈어요!"

이민혁은 환하게 웃으며 동료들을 향해 양팔을 넓게 벌렸다.

\*          \*          \*

「바이에른 뮌헨, 챔피언스리그 4강 1차전에서 레알 마드리드 제압! 역시 분데스리가의 제왕은 강했다.」

「바이에른 뮌헨, 레알 마드리드에게 힘겨운 승리 거둬. 승리의 키포 인트는 이민혁!」

「만 18세의 소년 이민혁, 세계를 놀라게 하다! 레알 마드리드 상대로 해트트릭 기록!」


챔피언스리그 4강 1차전의 승자는.

바이에른 뮌헨으로 결정됐다.

추가시간에 터진 이민혁의 역전골.

그 골을 넣은 뒤, 바이에른 뮌헨은 필사적으로 레알 마드리드 의 마지막 공격을 막아 냈다.

그렇게 얻은 승리였다.

"힘든 경기였습니다. 직접 상대한 여러분이 더 잘 아시겠지만, 레알 마드리드는 모든 면에서 어려운 상대였어요. 전반전까지만 해도 분위기는 완전히 상대에게 넘어갔었죠. 그러나, 우리는 무 너지지 않았습니다. 바이에른 뮌헨은 위기를 이겨 냈고, 레알 마 드리드를 상대로 역전승을 거뒀습니다."

펩 과르디올라 감독, 그의 눈은 충혈되어 있었다.

조금만 더 감정이 올라오면 눈물이 맺힐 것 같았다.

하지만, 그는 베테랑 감독. 기어코 감정을 컨트롤해 내며 말을 이었다.

"전 이게 기적이라고 생각하지 않습니다. 여러분의 땀과 노력 이 만들어 낸 결과라고 생각합니다. 모두… 잘 싸워 줘서 고맙습니다."

그 순간.


짝짝짝짝!


라커 룸에 모인 선수들이 박수를 보냈다.

감독에게, 그리고 열심히 뛰어 준 서로에게 보내는 박수였다.

또, 괴성을 질렀다. 사실 노래였지만, 괴성에 더 가까운 소리였다.

"우리는―! 스페인 최강팀을 상대로 승리했다~네!"

"그 누구도― 막을 수 없는! 바이언~! 바이언의 의지는 그 누구도 막을 수 없지!"

'죄다 처음 듣는 노래네. 아니지. 저걸 노래라고 할 수 있는 건가……?'

정체를 알 수 없는 노래들.

그럼에도 이민혁은 그 노래들을 따라 불렀다.

지금만큼은 다 내려놓고 승리에 대한 기쁨을 즐겼다.

동료들과 함께 괴성을 질렀고, 펩 과르디올라 감독과 어깨동무를 하고 춤을 췄다.

마침내 짧고 굵은 라커 룸 파티가 끝난 뒤에야.

'뭐가 나왔으려나?'

이민혁은 허공에 뜬 메시지들을 집중해서 바라봤다.

지금까진 동료들과의 시간을 보내느라 일부러 메시지를 보지 않았다.

그리고 지금.

"……!"

메시지를 본 이민혁은 경악할 수밖에 없었다.

[퀘스트를 완료하셨습니다!]

[퀘스트 내용: UEFA 챔피언스리그에서 첫 해트트릭을 기록하세요.]

[보상으로 경험치가 70% 증가합니다.]


[퀘스트를 완료하셨습니다!]

[퀘스트 내용: UEFA 챔피언스리그 4강전에서 해트트릭을 기록하세요.]

[보상으로 경험치가 100% 증가합니다.]


[퀘스트를 완료하셨습니다!]

[퀘스트 내용: UEFA 챔피언스리그 4강전에서 3개의 공격포인트를 기록하세요.]

[보상으로 경험치가 50% 증가합니다.]


[퀘스트를 완료하셨…….]

…….


[레벨이 올랐습니다!]

[레벨이 올랐습니다!]
[레벨이 올랐습니다!]

[레벨 70을 달성하셨습니다!]
[스킬이 지급됩니다.]
['프리킥 재능'을 습득하셨습니다.]

*Chapter. 3*

크리스티아누 호날두.

FC 바르셀로나에서 뛰는 리오넬 메시와 함께 세계 최고의 축구선수라고 불리는 남자.

그는 지금 당황하고 있었다.

'이렇게 될 줄은… 전혀 몰랐는데.'

패배는 놀랍지 않았다.

상대가 바이에른 뮌헨이지 않은가. 언제 만나도 승리를 확신할 수 없는 강팀이다.

그러나, 분위기가 너무 좋았기에 이렇게 역전을 당할 줄은 몰랐다.

그것도 바이에른 뮌헨의 유망주에게 당해 버렸다.

세계 최고라는 선수들이 겨우 18세의 어린 선수에게 3골을 허용하며 역전당해 버렸다.

이 사실은 크리스티아누 호날두에겐 충격적인 일이었다.

'이민혁이라고 했나……?'

솔직히 잘 모르던 선수였다.

알 필요가 없었다.

어차피 레알 마드리드가 상대할 윙어는 아르연 로번과 프랑크 리베리라고 생각했으니까.

그러나 막상 경기를 뒤집은 건 그 녀석이다. 키는 큰 편이지만, 아직 앳된 얼굴을 한 소년.

'그 나이에 그 정도 실력이라니… 솔직히 경악스러울 정도야.'

크리스티아누 호날두, 그는 지금 이민혁의 플레이를 떠올리며 다짐했다.

"다음에 보면, 내가 이겨 주마."

챔피언스리그 4강 2차전엔 무조건 이겨 주겠다고.

자신이 왜 세계 최고의 선수라고 불리는 남자인지 보여 주겠다고.

\*            \*            \*

…….

[레벨이 올랐습니다!]

[레벨이 올랐습니다!]

[레벨이 올랐습니다!]

[레벨 70을 달성하셨습니다!]

[스킬이 지급됩니다.]

['프리킥 재능'을 습득하셨습니다.]


"워……!"

이민혁이 멍하니 입을 벌렸다.

레벨이 3개나 오를 줄은 몰랐다. 덩달아 70레벨이 되며 스킬도 받았다. 이름은 '프리킥 재능'이란다.

"설마 '축구 재능'이랑 비슷한 건가?"

축구 실력이 빠르게 좋아지는 '축구 재능' 스킬과 비슷한 효과. 라면 그것만으로도 대박이다. 이민혁은 '축구 재능' 스킬을 얻은 이후로 실력이 빠르게 좋아졌으니까.

스킬을 얻기 전보다 훈련의 효과가 훨씬 좋아졌으니까.

"그랬으면 좋겠네."

이민혁은 기대감 가득한 표정으로 '프리킥 재능' 스킬의 정보를 확인했다.


[프리킥 재능]

유형: 패시브

효과: 프리킥 실력이 빠르게 좋아집니다.


결과는 예상대로였다.

프리킥 재능은 프리킥 실력이 빠르게 향상될 수 있게 도움을 주는 스킬이었다.

"드디어……!"

이민혁이 감격했다.

그동안 프리킥 실력이 도통 늘지 않았다.

팀 내에서 프리킥을 잘 차는 동료들에게 조언을 구하고, 직접 가르침을 받았음에도 잘 안 늘었다.

공의 위치, 패턴을 전부 익혀도 그들과 똑같이 찰 수가 없었다.

"이젠 달라지겠지. 그나저나……."

이민혁의 표정이 진지하게 변했다.

레알 마드리드를 상대했다는 게 비현실적으로 느껴졌다. 만약 메시지들이 아니었다면 정말 꿈이라고 생각했을 정도로.

'정말 강했어.'

직접 상대해 본 레알 마드리드는 강했다.

정말 깜짝 놀랐을 정도로.

특히 중원을 휘젓던 루카 모드리치와 BBC라인의 공격은 머릿속에 진하게 각인됐다.

'내가 어떻게 3골을 넣은 건지… 지금도 믿기지가 않네.'

운이 많이 따랐다. 또, 상대가 이민혁에 대한 정보가 별로 없고, 크게 알려고 하지도 않았기에 3개의 골을 넣을 수 있었다.

더불어 마지막 골은 마리오 괴체의 패스가 너무 좋았다.

마리오 괴체 본인도 그 패스에 대한 자부심이 있었는지, 뮌헨으로 돌아가는 길 내내 생색을 내고 있었다.

"민혁, 내가 그 패스 어쩌다가 했는지 알아? 원래는 슈팅을 하려고 했어. 나 알지? 거기서 슈팅했어도 분명 골이 됐을 거야. 근데 그 상황에서 네가 보이더라고? 그래서 고민했지. 아~! 내가 욕심을 부려서 골을 넣을까? 아니면 민혁에게 해트트릭을 만들어 줄까? 아주 어려운 고민이었지. 골 욕심을 버리는 게 어렵다는 건 너도 알잖아? 근데 나는 결국 너한테 패스를 했지. 우리 팀 막내한테 해트트릭을 만들어 주기 위해서!"

"…마리오, 그 얘기 다섯 번째예요."

이민혁이 귀를 파며 장난스레 인상을 찌푸렸다.

한두 번은 괜찮은데, 다섯 번째 들으니까 귀에서 피가 날 것 같았다.

그러자 마리오 괴체의 눈이 커졌다.

"야! 해트트릭 했으면 10번도 들어 줄 수 있는 거 아니야? 우와! 다들 여기 좀 봐! 얘 지금 귀 파는 거 보이지? 이제 내가 귀찮아진 거야? 다들 여기 좀 보라니까? 이민혁이 변했어! 예전에 나한테 드리블 알려 달라고 하던 이민혁은 이제 없다구!"

"마리오! 조용히 좀 해. 제발 잠 좀 자자. 그리고 너 슈팅 각도 안 나온 거 내가 다 봤어. 벤치에서 보면 다 보이는 거 알지? 급하게 패스할 곳 찾다가 민혁한테 준 거 다 봤다고."

마리오 괴체의 장난이 시끄러웠는지, 프랑크 리베리가 한마디를 툭 던졌고.

"리베리는 내 편인 줄 알았는데……!"

마리오 괴체는 그제야 입을 꾹 다물고 장난을 멈췄다.

어지간하면 기가 죽지 않는 괴체지만, 프랑크 리베리는 장난이 잘 통하지 않는 무서운 남자였다.

그 모습을 본 이민혁이 간신히 웃음을 참으며 마리오 괴체를
달랬다.

"마리오, 진짜 평생 고마워할게요. 마리오 덕에 챔피언스리그
에서 첫 해트트릭을 할 수 있었어요. 그리고 다음엔 제가 꼭 꿀
패스 드릴게요."

"…그래. 그리고 고마우면 하루빨리 덩치를 잔뜩 키운 다음에
리베리의 엉덩이 좀 걷어차 주라."

"…예?"

"다 들린다!"

프랑크 리베리가 귀찮다는 목소리로 소리쳤고.

"죄송해요!"

마리오 괴체는 빠른 사과와 함께 이어폰을 귀에 꽂았다.

'꽁트가 따로 없네.'

이민혁은 혼자 킥킥대며 눈을 감았다.

급격히 피로가 몰려왔다. 뮌헨에 도착할 때까지 눈을 좀 붙일
필요가 있었다.

*　　　　*　　　　*

뮌헨에 있는 숙소에 도착한 뒤.

이민혁은 침대에 누워서 상태 창을 띄웠다.

[이민혁]

레벨: 70

나이: 20세(만 18세)

키: 182㎝

몸무게: 75㎏

주발: 양발

[체력 72], [슈팅 80], [태클 54], [민첩 80], [패스 71]

[탈압박 76], [드리블 96], [몸싸움 71], [헤딩 62], [속도 85]

스킬: [예리한 슈팅], [예리한 패스], [축구 재능], [바디 밸런스], [강인한 신체], [양발잡이], [프리킥 재능]

스탯 포인트: 6

미뤄 뒀던 스탯 포인트를 사용할 생각이었다.

경기가 끝나고 숙소로 오는 길엔 일부러 스탯 포인트를 사용하지 않았다.

어떤 능력치를 올릴지 결정하지 못했고, 집에 와서 신중하게 생각해 보고 싶었으니까.

'스탯 포인트 6개… 어디에 쓰는 게 좋으려나?'

우선 가장 올리고 싶은 능력치는 드리블과 속도였다.

드리블은 100을 만들어 보고 싶고, 속도는 90을 만들어 보고 싶었다. 그렇게 되었을 때의 변화가 궁금했다.

하지만 당장 할 수 있는 건 둘 중 하나였다. 보유한 스탯 포인트는 6개였으니까.

앞선 2개의 능력치만큼은 아니지만, 민첩, 슈팅, 체력도 올리고 싶었다.

전부 올려 두면 큰 도움이 되는 능력치들이었다.

'헤딩 능력치도 욕심이 나고……'

헤딩 능력치의 경우 꾸준한 훈련을 한 결과 최근에 61에서 62가 됐지만, 그래도 전혀 만족스럽지 않았다.

이민혁의 헤딩 실력은 여전히 형편없는 수준이었으니까.

'그래도 헤딩은 급하지 않아. 아직 미뤄 둘 수 있어.'

펩 과르디올라 감독은 이민혁이 공중볼에서 강하길 원하지 않는다. 약한 헤딩을 연습하는 것보단, 잘하는 걸 더 키우기를 원했다.

때문에, 이민혁은 헤딩 능력치를 뒤로 미뤄 뒀다.

"어렵다. 어려워."

고민은 길어졌다.

시계를 보니 잠을 잘 시간이 지나 있었다.

이젠 진짜 자야 할 시간이었다.

"후회 안 하게 가장 올리고 싶었던 능력치를 올리자. 스탯 포인트는… 열심히 해서 또 얻으면 되지."

어려웠지만 결국 결정을 내렸다. 이민혁은 바로 스탯 포인트를 사용해서 2개의 능력치에 투자했다.


[스탯 포인트 4를 사용하셨습니다.]

[드리블 능력치가 4 상승합니다.]

[현재 드리블 능력치는 100입니다.]


[스탯 포인트 2를 사용하셨습니다.]

[속도 능력치가 2 상승합니다.]

[현재 속도 능력치는 87입니다.]

속도에 스탯 포인트를 투자한 것과.
드리블 능력치를 100으로 만든 효과.
이 효과들을 확인하는 데엔 그리 오랜 시간이 걸리지 않았다.

*       *       *

「바이에른 뮌헨, 분데스리가 32라운드에서 베르더 브레멘 상대로 5 대
1 대승!」

「이민혁, 2골 1어시스트 기록하며 물오른 기량 펼쳐!」

「펩 과르디올라 감독, '이민혁의 성장 속도는 불가사의하다고 느껴질
정도. 나는 이 정도로 빠른 성장을 보여 주는 선수는 본 적이 없다'라며
이민혁의 재능을 높게 평가해.」

「이민혁, 마법과 같은 드리블로 베르더 브레멘의 측면을 완전히 부
숴 버려!」

레알 마드리드와의 챔피언스리그 4강 1차전이 끝난 이후에 펼
쳐진 경기.

베르더 브레멘과의 리그 경기에서 이민혁은 2골 1어시스트를
기록했다.

바이에른 뮌헨의 팬들과 한국 팬들은 열광했다.

3개의 공격포인트를 기록한 것 자체도 대단했지만, 이들은 그
과정에 더욱 매료됐다.

베르더 브레멘의 수비를 무차별적으로 뚫어 내는 이민혁의 드리블!

무려 90%에 가까운 성공률을 보여 준 돌파에 매료될 수밖에 없었다.

상대 수비수의 수준이 낮았던 것도 아니다.

브레멘전에서 이민혁은 왼쪽 윙어로 출전했고, 상대 풀백은 아나이츠 아르비야였다.

아나이츠 아르비야는 분데스리가에서 살아남은 풀백답게 실력이 준수한 수비수였다.

그럼에도 이민혁은 아나이츠 아르비야를 말 그대로 탈탈 털어 버렸다.

게다가 이민혁은 브레멘의 센터백, 제바스티안 프뢰들마저 드리블로 털어 버리며 팬들을 충격에 빠뜨렸다.

"이민혁 드리블이 어째 날이 갈수록 좋아지는 거 같다? 아나이츠 아르비야는 그리 못하는 수비수가 아닌데, 완전히 압도해 버렸어."

"맞아. 분명 분데스리가에 데뷔할 때는 이 정도가 아니었어. 펩 과르디올라 감독이 이민혁을 공들여서 키우는 이유가 있었어. 걔는 진짜 천재 중의 천재야."

"요즘 팬들 사이에서 이민혁의 인기는 바이에른 뮌헨 내에서도 거의 상위권 아닌가? 플레이 스타일이 시원시원한데, 돌파 성공률도 높으니 안 좋아할 수가 없잖아."

"상위권이지. 아르연 로번과 프랑크 리베리, 토마스 뮐러 같은 몇몇 선수 빼고는 아마 이민혁의 인기가 가장 높을걸?"

매번 좋은 모습을 보여 주는 이민혁.

당연하게도 이민혁에 대한 팬들의 기대감은 날이 갈수록 커졌다.

그리고 며칠 뒤.

드리블에 제대로 자신감이 붙은 이민혁은 챔피언스리그 4강 2차전 선발 명단에 이름을 올렸다.

무려 프랑크 리베리를 밀어내고 얻어 낸 기회였다.

[퀘스트를 완료하셨습니다!]
[퀘스트 내용: UEFA 챔피언스리그 4강 2차전에 출전하세요.]
[보상으로 경험치가 대폭 증가합니다.]

[퀘스트를 완료하셨습니다!]
[퀘스트 내용: UEFA 챔피언스리그 4강 2차전에 선발로 출전하세요.]
[보상으로 경험치가 대폭 증가합니다.]

[퀘스트를 완료하셨…….]
…….

[레벨이 올랐습니다!]

"좋았어."

레벨이 오른 걸 본 이민혁이 씨익 웃었다.

지난 경기인 베르더 브레멘전에서 얻어 뒀던 경험치들이 제법 많았기에, 레벨이 오른 것 같다는 생각과 함께.

스탯 포인트를 바로 사용했다.


[스탯 포인트 2를 사용하셨습니다.]
[속도 능력치가 2 상승합니다.]
[현재 속도 능력치는 89입니다.]


이제 속도 능력치는 89.

87이 됐을 때도 제법 빨라진 게 느껴졌었다.

89라면 얼마나 더 빨라졌을지 벌써 기대가 됐다.


*       *       *


선수들이 각자의 자리를 찾아 넓게 퍼졌다.

이민혁도 프랑크 리베리가 자주 뛰는 왼쪽 윙어 자리로 뛰어들어갔다.

주심의 휘슬 소리를 기다리면서, 이민혁은 상대 선수들을 바라봤다.

그때였다.

"…응?"

따가운 시선이 느껴졌다.

단순히 느낌만은 아니라는 생각에 이민혁이 시선을 움직였다. 그 시선이 향한 곳에는.

이글거리는 눈빛으로 노려보고 있는 크리스티아누 호날두가 보였다.

"저 사람, 왜 저래?"

물론 이민혁은 그 이유를 알지 못했다.

'…나한테 불만이 있나?'

이민혁은 이해하지 못했다.

크리스티아누 호날두가 왜 자신을 노려보고 있는지.

'착각인가?'

그래, 저 사람이 날 왜 노려보겠어. 그렇게 대수롭지 않게 생각하며 이민혁은 시선을 돌렸다.

그런데.

여전히 따가운 시선이 느껴졌다.

휙!

다시 고개를 돌려 보니, 크리스티아누 호날두는 여전히 레이저 같은 눈빛을 보내고 있었다.

'나… 맞구나.'

이민혁이 피식 웃었다.

참 이상한 양반들이 많다는 생각이 들었다. 다른 선수도 아니고, 세계 최고의 선수인 크리스티아누 호날두이기에 조금 신경이 쓰이긴 했다. 그래도 무시하기로 했다.

곧 시작될 경기에 집중해야 했으니까.


―모두가 기다렸던 경기가… 지금! 시작합니다!

바이에른 뮌헨과 레알 마드리드의 챔피언스리그 4강 2차전이 시작됐다.

양 팀 모두 긴장감이 흘렀다. 또, 관중들의 얼굴에도 긴장감이 흘렀다.

1차전의 승자는 바이에른 뮌헨이었다. 하지만 스코어는 3 대 2. 놀랍도록 치열한 결과였다.

두 팀의 만남은 워낙 치열했기에, 긴장될 수밖에 없었다.

다만, 이민혁이 느끼는 긴장감은 현저히 적었다.

'드리블이 얼마나 먹힐지 확인 좀 해 봐야겠어. 프리킥은… 실전에서 보여 주려면 아직 연습이 더 필요하고.'

실력에 강한 자신감이 생겼고, 조금이라도 더 빨리 자신의 실력을 확인해 보고 싶다는 생각만이 강했다.

상대에 대한 두려움은 적어도 이민혁에겐 존재하지 않았다.


─바이에른 뮌헨의 팬들은 오늘 이민혁의 활약에 집중하고 있을 것 같습니다. 최근 드리블 능력이 제대로 물이 올랐거든요? 이전과는 또 달라진, 더욱 성장한 이민혁이 어떤 모습을 보여 줄지. 어떤 화려한 드리블을 보여 줄지 기대할 수밖에 없을 겁니다!


툭!

이민혁이 공을 잡았다.

데이비드 알라바가 보낸 패스였다.

오늘 출전하지 않은 프랑크 리베리 대신, 이민혁과 호흡을 맞추게 된 데이비드 알라바.

그의 패스는 깔끔했다. 뻔하지 않은 페인팅을 주고, 정확히 이민혁의 발밑으로 공을 건네줬다.

이민혁이 몸을 돌렸다. 주변엔 2명의 선수가 그를 둘러싸고 있었다. 루카 모드리치와 가레스 베일. 이들은 이민혁의 드리블을 경계했다.

'무리할 필요는 없지.'

드리블에 대한 자신감이 가득한 상태였지만, 이민혁은 무리할 생각이 없었다. 마음먹으면 저 둘을 뚫을 수 있을 것 같았다. 그러나 그러면 체력이 소모된다.

드리블 돌파는 생각보다 많은 체력을 소모한다.

경기는 초반이다. 더 영리한 방법이 있다면, 그 방법을 써야 한다.

그리고 오늘의 파트너인 데이비드 알라바도 비슷한 생각을 한 모양이었다. 그는 이민혁을 지나쳐 레알 마드리드의 왼쪽 측면으로 뛰어들었다.

'알라바.'

이민혁은 뛰어 들어가는 알라바를 향해 공을 찍어 찼다. 현재 패스 능력치는 71. 정확도 높은 패스를 구사하진 못한다. 그래도 공은 포물선으로 날아갔다. 데이비드 알라바가 받기엔 충분한 퀄리티의 패스였다.

토옥!

데이비드 알라바는 부드럽게 공을 잡아 냈다. 그는 조금 더 깊숙이 침투한 후, 왼발을 강하게 휘둘렀다. 최대한 좋은 각도에서 크로스를 올리려는 움직임. 알라바의 의도는 잘 통했다.

왼발로 강하게 감아 찬 공이 레알 마드리드의 페널티박스 안으로 부드럽게 휘어 들어갔다.

—데이비드 알라바, 크로스!

마리오 만주키치가 세르히오 라모스와 몸싸움을 하며 몸을 띄웠다. 뒤편에선 토마스 뮐러가 쇄도하며 점프했다. 바스티안 슈바인슈타이거도 어느새 달려와 공중볼 경합에 참여했다.

'느낌이 좋은데?'

이민혁은 페널티박스 바깥으로 뛰어가면서 페널티박스 안쪽에서 일어나는 일을 바라봤다.

알라바가 뿌린 크로스의 궤적이 너무 좋았다. 만주키치, 토마스 뮐러, 슈바인슈타이거의 움직임도 모두 좋았다. 만주키치가 레알 마드리드 수비수들의 어그로를 잔뜩 끌고 있고, 토마스 뮐러와 슈바인슈타이거가 날카로운 움직임으로 날아오는 공을 향해 점프했다.

둘 중 한 선수에게만 걸려도 레알 마드리드에겐 위협이 된다.

공을 머리에 맞힌 선수는 토마스 뮐러였다.

오프 더 볼 움직임이 워낙 좋은 선수였다. 그는 훈련 때도 이런 상황에서 많은 골을 넣는다. 화려하진 않지만, 실수를 거의 하지 않고 영리한 플레이로 늘 팀에게 도움이 되는 선수다. 감독으로선 뺄 수가 없는 선수.

그런 토마스 뮐러는 헤딩 능력도 좋았다.

기습적으로 페널티박스 안으로 파고든 그는 날아오는 공을 정확히 반대편 골대로 보냈다.

터엉!

—토마스 뮐러! 헤딩!

하지만 상대는 레알 마드리드였다.

이 팀을 지키는 골키퍼는 세계 최고라 불리는 이케르 카시야스.

그는 믿을 수 없는 반응속도를 보이며 토마스 뮐러의 헤딩을 쳐 냈다.

퍼엉!

공이 날아왔다. 이민혁은 공이 날아오는 방향이 자신과 가깝다는 걸 인지하자마자 움직였다.

세 걸음 정도 움직이는 것으로 충분했다. 날아오는 공을 보며 다리를 휘둘렀다. 이런 상황에서의 발리슛은 꾸준히 연습해 오던 것. 이민혁의 얼굴엔 자신감이 가득했다.

휘익!

너무 강하지 않게, 정확도 위주로 다리를 휘둘렀다.

퍼엉!

발등에 공이 얹혔다. 공이 쏜살같이 쏘아졌다. 이케르 카시야스 골키퍼도 반응하지 못할 정도로 빠른 슈팅이었다.

이민혁이 주먹을 강하게 쥐었다. 골이 될 것 같다는 느낌이 진하게 풍겨 왔다. 정말 제대로 맞았다. 더구나 메시지까지 떠올랐다.

[20% 확률로 '예리한 슈팅' 스킬 효과가 발동됩니다!]
[슈팅의 정확도가 대폭 상승합니다.]

최근 잘 발동되지 않았던 예리한 슈팅 스킬. 이 스킬이 발동된 순간 이민혁은 더욱 확신했다.

골이 될 거라고.

그러나, 운이 좋지 않았다.

떠어엉!

—아~! 이게 골대에 맞나요? 정말 환상적인 슈팅이었는데 말이죠!

안타깝게도 슈팅은 레알 마드리드의 골대에 맞고 튕겨 나왔다. 분명 제대로 맞았고, 예리한 슈팅까지 발동됐다.

이 정도면 어지간하면 골이 된다.

"아쉽네."

이민혁이 씁쓸하게 웃으며 몸을 돌렸다.

미련이 없다면 거짓말이겠지만, 최대한 미련을 버렸다. 최선을 다한 슈팅이었고 골대에 맞았다. 아쉽지만 어쩔 수 있겠나.

"다음엔 넣어야지."

다음을 기약하는 수밖에 없다.

다음엔 놓치지 않겠다고 다짐하며 힘을 낼 수밖에 없다.

경기는 이제 막 시작했고, 남은 시간은 많다.

여전히 이민혁에겐 자신감이 있었다.

무언가를 만들어 낼 수 있다는 자신감이.

*             *             *

위기를 한 번 넘긴 레알 마드리드는 더욱 단단해졌다.

레알 마드리드는 역습에 강점이 있는 팀이지만, 천천히 빌드업을 쌓아 나가는 것도 잘하는 팀이다.

사실상 모든 걸 잘하는 팀이다.

그럴 수밖에 없다.

전 세계에서 가장 축구 잘하는 선수들을 모아 놨으니까.

―레알 마드리드가 점유율을 높여 가고 있습니다. 바이에른 뮌헨의 압박을 이겨 내고 중원을 장악하고 있습니다!

바이에른 뮌헨의 압박은 분명 강했다. 공격수와 윙어, 수비수 가릴 것 없이 모든 선수가 많이 뛰며 적극적으로 압박을 시도했다.

그래도 레알 마드리드는 안정감을 유지했다.

루카 모드리치.

그라운드의 마법사와 같은 이 남자는 얄미울 정도로 공을 빼앗기지 않았고, 매번 정확한 패스, 많은 활동량으로 레알 마드리드의 중심과 같은 역할을 했다.

지금 레알 마드리드가 강한 압박 속에서 안정감을 유지하는 것도 사실상 루카 모드리치의 역할이 컸다.

'대단해!'

이민혁의 눈에도 루카 모드리치는 대단해 보였다.

그야말로 클래스가 다른 미드필더라는 생각이 들 정도로.

1차전에서도 대단하다고 느꼈지만, 2차전이 펼쳐지는 지금은 컨디션이 더 좋아 보였다.

특히, 강한 압박을 받으면서도 뿌려 내는 자로 잰 듯한 패스는 볼 때마다 감탄이 나왔다.

지금도 그랬다.

루카 모드리치는 패스 한 번으로 바이에른 뮌헨을 위기에 빠뜨렸다.

―모드리치의 좋은 패스! 크리스티아누 호날두가 받습니다!

크리스티아누 호날두에게로 연결된 공.

그의 앞엔 단테가 서 있었지만, 호날두는 기어코 슈팅을 만들어 냈다.

퍼엉!

발등으로 강하게 때리는 슈팅이 순식간에 바이에른 뮌헨의 골대를 향해 쏘아졌다.

타앗!

마누엘 노이어 골키퍼가 몸을 날렸다. 팔을 쭉 뻗었다. 이 모든 움직임은 빨랐다. 그러나 크리스티아누 호날두가 때린 공은 이미 골 망을 흔들었다.

철렁!

─레알 마드리드가 선제골을 터뜨립니다! 역시 엄청난 화력이네요! 바이에른 뮌헨이 필사적으로 막아 봤지만, 기어코 뚫리고 말았습니다!

─크리스티아누 호날두! 역시 대단합니다!

전반 25분에 당한 일격.

바이에른 뮌헨에겐 뼈아픈 실점이었다.

펩 과르디올라 감독은 선수들을 다독이며 분위기를 환기하려 했다.

팀의 주장인 필립 람도 크게 소리를 지르며 기세에서 밀리지 않기 위해 최선을 다했다.

'천천히 만들면 돼. 시간은 많아.'

이민혁은 침착했다.

레알 마드리드가 선제골을 넣는 건 예상범위 안에 있었다. 깔끔하게 인정했다. 저들의 화력이 바이에른 뮌헨의 수비수들을 뚫을 수 있는 수준이라는 걸.

그리고.

이민혁은 믿었다.

반대로 바이에른 뮌헨의 화력도 레알 마드리드의 수비를 뚫어 낼 수 있다고.

툭! 툭!

이민혁은 토니 크로스, 데이비드 알라바와 공을 주고받았다.

삼각형으로 진형을 만들어서 상대의 압박을 벗어났다.

공은 한 바퀴 돌아서 다시 이민혁에게로 넘어왔다.

이때, 이민혁의 앞엔 다니엘 카르바할이 서 있었다.

'카르바할은 내가 스피드로 누를 수 있는 선수야.'

공을 툭툭 치며 전진하던 이민혁이 한순간에 공을 앞으로 길게 밀어 넣으며 급격히 속도를 올렸다. 스피드로 눌러 버리는 플레이. 훈련 때도 자신보다 느린 선수에겐 아주 잘 먹혔던 돌파 패턴이었다.

지금도 그랬다.

다니엘 카르바할은 본능적으로 이민혁을 막기 힘들다는 걸 깨달았다. 그래서 강하게 어깨를 부딪치고, 팔을 휘저으며 이민혁의 돌파를 방해했다. 베테랑 수비수다운, 얄밉지만 노련한 수비였다.

'까다롭긴 해.'

이민혁의 표정이 잠시나마 굳어졌다.

다니엘 카르바할의 저항이 생각보다 더 거셌다. 예상을 벗어난 수비 능력이었다.

하지만, 그럼에도 이민혁은 이길 수 있다고 확신했다.

'그래도 뚫을 수 있어.'

예전이었다면 밸런스가 무너졌을 것이다. 하지만 지금은 아니다.

몸싸움 능력치가 70을 넘은 뒤로, 밸런스가 흔들리긴 해도 쉽게 무너지진 않는다.

또한, 이런 류의 수비엔 이미 적응이 되어 있다. 필립 람, 데이비드 알라바와 같은 동료들에게 수도 없이 당해 봤다.

파앗!

다니엘 카르바할의 팔을 뿌리치는 것에 성공했다. 그러자 이민혁의 속도가 더욱 살아났다.

측면을 깊숙이 파고들었다.

탓!

땅을 박차고, 휘익! 몸을 틀었다. 레알 마드리드의 페널티박스가 보였다. 마리오 만주키치, 토마스 뮐러, 아르연 로번이 침투하고 있었다. 세르히오 라모스, 페페, 파비우 코엔트랑이 긴장한 얼굴로 동료들을 막아서고 있다.

'다들 최선을 다해 주고 있어.'

동료들은 할 수 있는 걸 모두 하고 있다.

상대 수비수들을 긴장하게 만드는 저 움직임들은 이민혁에게 큰 도움이 된다. 상대 수비수들은 로번, 만주키치, 토마스 뮐러를 막느라 이민혁에게 다가올 수가 없다.

이민혁은 현재 다니엘 카르바할을 뚫어 낸 상황. 비교적 자유롭게 더 깊숙한 곳으로 침투할 수 있었다.

─이민혁이 계속 파고듭니다!

기어코 페널티박스 안까지 침투하는 것에 성공했다. 하지만 슈팅 각은 나오지 않는다. 슈팅 능력치가 높다면 감아서 반대편 골대를 노릴 수도 있겠지만, 이민혁에게 그런 높은 수준의 슈팅 능력은 없다.

직접 기회를 만들어야 했다.

레알 마드리드의 수비는 견고했다.

모든 수비수들이 긴장을 놓지 않고 있었다. 그 결과, 줄 곳이 마땅히 보이지 않았다. 마리오 만주키치, 아르연 로번, 토마스 뮐러 모두 방해를 받고 있다.

심지어 뒤에 처져서 중거리 슈팅을 준비하는 토니 크로스마저 위치 선정에 방해를 받고 있는 상황.

선택을 내릴 시간이었다.

이민혁은 선택을 내렸다. 현재 자신의 가장 강력한 무기를 사용해서 직접 골을 넣기로.

*          *          *

현재 이민혁의 가장 강력한 무기는 속도가 아니다.

드리블.

100이라는 무지막지한 수치를 가진 드리블이 가장 강력한 무기다.

'짧게… 최대한 짧게 드리블해야 해.'

공간이 별로 없다. 신중하게 공을 다뤄야 한다.

바로 앞엔 이케르 카시야스가 눈을 부릅뜨고 달려들 타이밍을 노리고 있다.

주변엔 라모스, 페페와 같은 무시무시한 센터백들이 있다. 저들은 다른 선수들을 막고 있지만, 저러다가도 언제 이민혁에게

발을 뻗을지 모른다.

이민혁은 숨을 참았다.

쿵쾅대는 심장박동 소리가 들려오는 것 같았다. 그 상황에서도 상대 선수들의 움직임에 집중했다.

급해도 상대가 더 급할 것이고, 분명 먼저 행동을 취할 것이라고 확신했다.

그때였다.

토마스 뮐러를 막던 페페가 땅을 박찼다. 예상대로였다. 페페는 기습적인 태클을 시도했다. 그것도 슬라이딩태클이다. 페페는 공중에 낮게 뜬 채, 다리를 길게 뻗어 왔다.

예상을 했기 때문에, 이민혁은 침착하게 반응할 수 있었다.

그리고 지금.

지난 레알 마드리드와의 1차전 때는 할 수 없었던 움직임을 시도했다.

툭!

슬라이딩태클을 하는 페페의 움직임을 바라보며, 공을 가볍게 찍어 올렸다. 동시에 제자리에서 높게 뛰어올랐다.

다리가 높게 들렸고, 공은 허리 높이로 튀어 올라왔다.

이민혁의 눈엔 보였다. 공중에 띄운 다리 밑으로 페페의 몸이 미끄러져 가는 것이.

체공 시간은 짧았다.

탁!

이민혁이 땅에 내려왔다. 공도 떨어져 내렸다.

투웅!

공이 바닥에 튕겨 위로 치솟았다.

슈팅을 때리기에 좋은 타이밍이었다. 이민혁은 다리를 휘둘렀다. 발등으로 공을 정확하게 때리고 싶었다. 그래서 집중했다. 아직 참았던 숨은 터뜨리지 않는다. 조금의 방해도 받고 싶지 않았다.

파앙!

발리슛으로 때려 낸 공이 쏘아졌다. 골대 바로 앞에서 때린 슈팅. 느낌이 좋았다. 제대로 걸렸다는 느낌.

스킬은 발동되지 않았다. 그래도 괜찮았다.

공은 이미 레알 마드리드의 골 망을 흔들고 있었으니까.

철렁!

골 망이 흔들렸다.

이케르 카시야스 골키퍼는 반응도 하지 못했다. 그는 멍하니 골대 안을 굴러다니는 공을 바라봤다.

"푸하!"

이민혁이 참았던 숨을 터뜨렸다.

너무 집중했기 때문일까? 아니면 숨을 오래 참았기 때문일까?

정신을 차리기가 힘들었다. 무슨 일이 일어난 건지 정확히 판단하기가 쉽지 않았다.

'성공했나?'

골대 안을 굴러다니는 공을 보니, 성공한 것 같다는 생각이 들었다.

그래서 고개를 들었다. 주변을 둘러봤다.

그 순간, 이민혁의 눈엔 보였다.

"……!"

열광하는 관중들의 모습이.

어느새 달려온 동료들과 많은 수의 메시지들이 시야를 가득 메우기 시작한 것이.


우와아아아아아아!


광기에 휩싸인 동료들의 모습과 메시지들이 겹쳐 보이기 시작했다.

이민혁은 정신이 없지만, 본능적으로 손을 뻗으며 소리쳤다.

그래야만 할 것 같았다.

"자, 잠시만요!"


[퀘스트를 완료하셨습니다!]

[퀘스트 내용: UEFA 챔피언스리그 4강 2차전에서 골을 기록하세요.]

[보상으로 경험치가 대폭 증가합니다.]


[퀘스트를 완료하셨…….]

…….


눈앞에 떠오르는 메시지들.

여기까진 좋았다.

문제는…….

"으아아아아! 이 미친 자식이 지금 무슨 짓을 한 거야?!"

"미혀어어어억! 네가 해냈어! 네가 해냈다고 이 자식아!"

"크하하하! 천재가 또다시 일을 냈구나! 너무 기특해서 아주 강하게 끌어안아 줘야겠어!"

"이리 와! 어딜 가려는 거야?!"

"민혁! 이 굉장한 자식! 엥? 도망가려고? 절대 못 도망가!"

광기에 휩싸인 얼굴로 달려드는 동료들.

'피해야 해!'

위기를 느낀 이민혁은 몸을 돌리려고 했다. 최선을 다해서 도망가려고 했다.

그러나.

퍼억!

"커헉……!"

동료들과의 거리는 이미 너무 가까웠다.

이민혁은 바닥에 쓰러진 채로 위로 올라타는 동료들의 무게를 전부 느껴야만 했다.

'스탯 포인트를 민첩에 투자했으면 도망갈 수 있었을까……?'

몸이 더 빠르지 못한 것에 안타까워하며, 이민혁은 고통스러운 비명을 질렀다.

"아오! 무겁다고요!"


*            *            *


바이에른 뮌헨의 홈구장 알리안츠 아레나.

무려 7만 명이 넘는 인원을 수용 가능한 이곳은 관중들로 가득 차 있다.

가득한 관중의 대부분은 바이에른 뮌헨을 응원하는 사람들.

이들은 지금, 한 선수를 향해 함성을 보내고 있었다.

"이민혀어어어어어억! 네가 해낼 줄 알았다고! 넌 바이에른 뮌헨의 미래니까!"

"와하하하핫! 리! 네 덕에 심장이 멈출 뻔했잖아! 어떻게 그런 플레이를 할 수가 있는 거냐?!"

"이민혁은 월드클래스야! 현재 월드클래스 중에서도 이민혁 같은 플레이를 할 수 있는 선수는 없어!"

"와아아아아! 이민혁! 오늘도 레알 마드리드를 부숴 버리자!"

이민혁.

바이에른 뮌헨의 천재 윙어라고 불리는 선수.

프랑크 리베리와 아르연 로번의 뒤를 이을 거라는 평가를 받는 선수.

그를 향한 함성이었다.


―이민혁 선수를 향한 함성이 대단합니다! 알리안츠 아레나에 있는 관중들이 이민혁의 이름을 부르고 있습니다!

―정말 자랑스럽네요! 이제 고작 만 18세의 어린 선수입니다! 이렇게 어린 선수가 전 세계를 놀라게 하네요!

―방금 장면을 다시 보시죠! 이민혁 선수는 페널티박스 안에서도 침착하게 상대의 움직임을 본 뒤에 움직입니다. 또, 매우 놀라운 플레이를 보여 줬는데… 바로 지금입니다! 페페 선수의 슬라이

딩태클 타이밍에 맞춰서 공과 함께 몸을 띄웠죠! 점프로 슬라이딩 태클을 피해 내는 이런 플레이는… 이야~! 현실에서, 그것도 레알 마드리드의 수비수들을 상대로 할 수 있다는 건 정말 보고도 믿기가 어렵네요!

─이민혁 선수가 보여 준 플레이는 게임에서도 하기 힘들죠.


실시간으로 경기를 보는 한국 팬들의 반응도 뜨거웠다.


ㄴ우와!!!!!!!!!!! 이게 뭐야?ㅋㅋㅋㅋ 이민혁 미친 거 아님? 방금 움직임 뭐냐고ㅋㅋㅋㅋㅋ

ㄴ허… ㅋㅋㅋ 이젠 감탄만 나온다. 이민혁은 꼭 이렇게 나를 놀라게 한다니까? 리얼 판타지스타 스타일인 듯.

ㄴㅋㅋㅋㅋ해외 반응도 오지겠네. 페널티박스 안에서 어쩜 저렇게 침착하지? 나이 속인 거 아닌가?

ㄴ슬라이딩태클을 점프로 피하는 건 처음 보네;;;;;;;; 다들 페페 당황한 표정 봤음? 깡페페가 우리나라 선수 때문에 시무룩해진 걸 볼 줄이야.

ㄴ이민혁은 진짜다! 얜 미쳤어!! 분명히 조만간 월클 소리 듣는다.


해외 반응도 뜨거웠다.

축구 팬들 사이에선 이민혁이 도대체 누군지, 어떻게 저런 플레이를 할 수 있는지에 대한 주제로 뜨겁게 불타올랐다.

모두가 열광하고, 모두가 경악했다.

그만큼 이민혁이 보여 준 건 충격적인 플레이였다.

더불어 레알 마드리드의 수비를 뚫어 내고 골까지 넣은 이민혁의 플레이는 경기장의 분위기에 큰 영향을 미쳤다.

바이에른 뮌헨 선수들에겐 경기에서 이길 수 있다는 자신감을 줬고.

기세가 좋던 레알 마드리드의 분위기를 크게 떨어뜨렸다.

─바이에른 뮌헨의 경기력이 살아나고 있습니다! 중원에서의 안정감이 좋아졌습니다!

슈바인슈타이거, 토니 크로스, 토마스 뮐러는 안정적으로 패스를 이어 받았다. 팀의 중심을 확실하게 잡아 주기 시작했다.

자연스레 공격도 살아났다.

아르연 로번과 이민혁, 마리오 만주키치에게로 오는 패스가 많아졌고, 크로스와 슈팅 숫자가 늘어났다.

─아르연 로번! 좋은 슈팅입니다! 이케르 카시야스가 아니었다면 막을 수 없는 슈팅이었어요! 바이에른 뮌헨, 날카롭습니다!

바이에른 뮌헨이 밀어붙이고 레알 마드리드가 밀리는 상황이 이어졌다.

전반전이 끝나고 후반전으로 넘어가서도 이어졌다.

다만, 바이에른 뮌헨은 레알 마드리드의 역습을 조심해야 했다.

방심하지 않아야 했다. 너무 많은 체력을 쓰지 않아야 했다.

그러나.

챔피언스리그 4강 2차전, 그것도 유리한 상황에서 상대를 밀어붙이고 있다는 쾌감에 바이에른 뮌헨은 너무 신을 냈다.

이들은 자신들도 모르는 사이에 라인을 높게 올리기까지 했다.

무의식중에 1차전에서 했던 실수를 그대로 되풀이했다.

펩 과르디올라 감독이 라인을 내리고 침착하게 하라는 말을 목이 터질 듯 외쳤지만, 관중들의 함성에 묻히고 말았다.

그 결과.

바이에른 뮌헨은 레알 마드리드에게 역습을 허용했다.


─세르히오 라모스가 끊어 냅니다! 전방으로 길게 패스를 뿌립니다! 가레스 베일이 공을 받습니다! 역습입니다!


가레스 베일은 한 마리 말처럼 뛰었다.

데이비드 알라바도 굉장히 빠른 편인데, 베일의 속도를 따라잡지 못했다.

이민혁도 알라바와 함께 가레스 베일의 뒤를 쫓고 있지만, 거리가 잘 좁혀지지 않았다.

'와… 진짜 빠르네.'

스피드에 자신이 있는 이민혁이지만, 가레스 베일을 속도로 이길 수 있을 것 같진 않았다.

물론 지금 당장 이기지 못한다는 거지, 미래엔 모른다고 생각했다.

'난 능력치를 올릴 수 있으니까.'

미래엔… 충분히 이길 수 있을 거라고 믿었다.

그러나 문제는 지금이었다.

가레스 베일은 바이에른 뮌헨의 측면을 깊숙하게 파고들었다. 베일급의 선수에게 측면을 내준다는 건 엄청난 위기를 맞은 것과 다름없었고.

중앙수비수인 단테와 제롬 보아텡은 긴장한 얼굴로 서로의 수비 위치를 재정비했다.

"단테! 네가 베일의 침투를 막아! 내가 뒤를 보고 있을게!"

"알겠어."

가레스 베일의 폭발력은 계속 이어졌다. 이미 먼 거리를 뛰어왔음에도 빠른 속도를 유지했다. 순식간에 페널티박스 근처까지 접근한 베일은 속도를 조금 줄인 채, 주변을 둘러봤다.

상황은 레알 마드리드에게 유리했다. 가레스 베일은 중앙에 위치한 크리스티아누 호날두와 벤제마, 디 마리아 중 누구에게 패스할지 고민했다. 물론 베일에겐 '직접 슈팅'이라는 선택지도 존재했다.

대포알 같은 슈팅을 때릴 수 있는 왼발.

그것 또한 가레스 베일의 무기였으니까.

―가레스 베일! 직접 때리나요?

짧은 고민 끝에 가레스 베일이 다리를 빠르게 휘둘렀다. 그 즉시 단테가 슬라이딩태클을 했다. 좋은 타이밍 태클이었다. 베일이 그대로 슈팅한다면 높은 확률로 태클에 걸릴 정도로.

그러나 가레스 베일은 월드클래스라고 평가받는 선수.

슈팅은 속임수였다.

휘익!

가레스 베일이 왼쪽 발바닥으로 공을 끌었다. 단테의 태클이 빗나갔다. 베일은 다시 왼발을 휘둘렀다. 베일의 다리는 조금 전보다 더 빠르고 짧게 휘둘러졌다.

이번엔 패스였다.

엄청난 속도로 반대편 깊숙한 곳으로 파고드는 크리스티아누 호날두를 노린 패스.

터엉!

땅볼로 강하게 쏘아지는 공. 그 공을 향해 크리스티아누 호날두가 달려들었다.

또 다른 수비수인 제롬 보아텡은 벤제마를 막느라 호날두를 완전히 놓쳐 버렸다.

완전히 자유로운 상황에서 크리스티아누 호날두는 여유롭게 공을 밀어 넣었다.

철렁!

바이에른 뮌헨의 골 망이 크게 흔들렸다.

크리스티아누 호날두는 이민혁이 있는 곳으로 달려왔다. 현재 이민혁의 위치는 왼쪽 측면 코너킥 라인 쪽.

크리스티아누 호날두는 그곳으로 달려오며 레알 마드리드를 응원하러 온 관중들에게 커다란 함성을 받았다.

그리고 지금.

크리스티아누 호날두는 땅을 박차고 뛰어올랐다.

휘익!

몸을 회전하며 양팔을 넓게 펼쳤다.

동시에 커다란 목소리로 소리를 질렀다.

"호우!"

TV나 인터넷 영상으로만 보던 크리스티아누 호날두의 세리머니.

1차전엔 저 세리머니를 하지 않았었는데… 실제로 보니 감회가 새로웠다.

하지만 신기하단 생각보다는…….

'…저거 실제로 보니까 되게 얄밉네.'

얄밉다는 생각이 더 컸다.

게다가.

'왜 날 보면서 호우를 하는 거야?'

크리스티아누 호날두는 정확히 이민혁을 노려보며 세리머니를 펼치고 있었다.

이민혁은 크리스티아누 호날두를 이해하지 못했다.

'미친 사람인가……?'


*          *          *


챔피언스리그 4강 2차전이 펼쳐지는 곳은 바이에른 뮌헨의 홈 구장이다.

알리안츠 아레나.

이곳엔 지금 레알 마드리드를 응원하러 온 관중들의 함성으로 가득했다.

우와아아아아아!

후반 16분에 터진 크리스티아누 호날두의 골.

그 골에 대한 반응이었다.

―크리스티아누 호날두가 오늘 두 번째 골을 터뜨립니다! 역시 레알 마드리드네요! 단 한 번의 역습으로 분위기를 바꿔 놓습니다!

―하지만 레알 마드리드는 방심해선 안 됩니다. 1차전에도 이런 식으로 흘러갔다가 결국 역전을 당했거든요?

현재 스코어는 2 대 1.

양 팀 모두 추가골을 노렸다. 당연하게도 경기는 더욱 치열해졌다.

―아~! 마리오 만주키치의 슈팅이 이케르 카시야스 골키퍼에게 막힙니다! 좋은 슈팅이었는데 말이죠!

―양 팀이 좋은 공격을 주고받고 있습니다! 오늘 경기, 결과가 어떻게 될지 정말 궁금하네요!

양 팀 모두 꾸준히 기회를 만들었지만, 마무리가 잘 되지 않는 상황이 이어졌다.

그리고.

이민혁에게도 기회가 찾아왔다.

공을 몰고 전진하는데, 한순간이지만 압박이 느슨해졌다.

후반 70분인 지금, 레알 마드리드 선수들도 체력적으로 힘들어져서 나온 실수였다.

또, 후반전 내내 이민혁은 패스 위주로 플레이했기 때문이기도 했다. 슈팅을 아끼며 이타적인 플레이를 해 왔고, 레알 마드리드 선수들은 이민혁이 이번에도 패스를 선택할 것이라고 생각했다.

지친 상황이기에 나온 안일한 판단.

그 판단은 곧 이민혁에게 기회가 됐다. 중거리 슈팅을 때릴 기회였다.

다만, 확실한 기회는 아니었다.

'거리가 멀어.'

골대와의 거리가 너무 멀었다.

얼핏 봐도 골대와의 거리가 40m는 되어 보였다.

그래도 이민혁은 슈팅을 때리기로 결심했다.

'그래도 때려야 해.'

거리가 멀다고 포기하기엔 쉽게 오지 않을, 너무나 매력적인 기회였으니까.

'유효슈팅으로만 만들자.'

마음을 편하게 먹었다.

이번 슈팅으로 골이 되지 않아도 된다고 생각했다.

유효슈팅이 돼서 분위기를 띄우기만 해도 성공적이라고 생각했다. 추가시간까지 포함하면 그래도 시간은 조금 남았으니까.

'카시야스가 슈팅을 튕겨 내고 세컨볼로 골이 나오면 더 좋겠고.'

좋은 결과만을 생각하며.

이민혁이 공을 향해 다리를 휘둘렀다. 현재 슈팅 능력치는 80.

좋은 슈팅을 때릴 수 있는 능력치지만, 40m에서 골을 넣기엔 무리가 있는 능력치였다.

하지만 불가능하다고 생각하진 않았다.

발등에 제대로 걸리면, 지금 능력치로도 충분히 좋은 슈팅을 때릴 수 있으니까.

더구나 20% 확률로 터지는 '예리한 슈팅' 스킬이 있으니까.

'터져라! 제발 터져라……!'

이민혁은 예리한 슈팅 스킬이 발동되길 간절하게 바라며 공을 때려 냈다.

퍼엉!

제대로 걸렸다는 느낌은 들지 않았다.

그냥 괜찮은 슈팅이 될 것 같다는 느낌 정도? 딱 그 정도 느낌이었다.

원래였다면 아쉬움을 느낄 만한 상황.

그러나.

이민혁의 입가엔 오히려 미소가 띄워졌다.

'됐어!'

눈앞에 떠오른 메시지 때문이었다.


[20% 확률로 '예리한 슈팅' 스킬 효과가 발동됩니다!]
[슈팅의 정확도가 대폭 상승합니다.]


지금, 이민혁은 단 하나의 일만 일어나지 않기를 바랐다.
'골대에만 맞지 마라!'
슈팅이 골대에 맞는 것.
간절한 바람이 통했던 걸까?
다행히 공은 골대에 맞지 않았다.
먼 거리에서 때린 중거리 슈팅이었음에도, 놀랍게도 정확하게
레알 마드리드의 골대 상단 구석에 꽂혀 버렸다.
이케르 카시야스가 몸을 날렸음에도 막지 못할 정도로 예리
한 궤적.
철렁!
레알 마드리드의 골 망이 흔들렸다.


─고오오오오올! 이민혁이 동점골을 만듭니다! 놀라운 슈팅
입니다! 이렇게 먼 거리에서 중거리 슈팅 골이라니요! 정말 대단합
니다!


해설이 경악했고.


우와아아아아!

경기장에 있던 팬들도 광기에 휩싸였다.

그런데 이때.


─…어? 이민혁 선수가… 크리스티아누 호날두 선수에게 달려가
네요……?


이민혁이 돌발행동을 했다.

크리스티아누 호날두가 두 번째 골을 넣고 '호우' 세리머니를
할 때.

이민혁은 알고 있었다.

자신을 도발한다는 걸.

그래서 생각했다.

만약 골을 넣으면 도발을 당한 걸 그대로 갚아 주겠다고.

그리고 지금.

이민혁은 장거리 슈팅에 가까운, 놀라운 골을 터뜨렸다.


\*          \*          \*


이민혁은 크리스티아누 호날두를 향해 달려갔다.

경기장에 있던 모두가 놀랄 만한 돌발 행동이었다.

레알 마드리드 선수들과 바이에른 뮌헨의 선수들 모두 당황한
얼굴로 이민혁을 바라봤다.

'어……? 뭘 하려는 거야?'

'저 자식, 왜 호날두한테 달려가는 거지……?'

'민혁, 뭘 하려고……?'

모두가 당황하는 지금.

크리스티아누 호날두 역시 당황하고 있었다.

"뭐, 뭐냐?!"

그는 두 번째 골을 넣고, 이민혁의 앞에서 '호우' 세리머니를 한 이후로 진한 승리감을 느끼고 있었다.

1차전에서 자존심을 상하게 한 이민혁을 제대로 눌러 줬다는 승리감.

그걸 즐기고 있었는데, 지금 그 녀석이 말도 안 되는 골을 넣고는 자신을 향해 달려오고 있다.

그리고 지금.

타앗!

이민혁이 땅을 박차고 뛰어올랐다.

휘익!

공중에서 몸을 한 바퀴 돌리며 양팔을 넓게 펼쳤다.

마침내 바닥에 내려왔을 땐, 크리스티아누 호날두의 눈을 똑바로 바라보며 커다란 목소리로 소리를 질렀다.

"호~우!"

\*　　　　\*　　　　\*

경기장의 분위기가 뜨겁게 달아올랐다.

이민혁 때문이었다.

―이민혁이… 크리스티아누 호날두를 도발한 것 같은데요……? 허허… 이게 무슨 일이죠?

레알 마드리드의 핵심 선수인 크리스티아누 호날두를 대놓고 도발했다는 것.

그 사실에 바이에른 뮌헨의 팬들은 놀라움과 동시에 짜릿함을 느꼈다.

"으하하핫! 이민혁, 쟤, 지금 크리스티아누 호날두 세리머니를 따라 한 거 맞지? 크흐흐! 저 녀석, 보통이 아니라고는 생각했지만 설마 크리스티아누 호날두를 도발할 줄이야."

"민혁! 잘했어! 먼저 도발한 녀석은 크리스티아누 호날두잖아? 당한 걸 멋지게 갚아 주는 게 진짜 바이언이지!"

"큭큭! 속이 다 시원하네! 저기 레알 마드리드 녀석들 당황한 것 좀 봐! 특히 호날두 녀석 얼굴 보여? 저 자식 얼굴이 당장에라도 터질 것 같은데?"

"크리스티아누 호날두가 자존심이 많이 상한 모양이야. 웃고는 있지만, 얼굴이 엄청 빨개졌잖아?"

같은 시각.

한국 축구 팬들 역시 비슷한 감정을 느끼고 있었다. 아니, 정확히 말하면 이들은 해외 팬들보다 훨씬 더 시원한 감정을 느끼고 있었다.

ㄴ이민혁 슈팅 뭐냐? 와… 챔스에서 이런 장거리 슈팅을 보게

될 줄은 몰랐어. 그것도 이민혁이 할 줄은 더 몰랐고. 근데 크리스티아누 호날두랑 둘이 뭔 일 있냐?ㅋㅋ 쟤네 왜 서로 호우 세리머니를 주고받지?

ㄴㅋㅋㅋㅋ호날두가 먼저 이민혁 도발했잖아. 이민혁은 그대로 되돌려 준 거고. 근데 아무리 호날두가 먼저 도발했다고는 해도⋯ 이민혁 깡이 대단하네ㅋㅋㅋㅋㅋ 크리스티아누 호날두한테 전혀 안 쫄고 바로 역세리머니 박는 거 실화냐?ㅋㅋㅋㅋㅋ

ㄴㅋㅋㅋㅋㅋㅋㅋㅋ이걸 보고 확실히 알았음. 이민혁은 미친놈임ㅋㅋㅋ얜 먼저 안 건드리면 착한데, 누가 건드리면 안 참네ㅋㅋㅋㅋㅋㅋㅋㅋ설마 호우를 할 줄이야ㅋㅋㅋㅋ

ㄴㅋㅋㅋ리얼 속 시원함. 호날두 저 새끼가 이민혁 도발할 때 짜증 났는데, 이민혁이 제대로 한 방 날려 주네.

ㄴ이래서 이민혁이 좋다니까?ㅎㅎㅎㅎㅎ

ㄴ미친 슈팅에 미친 세리머니까지! 이민혁은 진짜 미쳤어ㅋㅋㅋㅋㅋㅋ

이처럼 많은 사람이 지켜보고, 열광하는 가운데, 크리스티아누 호날두는 애써 웃고 있었다.

그는 쿨한 모습을 보여 주고 싶었던 건지, 과도하게 하얀 이를 드러내며 웃었다. 그러면서 이민혁을 향해 엄지를 들어 올렸다.

"너, 내 팬인가 보구나? 멋진 골이었다. 그리고 멋진 세리머니였어. 다음에도 따라 해도 좋아."

"그럴게요."

"⋯그래."

그런데.

크리스티아누 호날두는 쿨한 표정과는 달리, 얼굴은 붉게 물들어 있었다.

그는 얼굴로 피가 몰리는 것까지는 참지 못했다.

'화가 많이 난 것 같네. 그러게 왜 먼저 도발을 해?'

이민혁이 피식 웃으며 몸을 돌렸다.

선 도발에 대한 답변은 이 정도면 충분하다고 생각했다.

먼저 도발을 한 것을 갚아 준 것일 뿐, 선수로서 크리스티아누 호날두는 충분히 존중을 받을 만한 남자니까.

'설마 호우 세리머니를 따라 할 줄은 몰랐겠지.'

크리스티아누 호날두는 아직 할 말이 남은 것처럼 보였지만, 이민혁은 별로 이야기를 나누고 싶지 않았다.

훨씬 더 급한 일이 있었다.


…….

[레벨이 올랐습니다!]


레벨이 오르며 받은 스탯 포인트를 써서 능력치를 올리는 것.

이게 가장 중요한 일이었다.


[스탯 포인트 1을 사용하셨습니다.]

[속도 능력치가 1 상승합니다.]

[현재 속도 능력치는 90입니다.]

[스탯 포인트 1을 사용하셨습니다.]

[체력 능력치가 1 상승합니다.]

[현재 체력 능력치는 73입니다.]


이번엔 속도와 체력에 스탯 포인트를 투자했다.

속도는 90을 만들기 위함이었다.

체력은 시간이 지날수록 부족함을 느끼고 있었기에 올렸다.

'체력은 당장 큰 차이는 느껴지지 않을 거야.'

72에서 73이 된 것으로 큰 효과를 발휘할 수 없다는 건 알고 있다. 그러나 속도는 조금 다를 것이라는 생각이 들었다.

'89랑 90은 분명 차이가 느껴지겠지.'

능력치의 앞 자릿수가 바뀌는 건, 늘 눈에 띄는 변화를 가져왔다.

이민혁은 이번에도 그럴 것이라고 믿었다.


\*　　　　　\*　　　　　\*


알리안츠 아레나엔 바이에른 뮌헨과 레알 마드리드의 팬들이 보내는 열정적인 함성이 계속해서 이어졌다.


─경기가 더욱 재밌어지고 있습니다!

─이민혁 선수의 골로 2 대 2 스코어가 된 이후로, 양 팀 모두 적극적으로 공격을 시도하고 있습니다! 다만, 경기가 너무 거친 감이 있네요! 양 팀 선수들 모두 다치지 않았으면 좋겠습니다!

경기는 화끈했다.

바이에른 뮌헨이나 레알 마드리드 모두 물러서지 않고 맞섰다. 절대 지지 않겠다는, 무조건 이기겠다는 의지를 보였다.

그러니 경기는 재밌게 흘러갈 수밖에 없었다.

이런 상황에서 먼저 좋은 기회를 만든 건 레알 마드리드였다.

　

─이스코! 후반전에 들어와서 좋은 모습을 보여 주고 있습니다! 루카 모드리치에게 공을 넘깁니다! 모드리치, 크리스티아누 호날두에게 패스합니다.

　

공을 잡은 크리스티아누 호날두, 그는 최전방에 있는 카림 벤제마에게로 공을 넘겼다.

터엉!

동시에 전방을 향해 빠르게 뛰어나갔다.

카림 벤제마는 훌륭한 스트라이커이면서도 연계 능력이 굉장히 뛰어난 선수.

크리스티아누 호날두와는 호흡이 잘 맞는 동료였다.

　

─카림 벤제마의 리턴패스! 호날두가 다시 받습니다! 바이에른 뮌헨! 위험합니다!

　

깊게 침투하는 크리스티아누 호날두에게 다시 공이 연결됐다.

필립 람이 필사적으로 크리스티아누 호날두에게 달라붙으며 돌파를 방해했다. 이때, 호날두는 왼발로 공을 몸 뒤로 툭 빼며 몸을 틀었다.

호날두의 주특기 중 하나인 백숏이었다.

휘익!

이 움직임으로 필립 람과의 거리가 벌어졌다.

그 상태 그대로, 크리스티아누 호날두는 오른발로 강력한 슈팅을 때렸다.

퍼엉!

공은 반대편 골대로 쏘아졌다.

제대로 걸린, 강력한 슈팅이었다. 마누엘 노이어가 몸을 날렸다.

노이어는 크리스티아누 호날두가 슈팅을 때릴 것을 어느 정도 예측했다. 때문에, 막기 어려워 보이는 슈팅이었음에도 마누엘 노이어는 가까스로 공을 걷어 낼 수 있었다.


―우오오옷! 마누엘 노이어의 슈퍼세이브! 이야~! 이걸 막아 내나요? 노이어 골키퍼가 바이에른 뮌헨을 위기에서 구해 냅니다!


관중들이 자리에서 벌떡 일어날 정도로 굉장한 슈퍼세이브였다.

그러나 바이에른 뮌헨 선수들은 좋아할 수 없었다.

아직 위기는 끝나지 않았다.

마누엘 노이어가 쳐 낸 공이 아웃 라인 바깥으로 빠져나가며 코너킥이 선언됐기 때문이었다.

─이스코가 코너킥을 찰 준비를 하네요.

세계적인 수준을 지닌 미드필더 이스코. 그는 오른발로 정교한 코너킥을 차 냈다.

터엉!

공은 높고 빠르게, 바이에른 뮌헨의 페널티박스 안으로 날아갔다.

모든 선수가 몸을 띄웠다.

그중 가장 높게 떠오른 선수가 있었다.

크리스티아누 호날두였다.

'저게 말이 돼?'

이민혁이 눈을 부릅떴다.

크리스티아누 호날두의 점프력은 경악스러울 정도였다. 어지간한 농구선수보다도 더 높게 뛴다더니만, 지금 보니 전혀 과장이 아니었다.

하지만, 이민혁은 팀의 수비를 믿었다.

불안해하지 않고 역습을 할 준비를 마쳤다.

'크리스티아누 호날두가 가진 괴물 같은 점프력과 헤딩 능력은 확실히 위협적이야. 그러나 우리한테도 괴물이 있거든.'

이민혁의 시선이 한 선수에게로 향했다.

신장 192㎝에 괴물 같은 피지컬을 지닌 센터백.

함께 훈련하며 봐 온 결과, 실력 역시 괴물인 그는 지금도 크리스티아누 호날두와의 제공권 싸움에서 전혀 밀리지 않았다.

그는 마침내 호날두를 밀어내고 머리로 공을 걷어 내기까지 했다.

'제롬 보아텡, 네가 이길 줄 알았어.'

이민혁이 씨익 웃으며 전방을 향해 뛰어나갔다.

반대편을 슬쩍 보니, 아르연 로번도 이미 튀어 나가고 있다.

'이 기회, 살려 봅시다.'

레알 마드리드도 역습으로 유명한 팀이지만, 이번엔 바이에른 뮌헨이 자랑하는 역습을 보여 줄 시간이었다.

제롬 보아텡이 머리로 떨어뜨린 공은 바스티안 슈바인슈타이 거가 잡아 냈다. 슈바인슈타이거는 그 즉시 토니 크로스에게 패 스했다.

휘익!

빠르게 몸을 돌린 토니 크로스가 전방을 향해 강한 롱패스를 뿌렸다.

퍼엉!

토니 크로스는 바이에른 뮌헨 내부에서 가장 좋은 롱패스 능력을 지닌 선수.

그걸 증명하듯, 지금 뿌려 낸 패스도 정확하게 오른쪽 대각선을 향해 쏘아졌다.

투욱!

발을 길게 뻗어 공을 받아 낸 선수는 아르연 로번.

패스 한 번으로 레알 마드리드의 측면을 파고드는 것에 성공한 그는 급격히 몸을 틀며 중앙으로 파고들었다.

그 순간, 레알 마드리드 수비진이 긴장했다.

이케르 카시야스 골키퍼 역시 화들짝 놀라서 소리쳤다.

"로번의 왼발을 막아!"

지금 아르연 로번이 펼치는 움직임은 그의 시그니처 무브인 '매크로 슈팅'이 나올 때의 그것과 같았다.

레알 마드리드 수비수들로선 아르연 로번을 막아 내야만 했다. 특히, 왼발을 막아야 했다. 절대 슈팅을 때리지 못하게 만들 겠다는 의지를 보였다.


—아르연 로번이 드리블합니다! 슈팅 타이밍을 잡는 것 같습니다!


아르연 로번은 왼발로 공을 툭툭 치며 각을 만들었다. 그 움직임에 레알 마드리드 수비수들이 우르르 달려들었다.

레알 마드리드로선 절대 골을 먹혀선 안 되는 시간이었다.

현재 스코어는 2 대 2로 동률. 하지만 1차전에서 패배했기에, 이대로 골을 허용한다면 챔피언스리그 결승전은 물 건너간다.

시간이라도 많으면 모를까, 지금은 후반 90분이 다 되어 가고 있다.

시간이 없다. 레알 마드리드로선 빨리 공을 뺏어 내고 골을 만들어야만 하는 상황이었다.

그래서.

그러면 안 되는 걸 알면서도 레알 마드리드 수비수들은 아르연 로번에게 너무나 많은 집중을 해 버렸다.

아르연 로번 한 선수에게 과할 정도로 많은 어그로를 끌어 버렸다.

그리고 지금.

'다들 마음이 급해 보이네. 하지만 난 슈팅을 할 생각이 없어.'

아르연 로번은 씨익 웃으며 왼발로 공을 툭 찍어 차올렸다.

그의 앞에 선 수비들을 바보로 만드는 패스였고.

'마무리는 민혁의 몫이거든.'

반대편에서 페널티박스 안으로 침투하는 이민혁을 노린 패스
였다.

─패스네요! 아르연 로번이 패스를 선택합니다!

더 완벽한 기회를 만들고자, 그리고 이민혁이 해트트릭을 할
수 있게 하고자 선택한 패스였다.

아르연 로번은 자신이 할 일을 다 했다는 얼굴로 이민혁의 플
레이를 지켜봤다.

─이민혁에게로 공이 갑니다!

이민혁의 눈에 날아오는 공이 보였다.

패스는 어느 정도 예상했다. 이미 아르연 로번과 눈이 마주쳤
고, 패스를 줄 것 같다는 느낌을 받았다.

'좋은 기회야.'

이민혁의 입가에 옅은 미소가 떠올랐다. 이건 아주 좋은 기회
다.

또, 절대 놓쳐선 안 되는 기회이기도 했다.

이민혁은 왼발로 땅을 짚고 중심을 잡았다. 공을 트래핑할 생각은 없다. 골을 만들어 낼 가능성을 가장 높일 생각이었다. 그러려면 빠른 타이밍에 슈팅을 때려야 한다.

공을 잡아 두고 슈팅을 때리면 늦는다. 수비수의 태클이 들어올 수도 있다.

그래서.

이민혁은 왼발로 중심을 잡은 채로 오른발을 휘둘렀다.

꾸준한 연습으로 자신감이 잔뜩 올라온 발리슛.

퍼엉!

이민혁이 오른발 발리슛으로 공을 때려 냈다.

골대 바로 앞이었고, 제대로 맞은 발리슛이었다. 공은 이케르 카시야스 골키퍼가 반응하기도 전에 이미 골대 안을 파고들었다.

스윽!

이민혁이 코너킥 라인에 선 부심을 바라봤다.

오프사이드 깃발을 들지는 않았는지 확인하려는 의도였다. 부심은 미동도 하지 않았다.

오프사이드는 아니었다.

이번엔 주심을 바라봤다.

주심은 골을 인정한다는 제스처를 취하고 있었다.

그제야 이민혁은 환하게 웃었다.

뒤늦게 기쁨이 몰려왔다.

"됐어!"

해트트릭.

이 대단한 기록을 레알 마드리드와의 1차전에 이어서 2차전에서도 해 냈다는 것에 대한 기쁨이었다.

더구나.

눈앞에 엄청난 양의 메시지가 떠오르고 있다는 것에 대한 기쁨이기도 했다.


                    *              *              *


이민혁의 세 번째 골이 터진 직후.

전 세계 언론들은 한국에서 온 이민혁이라는 18살 선수에게 집중하기 시작했다.


「이민혁, 레알 마드리드와의 1차전에서 이어 2차전에서도 해트트릭!」

「바이에른 뮌헨의 이민혁, 레알 마드리드 킬러로 거듭나.」

「천재 윙어 이민혁, 역대급 골 만들어 내며 해트트릭 기록해!」


당연한 일이었다.

레알 마드리드가 어떤 팀이던가!

FC 바르셀로나와 함께 라리가를 양분하는 세계 최고 수준의 팀이다.

이런 대단한 레알 마드리드를 상대로 해트트릭을 2번이나 기록했다는 것.

그것도 챔피언스리그 4강에서 해낸 기록이라는 것.

이건 믿기 힘든, 대단한 일이었으니까.

더구나 이민혁은 이제 겨우 만 18세의 어린 소년이다.

전성기를 맞지 않은 유망주의 나이에 해낸 기록이라고는 더욱 믿기 어려운 일이었다.

그리고 지금.

해트트릭을 기록한 이민혁은 대단한 활약을 펼친 것에 대한 보상을 바라봤다.


……

[레벨이 올랐습니다!]

[레벨이 올랐습니다!]


"그래, 2개 정도는 올라 줘야지."

챔피언스리그 4강 2차전에서 해트트릭을 기록한 것에 대한 보상은 2개의 레벨업이었다.

스탯 포인트는 총 4개를 얻었다.


[스탯 포인트 2를 사용하셨습니다.]

[슈팅 능력치가 2 상승합니다.]

[현재 슈팅 능력치는 82입니다.]


[스탯 포인트 2를 사용하셨습니다.]

[체력 능력치가 2 상승합니다.]

[현재 체력 능력치는 75입니다.]

포인트를 각각 슈팅과 체력에 투자한 뒤, 이민혁은 경기장을 빠져나왔다.

풀타임이 머지않은 상황에서의 교체였지만, 이민혁은 불만이 없었다.

오늘 좋은 활약을 펼쳤고, 많은 거리를 뛴 자신을 쉬게 해 주려는 펩 과르디올라의 의도를 알고 있었으니까.

더불어 하비 마르티네스를 투입하며 수비진을 완전히 잠그려는 계획도 알고 있었으니까.

때문에, 이민혁은 펩 과르디올라 감독이 건네는 덕담에도 웃으며 대답할 수 있었다.

"민혁, 수고했어요. 당신은 오늘 세계 최고의 윙어였어요."

"감독님도 세계 최고의 감독이에요."

"…예? 왜죠?"

"저를 선발로 내보내셨잖아요. 세계 최고의 감독다운 판단력이었다고 생각합니다."

"하하……! 멋진 자신감이군요. 이거… 이제 민혁을 선발로 세우지 않을 때면, 눈치가 보이겠는걸요?"

"그걸 노린 말이었어요."

"으하하! 잘 생각해 보도록 하죠."

펩 과르디올라 감독과의 대화는 여기까지였다.

이민혁은 홈 팬들이 보내는 기립 박수를 받으며 벤치에 앉았다.

속이 후련했다.

어려운 상대를 만나 좋은 플레이를 펼쳤고, 해트트릭까지 기록했다.

레알 마드리드와의 2차전은 정말 만족스러운 경기였다.

'할 수 있는 건 다 했어.'

다 쏟아 내고 왔다.

더 뛰었어도 체력 때문에 좋은 모습을 못 보였을 것 같다는 생각이 들었다. 이민혁은 자신의 체력을 잘 알고 있었다.

이제는 동료들을 믿고, 경기를 지켜볼 시간이었다.

<br>

\*　　　　\*　　　　\*

<br>

레알 마드리드의 정신력은 무시무시했다.

이들은 힘든 상황에서도 챔피언스리그 결승이라는 목표를 포기하지 않았다.

어떻게든 골을 만들어 내기 위해 필사적으로 덤벼들었다.

그러나, 바이에른 뮌헨은 쉽게 흔들리지 않았다.

분데스리가의 최강자는 이기는 방법을 너무나도 잘 알고 있었다.

새로 투입된 하비 마르티네스는 그야말로 미친 듯이 뛰어다니며, 수비진의 틈을 메웠다.

나머지 선수들은 라인을 잔뜩 낮춘 채, 포지션에 상관없이 수비에 집중했다.

11명이 수비에만 집중하는 바이에른 뮌헨을 뚫고 골을 넣는 건, 제아무리 레알 마드리드라고 해도 힘든 일이었다.

시간이라도 많으면 모를까, 시간도 없었다. 추가시간까지 포함해도 기껏해야 5분 정도가 남았다.

오늘의 레알 마드리드가 아무리 강한 동기부여가 되어 있다고 해도, 결국 바이에른 뮌헨의 골 망을 흔들진 못했다.

삐이이이익!

―경기 종료됩니다! 바이에른 뮌헨이 챔피언스리그 4강 2차전에서도 레알 마드리드를 꺾어 내며 챔피언스리그 결승행 티켓을 거머쥡니다!

―바이에른 뮌헨, 정말 대단하네요! 어려운 경기였음에도 기어코 승리를 가져오다니, 놀라운 정신력입니다! 특히, 오늘은 이민혁 선수를 칭찬하지 않을 수가 없겠는데요! 오늘 넣은 터뜨린 3개의 골 모두 전 세계 축구 팬들을 놀라게 하기에 충분한 골이었죠!

―맞습니다. 페페의 태클을 피해 내며 넣은 첫 번째 골도 놀라웠고, 장거리 슈팅 골과 마지막에 보여 준 발리슛까지. 전부 놀라운 골이었습니다! 아무래도 오늘 경기 이후로 이민혁 선수의 인기는 더욱 높아질 것 같습니다!

승리가 확정된 지금.

"하하!"

이민혁이 크게 웃음을 터뜨렸다.

끝까지 최선을 다해 뛰어 준 동료들과 포옹을 하고, 오늘 멋진 경기력을 보여 준 상대 팀 선수들과도 악수를 주고받았다.

"너무 좋아서 미치겠네."

이민혁은 큰 기쁨을 느끼고 있었다.

팀의 챔피언스리그 결승 진출. 해트트릭이라는 기록 모두 그를 기쁘게 만들었다.

하지만, 그를 가장 기쁘게 한 건 눈앞에 떠오르고 있는 메시지들이었다.


[퀘스트를 완료하셨습니다!]

[퀘스트 내용: UEFA 챔피언스리그 4강 2차전에서 팀 내 최고의 활약을 펼치세요.]

[보상으로 경험치가 50% 증가합니다.]


[퀘스트를 완료하셨습니다!]

[퀘스트 내용: UEFA 챔피언스리그 결승에 진출하세요.]

[보상으로 경험치가 100% 증가합니다.]


[퀘스트를 완료하셨습니다!]

[퀘스트 내용: 만 20세 이하의 나이에 UEFA 챔피언스리그 결승에 진출하세요.]

[보상으로 경험치가 50% 증가합니다.]


[퀘스트를 완료하셨……]

…….

[레벨이 올랐습니다!]
[레벨이 올랐습니다!]
[레벨이 올랐습니다!]

무려 3개의 레벨업!

평소 분데스리가에서는 1개의 레벨을 올리는 것도 쉽지 않다는 걸 생각하면, 3개의 레벨이 오른 건 엄청난 결과였다.

"6개의 스탯 포인트를 또 얻을 줄이야."

정말 많은 걸 얻은 경기였다. 4강에서 이 정도인데, 결승에선 어떨지에 대해서 생각하며, 이민혁은 스탯 포인트를 사용했다.

[스탯 포인트 6을 사용하셨습니다.]
[슈팅 능력치가 6 상승합니다.]
[현재 슈팅 능력치는 88입니다.]

슈팅에 6개의 스탯 포인트를 모두 투자했다.

이유는 간단했다.

프리킥 때문이었다.

[프리킥 재능]

유형: 패시브

효과: 프리킥 실력이 빠르게 좋아집니다.

레벨이 70이 되었을 때 얻은 프리킥 재능.

이 '프리킥 재능' 스킬을 얻은 이후로, 이민혁은 프리킥 연습의 비중을 더욱 높여 왔다.

하지만 '프리킥 재능' 스킬은 드라마틱한 변화를 가져다주진 않았다.

분명 스킬을 얻기 전보다 프리킥 실력이 빠르게 좋아지고 있지만, 아직까진 실전에서 프리킥을 전담할 정도의 실력은 얻지 못했다.

바이에른 뮌헨엔 지금의 이민혁보다 프리킥을 훨씬 더 잘 차는 선수가 많다.

데이비드 알라바, 아르연 로번, 토니 크로스, 심지어 토마스 뮐러도 이민혁보다 좋은 프리킥 정확도를 지녔다.

그래도, 이민혁은 확신했다.

"프리킥 실력이 더 빠르게 좋아지겠어."

이번 스탯 포인트 투자로 인해서 프리킥 실력이 빠르게 향상 될 거라는 것을.

*　　　*　　　*

「바이에른 뮌헨, 레알 마드리드 꺾고 챔피언스리그 결승 진출!」
「바이에른 뮌헨, 이민혁 활약 힘입어 챔피언스리그 우승 노린다!」

바이에른 뮌헨의 챔피언스리그 결승이 확정된 이후.

이민혁은 휴식을 부여받았다.

며칠 뒤에 펼쳐진 함부르크와의 분데스리가 33라운드 경기에
도 출전하지 않았다.

이민혁은 벤치에서 경기를 지켜봤고, 다행히 팀은 함부르크를
상대로 승리했다.

「바이에른 뮌헨, 함부르크 상대로 좋은 경기력 펼치며 3 대 1 승리!」

물론 이민혁이 아무것도 안 하며 쉰 건 아니었다.

무리한 훈련을 자제하되, 꾸준히 1군 훈련장에 나와 팀 훈련
에 참여했다.

말이 쉬었다는 거지, 사실상 컨디션 회복에 가까운 시간을 보
냈다.

연습도 게을리하지 않았다.

특히, 이민혁은 슈팅 연습의 비중을 높였다.

오른발 프리킥은 토니 크로스에게, 왼발 프리킥은 데이비드
알라바와 아르연 로번에게 조언을 구했다.

또, 인터넷으로 프리킥을 잘 차는 선수의 영상을 꾸준히 찾아
보며 따라 했다.

이민혁이 프리킥을 연습할 때, 가장 즐겨 본 선수는 주니뉴와
데이비드 베컴.

가장 프리킥을 잘 차는 선수를 뽑을 때면 꼭 등장하는 이 두
선수의 영상은 이민혁에게 큰 도움을 줬다.

보통 선수라면 영상만으로 프리킥을 배우는 게 어렵겠지만,

이민혁은 달랐다.

축구 재능 스킬과 프리킥 재능 스킬 모두를 보유한 이민혁에게 베컴과 주니뉴의 프리킥 영상은 훌륭한 선생님이었다.

프리킥 실력은 빠르게 늘어갔고.

퍼엉!

이민혁은 훈련이 진행되고 있는 지금도 좋은 프리킥으로 동료들을 놀라게 했다.

"리! 킥이 어쩜 하루가 다르게 좋아지냐? 그 괴물 같은 성장력의 비밀 좀 알려 줄 수 없어?"

"프리킥 실력이 한 달 전에 비해서 많이 늘었네. 민혁은 재능도 뛰어난데, 참 지독하게 훈련한단 말이야?"

"조만간 프리킥 마스터가 되겠구만?"

특히, 마리오 괴체는 유난히 큰 반응을 보였다.

"민혁! 방금 프리킥 뭐야? 완전히 감을 잡은 것 같은데? 내 조언이 도움이 됐던 거야? 맞지? 그럼 나한테 밥이라도 사 줘야 하는 거 아니야? 대신 커피는 내가 살게. 난 매너가 있는 남자니까."

"괴체, 좀 조용히 해! 왜 자꾸 열심히 훈련하는 애 옆에서 떠드는 거야?"

"아오! 리베리, 왜 자꾸 저한테만 뭐라고 하는 거예요? 자꾸 그러면 저 서운합니다?"

"…잠깐 라커 룸에서 남자의 대화를 나눠 볼까?"

"필립! 리베리가 절 또 괴롭혀요!"

"안 되겠다. 당장 따라와!"

"아악! 싫다고요!"

'둘 다 조용히 해 줬으면 좋겠는데……'

마리오 괴체와 프랑크 리베리가 티격대는 모습을 보며, 이민혁은 피식 웃어 버렸다.

좀 시끄럽긴 하지만, 저들을 보고 있으면 항상 웃음이 나왔다.

외로운 타지에서 가족들만큼은 아니어도, 큰 힘이 되는 동료들이다.

그때였다.

한 선수가 다가와서 조용히 말을 걸었다.

"…민혁, 방금 프리킥 찼을 때……."

"예?"

다가온 선수는 현재 바이에른 뮌헨에서 왼발을 가장 잘 쓰는 선수 중 하나인, 데이비드 알라바였다.

그는 진지한 얼굴로 이민혁의 프리킥에 대해서 조언을 하기 시작했다.

"조금 더 끊어서 찬다는 느낌으로 때렸으면, 더 좋은 슈팅이 나갔을 것 같아."

"아, 그래요? 다시 해 볼게요."

이민혁은 그 즉시 알라바가 알려 준 대로 다시 프리킥을 찼다.

"오!"

확실히 효과가 있었다.

공이 더 위협적인 궤적을 보이며 골대 안으로 파고든 것이다.

"괜찮은 거 같아?"

"알라바, 이건 괜찮은 정도가 아닌데요? 훨씬 좋아요!"

"도움이 됐다니, 다행이네. 그럼 난 이제 내 훈련하러 가 볼게. 도움 필요하면 언제든 불러 줘."

데이비드 알라바가 쑥스럽다는 표정으로 손을 흔들었다.

"고마워요, 알라바."

이민혁도 웃으며 손을 흔들었다.

알라바는 항상 친절했다. 늘 웃는 얼굴로 동료들을 대했고, 화를 내는 경우도 잘 없다.

그가 프랑크 리베리와 단짝이라는 사실이 늘 신기하게 느껴질 정도였다.

그렇다고 프랑크 리베리가 나쁘다는 건 아니었다. 리베리는… 거칠긴 하지만 좋은 사람이었다. 말은 거칠게 하지만 늘 주변에서 챙겨 주는 형 같은 사람. 그게 바로 프랑크 리베리였다.

'아르연 로번도 그렇고, 좋은 사람들이 참 많은 팀이야.'

스윽!

이민혁은 다시 공을 바닥에 내려놨다.

연습에 집중할 시간이었다.

앞으로 더 발전해야 한다. 적어도 바이에른 뮌헨에 있는 동안에는 빠르게 발전하고 싶었다.

더 좋은 선수가 되어서, 주변에 있는 좋은 사람들에게 많은 도움을 주고 싶었다.

\*　　　　\*　　　　\*

이민혁은 이어진 일정인 슈투트가르트와의 분데스리가 마지막 경기에 선발로 출전했다.

이번 경기에서도 연습했던 프리킥을 보여 줄 기회는 얻지 못했지만, 70분간 뛰며 1골을 기록하는 것에 성공했다.

비록 풀타임을 뛴 건 아니었지만, 팀이 승리했기에 충분히 만족스러운 결과였다.

「바이에른 뮌헨, 리그 마지막 경기에서도 승리하며 분데스리가 우승컵 들어 올려!」

「이번 시즌 이민혁이라는 대형 신인을 얻은 바이에른 뮌헨! 다음 시즌 어떨까?」

분데스리가 일정을 모두 마친 이후.

바이에른 뮌헨 선수단엔 며칠간의 휴식이 주어졌다.

선수들은 오랜만에 마음껏 쉬며 휴식을 즐겼다. 그리고 주어진 휴식이 모두 끝난 뒤.

바이에른 뮌헨 선수단은 다시 훈련장에 모였다.

이들은 마지막 남은 한 경기.

가장 중요한 그 경기를 위해 다시 땀을 흘리기 시작했다.

그렇게 열흘이 흘렀다.

─양 팀 선수들이 경기장에 입장합니다! 드디어 전 세계 축구 팬들이 기다리던 챔피언스리그 결승전이 펼쳐지려 하고 있습니다!

    바이에른 뮌헨 선수들은 지금, 챔피언스리그 결승전을 치르기 위해 잔디를 밟았다.

그리고.

"진짜 챔피언스리그 결승전에 나오게 됐네."

이민혁도 동료들과 함께 잔디를 밟았다.

Chapter. 4

챔피언스리그.

유럽 팀들 중 최고의 팀을 가리는 대회.

우승을 하는 팀은 커다란 명예를 얻는다.

역사에 남는 명예.

당연하게도 챔피언스리그에 진출한 모든 팀은 우승을 꿈꾼다.

전 세계 축구 팬들이 지켜보는 가운데, 우승 트로피를 들어 올리길 간절히 바란다.

그리고 마침내.

우승 트로피를 들어 올릴 자격이 있는 2개의 팀이 최고를 가리기 위해 모였다.

결승전.

그곳에 오른 두 개의 팀은 서로를 바라보며 승리에 대한 의지를 불태우고 있었다.

―양 팀 선수들이 경기장에 입장합니다! 드디어 전 세계 축구 팬들이 기다리던 챔피언스리그 결승전이 펼쳐지려 하고 있습니다!

분데스리가의 제왕이라고 불리는 팀.

더불어 이번 시즌도 압도적인 승점 차이로 분데스리가 우승을 거둔 팀.

라리가 최고의 팀 중 하나인 레알 마드리드를 꺾고 결승에 올라온 팀.

이처럼 대단한 팀인 FC 바이에른 뮌헨은 우승을 꿈꾸며 결승전이 치러질 경기장에 올라섰다.

반대로.

그런 바이에른 뮌헨을 꺾기 위해 이곳에 온 또 다른 팀도 경기장에 들어왔다.

아틀레티코 마드리드.

라리가에서 FC 바르셀로나와 레알 마드리드와 비슷한 수준을 보여 주는 유일한 팀.

네임 밸류만 보면 같은 라리가 팀인 바르셀로나나 레알 마드리드에게 밀리는 게 사실이지만.

아틀레티코 마드리드는 강팀이다.

바르셀로나와 레알 마드리드도 승리를 확신할 수 없을 정도로.

사실상 챔피언스리그 결승전에 올라온 것만으로도 아틀레티코 마드리드가 강팀이라는 건 증명됐다.

또, 아틀레티코 마드리드는 라리가 최강자라는 레알 마드리드와 바르셀로나를 꺾고 이번 2013/14시즌 라리가 우승을 차지했다.

아틀레티코 마드리드가 라리가 우승을 차지했다는 것.

그거면 충분했다.

축구 팬들은 곧 펼쳐질 챔피언스리그 결승전이 뜨거울 거라는 걸 확신했다.


—분데스리가 우승팀인 바이에른 뮌헨과 라리가 우승팀인 아틀레티코 마드리드가 드디어 맞붙네요!

—승자를 예상할 수 없는 경기만큼 재밌는 건 없지 않습니까?

—그렇습니다. 또, 이 경기가 재밌을 것 같은 이유는 창과 방패의 대결이거든요! 강한 화력을 보유한 바이에른 뮌헨과 단단한 수비력을 가진 아틀레티코 마드리드의 경기이기에, 더욱 궁금해지는 경기입니다!


해설들의 말대로 이 경기는 창과 방패의 대결이 될 거라는 평가를 받고 있다.

이민혁도 그렇게 생각하고 있었다.

그래서 까다롭다고 생각했다.

"아틀레티코 마드리드… 되게 까다로운 팀이던데."

챔피언스리그에서 아틀레티코 마드리드가 보여 준 전술을 보면, 심하다고 느낄 정도로 수비에만 치중한다.

막고 또 막다가 상대가 빈틈을 드러냈을 때만 역습을 나간다.

문제는 그 역습이 얄미울 정도로 날카롭다는 거다.

아틀레티코 마드리드는 이 전술로 AC 밀란, FC 바르셀로나, 첼시를 꺾고 결승전에 올라왔다.

AC 밀란, FC 바르셀로나, 첼시가 어떤 팀이던가!

각자 세리에 A, 라리가, EPL에서 최강의 팀 중 하나로 꼽히는 구단들이다.

이런 팀들을 이겼다는 것.

분데스리가에서 우승하고 레알 마드리드를 꺾고 올라온 바이에른 뮌헨조차 승리를 확신할 수 없는 이유였다.

그렇다고 해도, 이민혁의 얼굴엔 자신감이 드러났다.

"그래도 리그에서 우승하고 만나서 다행이야."

최근 리그 마지막 경기인 슈투트가르트전을 치른 이후에 받은 보상 때문이었다.

함께 땀을 흘려 온 바이에른 뮌헨 동료들, 감독, 관계자들과 함께 분데스리가 우승컵을 들어 올렸을 때.

이민혁의 눈앞엔 여러 개의 메시지가 떠올랐었다.

'우승컵을 들고 날뛰느라 제대로 읽지도 못했었지. 메시지가 너무 많기도 했었고.'

결과적으로 이민혁이 얻은 건 레벨업이었다.

그것도 무려 2개의 레벨이 올랐다.

그렇게 얻은 4개의 스탯 포인트로 슈팅과 속도에 투자했고, 지금 이민혁의 상태는 다음과 같았다.


[이민혁]

레벨: 79

나이: 20세(만 18세)

키: 182㎝

몸무게: 75㎏

주발: 양발

[체력 75], [슈팅 90], [태클 54], [민첩 80], [패스 71]

[탈압박 76], [드리블 100], [몸싸움 71], [헤딩 62], [속도 92]

스킬: [예리한 슈팅], [예리한 패스], [축구 재능], [바디 밸런스], [강

인한 신체], [양발잡이], [프리킥 재능]

스탯 포인트: 0


태클과 헤딩을 제외하면 전부 70을 넘겼다.

게다가 가장 중요하게 생각하는 슈팅과 속도, 드리블 능력치

는 압도적으로 높아졌다.

보는 것만으로도 자신감이 생길 수밖에 없는 능력치였다.

능력치만 높아진 게 아니었다.

실력이 확실히 좋아졌다.

이번 챔피언스리그 결승전을 준비하며 상대했던 바이에른 뮌

헨의 수비수들이 매번 혀를 내두를 정도로.

'80레벨을 찍었으면 더 좋았을 테지만… 어쩔 수 없지.'

만약 80레벨이 되었다면 스킬을 얻을 수 있을 것이고.

그러면 분명 경기력 향상에 큰 도움이 됐을 것이다. 때문에, 챔피언스리그 결승을 앞두고 80레벨을 찍지 못한 건 좀 아쉽지만, 우선은 만족하기로 했다.

'빨리 시작했으면 좋겠네.'

이민혁은 왼쪽 윙어 자리에서 제자리 점프를 하며 주심을 바라봤다. 얼른 경기를 시작했으면 좋겠다는 생각과 함께.

'그나저나 리베리도 얼른 몸 상태가 좋아졌으면 좋겠네.'

최근엔 이민혁이 이 자리에서 잘하고 있지만, 원래라면 프랑크 리베리와 치열한 경쟁을 치렀어야 할 자리다. 다만, 최근 컨디션이 좋지 않은 프랑크 리베리는 경쟁에서 한 발자국 물러난 상태였다.

포지션 경쟁 상대인 프랑크 리베리의 컨디션이 좋지 못하다는 건 전혀 기쁘지 않았다. 이민혁은 바이에른 뮌헨에서의 경쟁이 즐거웠다.

더 치열한 경쟁을 원했다.

바이에른 뮌헨은 모두가 선의의 경쟁을 펼치고, 축구를 더 잘하겠다는 목표를 위해 끊임없이 달리는 선수들이 모인 곳이니까.

이들과 경쟁할수록 발전의 속도는 빨라지게 마련이었으니까.

─챔피언스리그 결승전이 지금 시작됩니다!

경기가 시작됐다.

양 팀의 움직임은 전문가들이 예상한 것과 비슷했다.

바이에른 뮌헨이 높은 점유율을 가져가며 중원에 힘을 실었고, 아틀레티코 마드리드는 라인을 잔뜩 내리고 웅크렸다.

바이에른 뮌헨은 공을 적극적으로 돌리며 상대의 틈을 찾으려 했고.

아틀레티코 마드리드는 수비에만 집중했다.

─역시 예상했던 것처럼 바이에른 뮌헨과 아틀레티코 마드리드의 경기운영은 상반된 모습을 보이네요.

─정말… 창과 방패의 대결이 맞네요. 다만, 아틀레티코 마드리드의 방패가 너무나도 단단해 보입니다!

"이야… 실제로 상대하니까 장난이 아닌데?"

이민혁이 혀를 내둘렀다.

직접 상대하는 아틀레티코 마드리드는 정말 단단했다.

나쁘게 말하면 지독할 정도로 수비에만 치중했다.

공격할 생각이 없는 사람들처럼 보일 정도였다.

어지간한 팀들은 공격하다가 지쳐 버릴 것 같았다.

하지만, 이민혁에겐 여전히 자신감이 흘러나왔다.

'충분히 뚫을 수 있어. 우린 바이에른 뮌헨이니까.'

바이에른 뮌헨을 상대로 수비적으로 하는 팀은 많다.

분데스리가에서 상대한 팀들 대부분이 그랬다.

바이에른 뮌헨만 만나면 많은 팀이 텐백 전술을 썼다. 골키퍼를 제외한 모든 선수가 수비수처럼 행동하는 텐백 전술.

정말 지겨울 정도로 상대해 봤다.

쉽진 않지만, 파훼법도 안다.

펩 과르디올라 감독은 항상 선수들에게 강조했다.

'역습을 최대한 허용하지 말고, 중거리 슈팅을 많이 때려야 해요. 그렇게 상대 선수들을 끌어내는 겁니다. 상대 선수들을 끌어낸 뒤에는 뒷공간을 노리는 패스로 골을 만들어 내는 거죠. 또, 세트피스 상황을 잘 살려야 합니다.'

감독이 말한 텐백 파훼법은 사실상 간단했다.

다만, 그걸 할 수 있냐 없냐는 선수들의 역량에 달렸다.

그리고.

바이에른 뮌헨 선수들은 파훼법을 구사할 실력이 있다.

실제로 텐백 전술을 쓰는 팀들을 이기고 분데스리가에서 우승을 거두지 않았던가.

지금도 그랬다.

조금씩이지만, 바이에른 뮌헨은 아틀레티코 마드리드의 전술을 흔들고 있었다.


―이민혁이 데이비드 알라바와 공을 주고받습니다. 침착하네요. 오늘 이민혁과 알라바의 호흡이 굉장히 좋습니다. 공을 절대 **뺏기**질 않네요!


투욱!

이민혁은 다시 알라바에게 패스했다.

마땅히 돌파를 시도할 만한 공간이 보이지 않았다. 공을 잡고 전진하려고 하면 단숨에 3명 정도가 달라붙으니, 무리하게 전진하기가 힘들었다.

"알라바! 뒤에 토니가 있어요."

"민혁, 좋은 브리핑이야. 고마워!"

공을 받은 알라바가 뒤에서 다가온 토니 크로스에게 공을 넘겼다. 토니 크로스는 몸을 돌려 제롬 보아텡에게 패스했다. 바이에른 뮌헨은 급하지 않았다.

틈이 보이지 않으면 망설임 없이 뒤로 공을 돌리며 점유율을 높였다.

아르연 로번과 필립 람 역시 마찬가지였다.

이들은 분데스리가 내에서도 강한 화력을 자랑하는 선수들이었지만, 오늘은 측면 돌파를 거의 시도하지 않았다.

많은 인원으로 빽빽하게 메우고 있는 아틀레티코 마드리드의 수비진을 굳이 뚫으려고 하지 않았다.

그러다 보니 관중들에겐 특별한 공수 교환 없이 소강상태가 이어지는 것으로 보였다.


─전반전 15분이 지나가고 있습니다만… 양 팀 모두 적극적인 공격을 시도하고 있진 않습니다.

─아틀레티코 마드리드의 수비진에 틈이 보이질 않네요. 상대하는 입장에서는 숨이 막힐 정도로 수비가 단단합니다. 또, 아틀레티코 마드리드는 이러다가도 갑자기 날카로운 역습을 펼치니, 강력한 화력을 보유한 바이에른 뮌헨조차 쉽게 들어갈 생각을 하지 못할 수밖에 없죠.

우우우우우!

경기장에 야유가 터져 나왔다.

바이에른 뮌헨을 응원하는 관중들에게서 나온 야유였다.

"AT 놈들아! 적당히 좀 해! 계속 굼벵이처럼 웅크려 있기만 할 거냐?"

"정말 짜증 날 정도로 재미없게 경기한다. 저런 팀이 결승에 온 건 챔피언스리그의 명예를 깎는 일이라고!"

"아르연 로번! 당장 저 굼벵이 같은 놈들을 부숴 버려!"

바이에른 뮌헨의 팬들은 답답함을 느꼈다.

그것도 아주 진한 답답함이었다.

이들이라고 상황을 모르는 건 아니었다.

텐백 전술은 아틀레티코 마드리드가 줄곧 사용해 왔던 것이고, 바이에른 뮌헨으로선 역습을 신경 쓰느라 쉽게 공격을 할 수 없다는 것도 전부 알고 있었다.

그래도.

답답한 건 어쩔 수 없었다.

막혀도 좋으니까 과감한 돌파나 시원한 슈팅이라도 때려 주길 원했다.

그리고 지금.

—이민혁이 공을 받습니다.

이민혁은 팬들의 답답함을 날려 줄 플레이를 할 생각이었다.

'이 정도 각도면 충분히 시도해 볼 만해.'

돌파는 아니었다. 돌파를 시도하기엔 상대 수비의 숫자가 여전히 너무 많다.

공을 몰고 페널티박스 안으로 침투하려고 하는 순간, 최소 3명에게 둘러싸일 게 분명했다.

이때, 이민혁이 반대편을 바라보며 크게 소리쳤다.

"로번!"

그러자 반대편 측면에 있던 아르연 로번이 뛰기 시작했다. 누가 보더라도 아틀레티코 마드리드의 수비 뒷공간으로 침투하려는 움직임. 아르연 로번의 스피드는 빨랐다. 아틀레티코 마드리드의 수비진의 시선은 자연스레 아르연 로번에게로 향했다.

여전히 이민혁의 움직임을 경계하는 선수들도 있지만, 순간적으로 그 숫자가 현저히 줄어들었다.

이민혁은 로번을 부름과 거의 동시에 다리를 휘둘렀다. 반대편으로 달리는 아르연 로번을 노리는 패스가 뿌려질 타이밍.

하지만.

'페이크야.'

이민혁은 패스할 생각이 없었다.

짧고 빠르게 휘두른 발이 공을 강하게 감아 찼다.

예전 같았으면 이런 식으로 시도한 슈팅은 파워가 제대로 실리지 않았을 테지만.

지금은 상황이 다르다.

현재 이민혁의 슈팅 능력치는 무려 90이었으니까.

퍼엉!

짧게 휘둘렀음에도 제대로 힘이 실린 슈팅이 쏘아졌다. 공은 많은 수의 수비수들을 넘어 골대의 오른쪽 구석으로 파고들었다.

슈팅의 코스는 날카로웠다. 더구나 패스일 거라고 완벽하게 속은 상태에서 나온 기습적인 슈팅이었다.

대단한 반사신경을 지닌 아틀레티코 마드리드의 골키퍼 티보 쿠르투아라고 해도 막아 낼 수가 없었다.

철렁!

전반 19분에 터진 바이에른 뮌헨의 선제골.

그 골의 주인공은 이민혁이었다.


우와아아아아아아아!


슈팅 한 방으로 답답함이 뻥 뚫려 버린 바이에른 뮌헨 팬들이 미친 듯이 함성을 질러 댔다.

이민혁은 그들 앞에 서서 양팔을 넓게 펼쳤다.

환하게 웃으며, 환호하는 팬들을 바라봤다.

그때였다.

이민혁의 초점이 흐려졌다.

그는 더 이상 팬들을 바라보지 않았다.

이제는 허공에 떠오르는 메시지들의 내용에 집중했다.


[퀘스트를 완료하셨습니다!]

[퀘스트 내용: UEFA 챔피언스리그 결승에서 선제골을 기록하

세요.]

[보상으로 경험치가 50% 증가합니다.]

[퀘스트를 완료하셨…….]

…….

[레벨이 올랐습니다!]

[레벨 80을 달성하셨습니다!]

[스킬이 지급됩니다.]

['중거리 슈터'를 습득하셨습니다.]

"중거리 슈터?"

이민혁의 눈이 커졌다.

중거리 슈터라니!

당장에라도 정보를 확인하고 싶어지는 이름 아닌가.

'확인 좀 해 봐야겠어.'

그래서 이민혁은 '중거리 슈터'의 정보를 눈앞에 띄웠다.

[중거리 슈터]

유형: 패시브

효과: 상대의 페널티박스 바깥에서 슈팅할 때, 슈팅의 정확도가 대폭 상승합니다.

"너무 좋은데?"

이민혁의 표정이 밝아졌다.

직접 효과를 느껴 봐야 정확히 알 수 있겠지만, 정보만 봤을 땐 이름값을 제대로 하는 스킬일 것 같았다.

'좋아, 이건 사용해 보면서 확인해 보는 것으로 하고.'

이민혁의 시선이 상태 창으로 향했다.

'스탯 포인트를 얻었으니, 능력치를 올려 줘야지.'

현재 보유한 스탯 포인트는 2.

어떤 능력치를 올릴지는 방금 얻은 스킬을 보며 결정을 내렸다.

[스탯 포인트 2를 사용하셨습니다.]

[슈팅 능력치가 2 상승합니다.]

[현재 슈팅 능력치는 92입니다.]

중거리 슈팅이 좋아지는 스킬을 얻었으니, 올릴 능력치는 당연히 슈팅이었다.

─자랑스럽습니다! 이민혁 선수가 챔피언스리그 결승전에서까지 골을 터뜨리네요! 그것도 너무나도 멋진 골이었지 않습니까?

─맞습니다! 정말 기술적인 슈팅이었어요. 느린 화면으로 보시면, 페널티박스 안으로 침투하는 아르연 로번 선수를 보며 슈팅을 했거든요? 이러면 아틀레티코 마드리드의 수비수들은 속을 수밖에 없죠! 정말 완벽한 페인팅이었습니다!

─이민혁 선수가 나이가 어리다는 게 믿어지지 않을 정도로 노련한 플레이였습니다.


경기장의 열기가 뜨거워졌다.

바이에른 뮌헨을 응원하는 관중들은 자리에서 일어나 이민혁의 이름을 연호했다.

"이민혁은 역시 바이에른 뮌헨의 보물이야! 방금 같은 상황에서 저런 플레이를 할 수 있는 선수가 얼마나 있겠어? 게다가 저 녀석은 이제 겨우 18살이라고!"

"볼수록 믿을 수가 없는 녀석이야. 데이비드 알라바나 마리오 괴체 같은 선수가 천재인 줄 알았는데, 그들은 천재가 아니었어. 이민혁이 진짜 천재였어!"

"1군에 올라온 지도 얼마 안 돼서 팀에 적응해 버리더니, 이젠 챔피언스리그 결승에서도 미쳐 날뛰네! 하하하! 저런 선수가 바이언이라는 게 너무 행복하구만!"

같은 시각.

"젠장! 벌써 골을 허용해 버리면 안 되는데……!"

아틀레티코 마드리드의 감독 디에고 시메오네는 인상을 찌푸리며 수염을 쓰다듬었다.

'분위기는 분명 좋았는데…….'

상황은 괜찮았다.

아틀레티코 마드리드의 수비는 단단했고, 바이에른 뮌헨은 답답함을 느끼고 있었다.

조금만 더 시간이 흘렀다면 역습의 기회도 생길 것 같았다.

디에고 시메오네 감독이 본 아틀레티코 마드리드 선수들은 방심하지도 않았다. 높은 수준의 집중력을 계속해서 유지한 것으로 보였다.

그런데도 골을 허용했다.

'아르연 로번이랑 이민혁한테 제대로 당해 버렸어. 조심한다고 조심했건만… 역시 바이에른 뮌헨은 쉽지 않은 상대야.'

수비수를 속이는 이민혁의 페인팅과 슈팅 모두 훌륭했다. 하지만 수비수들의 시선을 끈 아르연 로번의 움직임도 대단했다.

디에고 시메오네 감독으로선 그냥… 완벽하게 당해 버렸다는 말밖에 할 말이 없었다.

그저 씁쓸한 얼굴로 선수들을 향해 용기를 북돋아 줄 뿐이었다.

"다들 정신 차려! 이제 시작이야! 처음부터 다시 시작한다고 생각하자고!"

물론 디에고 시메오네 감독은 믿었다.

아틀레티코 마드리드는 이대로 무너지지 않을 거라고.

아직 경기 초반이고, 이대로 실점 없이 후반전으로 넘어가면 아틀레티코 마드리드에게도 좋은 기회가 올 거라고.

당연하게도 추가 실점을 하게 될 거라는 생각은 조금도 하지 않았다.


—바이에른 뮌헨이 완전히 중원을 장악하고 있습니다. 점유율도 뮌헨이 압도적이네요.

—아틀레티코 마드리드는 여전히 수비적으로 경기를 운영하네

요? 전반전을 이대로 보낼 생각인 걸까요?

해설들의 말 그대로였다.

아틀레티코 마드리드는 여전히 웅크렸다.

마치 골 욕심이 없는 것처럼 수비에만 집중했다.

다만, 역습을 나갈 준비는 항상 하고 있었다.

디에고 코스타와 다비드 비야라는 대단한 공격수들이 날카로운 눈빛으로 끊임없이 기회를 노리고 있었다.

―바이에른 뮌헨이 쉽게 공격을 펼치지 못하고 있네요. 아무래도 아틀레티코 마드리드의 역습을 경계하는 거겠죠?

―경계할 수밖에 없습니다. 아틀레티코 마드리드의 역습은 지금까지 수많은 강팀을 무너뜨렸거든요. 아무리 바이에른 뮌헨이라고 해도 단 한 번의 역습으로 골을 허용하게 될 수 있습니다. 그래서 바이에른 뮌헨으로서도 완벽한 기회가 아니면, 쉽게 전진패스를 넣거나 돌파를 시도하지 못하고 있는 겁니다.

또다시 소강상태가 이어지고 있던 상황에서.

아르연 로번이 움직였다.

필립 람과 2 대 1 패스를 주고받으며 오른쪽 측면을 파고들었다.

휙! 타앗!

필립 람의 정확한 패스와 아르연 로번의 빠른 스피드를 이용한 측면 돌파.

툭!

아르연 로번이 공을 잡고 전진했다. 그 즉시 아틀레티코 마드리드 선수 2명이 로번의 앞을 막았다. 아르연 로번은 돌파를 시도했다. 특유의 공을 짧게 치는 드리블로 페인팅을 주다가 급격히 속도를 높이며 방향을 틀었다.

―아르연 로번! 돌파를 시도합니다!

아르연 로번은 돌파 성공률이 높다.

그만큼 드리블 능력이 뛰어나다. 하지만 단순히 드리블 능력이 좋아서만이 아니다. 정확도 높은 왼발 슈팅이 있기 때문이다.

로번을 상대하는 수비수들은 그의 왼발 슈팅을 경계할 수밖에 없고, 그러다 보면 타이밍을 뺏겨서 돌파를 허용하게 되는 경우가 많다.

게다가 아르연 로번은 각종 페인팅 동작에도 능통하지 않은가.

수비수로선 아르연 로번을 막는 게 여간 어려운 일이 아니다.

그러나.

수비의 숫자가 많다면?

―아르연 로번이 공을 뺏깁니다! 아~! 역시 숫자에는 장사가 없네요! 필리페 루이스와 디에고 고딘의 협력 수비를 뚫어 내진 못했습니다!

아르연 로번을 막는 것이 수월해진다.

물론, 로번은 어지간한 수비수 2명을 상대로도 돌파해 낼 수 있는 실력이 있다.

문제는 로번을 막은 2명의 선수가 어지간한 수비수가 아니라는 것이다.

디에고 고딘은 우루과이 국가대표 센터백이자, 현재 라리가 최고 수준의 센터백이라 불리는 선수고.

필리페 루이스 역시 라리가 최고 수준의 레프트백이라 불리는 선수다.

아르연 로번의 돌파가 막힌 건 전혀 이상한 일이 아니었다.

그리고 지금.

공을 뺏어 낸 디에고 고딘이 아틀레티코 마드리드의 미드필더 코케에게 공을 연결했다.

─코케가 공을 받습니다!

올 시즌 라리가에서 14개의 어시스트를 기록한 코케가 공을 잡은 그 순간.

디에고 코스타와 다비드 비야를 필두로 아틀레티코 마드리드의 미드필더들이 전방으로 뛰쳐나갔다.

잔뜩 웅크렸던 아틀레티코 마드리드가 당당하게 어깨를 펼쳤다.

코케는 조금도 망설이지 않고 전방을 향해 롱패스를 뿌렸다. 코스타와 비야는 코케의 패스를 믿었고, 코케는 동료 공격수들의 능력을 믿었다.

아틀레티코 마드리드가 그토록 기다려 왔던 역습이 시작됐다.

―아틀레티코 마드리드가 드디어 공격을 나가고 있습니다! 바이에른 뮌헨은 지금 같은 상황을 조심해야 합니다!

"바로 복귀해! 역습이다!"

"알라바! 네가 막아야 해!"

"빨리 복귀해!"

바이에른 뮌헨 선수들이 다급하게 수비진으로 복귀하려 했다.

이민혁도 몸을 돌려서 전속력으로 달렸다.

'이건 위험해!'

갑작스레 진행된 아틀레티코 마드리드의 역습이었다. 바이에른 뮌헨은 라인을 끌어 올린 상황이었기에, 먼저 뛰어나간 공격수들을 따라잡기는 어렵다. 저들을 잡으려면 스피드에서 압도해야 하는데, 말처럼 쉬운 일이 아니다.

필립 람은 스피드에서 압도적이지 않고, 오버래핑을 한다고 너무 멀리 나가 있었다. 사실상 빠른 복귀는 힘들다.

데이비드 알라바가 엄청난 스피드로 복귀하고 있지만, 혼자서는 부족하다.

상대 공격수는 다비드 비야와 디에고 코스타 두 명이었으니까.

발이 빠른 이민혁이 수비를 도와야 했다. 다행히 이민혁은 상대의 역습을 계속 경계하고 있었고, 높게 올라가 있지 않은 상황이었다.

'내가 한 명을 막아 줘야 해.'

이민혁은 상대 공격수 중 다비드 비야에게로 달렸다. 공은 디에고 코스타에게로 날아갔다. 그렇다고 해서 이민혁이 할 게 없는 건 아니다. 이민혁은 다비드 비야가 패스를 받지 못하게 막아야 했다.

툭!

전속력으로 달리는 상황에서 디에고 코스타가 공을 잡는 게 보였다. 스페인 선수다운 군더더기 없는 트래핑. 디에고 코스타는 계속해서 전진했다. 이때, 빠른 속도로 쫓아온 데이비드 알라바가 디에고 코스타에게 몸싸움을 걸었다. 어깨를 강하게 부딪치며 공을 뺏어 내려는 수비였다. 공을 뺏지 못하더라도 정상적인 슈팅을 하지 못하게 만들 수 있는 좋은 수비였다.

문제는 디에고 코스타의 피지컬이 너무 좋다는 것이다.

퍼억!

먼저 차징을 한 건 데이비드 알라바였음에도, 밀린 건 데이비드 알라바였다.

아니, 밀린 수준이 아니라 튕겨 나가 버렸다.


─데이비드 알라바가 밀립니다! 디에고 코스타의 피지컬은 정말 대단하네요! 디에고 코스타! 골키퍼와의 일대일 상황을 만들어 냅니다!

데이비드 알라바가 뚫린 상황.

이민혁은 판단을 내려야 했다.

디에고 코스타는 이미 페널티박스 안으로 침투하고 있고, 자신은 다비드 비야를 막고 있다.

이런 상황에서 디에고 코스타를 막으러 가면 다비드 비야가 자유로워진다.

그렇다고 디에고 코스타를 막으러 가지 않으면 당장 골을 허용할 것 같다.

판단을 내리기 힘든 상황.

더구나 디에고 코스타를 막으러 간다고 해서 꼭 막을 수 있는 것도 아니다.

이민혁의 수비 실력은 좋지 않기에, 오히려 페널티킥을 내줄수도 있다. 심하면 퇴장을 당해서 팀의 전력을 깎아 먹게 될 수도 있고.

여기서 이민혁은 결정했다.

'디에고 코스타는… 마누엘 노이어를 믿자. 나는 다비드 비야만이라도 확실하게 막는다.'

동료를 믿고, 자신이 할 수 있는 걸 하자고.


―디에고 코스타! 슈티이잉!


디에고 코스타는 곧바로 슈팅을 때렸다.

이민혁은 끝까지 다비드 비야의 움직임을 방해했다. 마누엘 노이어가 공을 튕겨 낸 뒤, 그 공을 걷어 내는 것까지 생각했다.

하지만.

―고오오오오오올! 디에고 코스타가 동점 골을 터뜨립니다!

아쉽게도 마누엘 노이어는 디에고 코스타의 슈팅을 막지 못했다.

"아쉽네."

이민혁은 세리머니를 하는 디에고 코스타를 바라보며 쓴웃음을 지었다.

확실히 아틀레티코 마드리드의 역습은 날카로웠다.

코케의 패스에 이은 디에고 코스타의 마무리.

이 패턴이 괜히 라리가에서 잘 통한 게 아니라는 생각이 들었다.

더불어 아틀레티코 마드리드가 이번 시즌 라리가에서 우승한 이유도 알 것 같았다.

"확실히 강하긴 해."

인정할 건 인정했다.

하지만 이민혁의 자신감은 조금도 떨어지지 않았다.

승리에 대한 확신도 흔들리지 않았다.

"우리도 강하니까."

아틀레티코 마드리드는 분명 챔피언스리그 결승에 오를 자격이 있는 팀이다. 직접 상대해 보니 그만큼 강하다.

그래도 바이에른 뮌헨이 더 강하다.

같은 팀이라서가 아니라, 공을 섞어 보면서 느낀 것이다.

'로번의 돌파가 막혀서 역습을 허용했지만, 뚫어 냈다면 우리가 골을 넣을 수도 있는 상황이었어.'

한 끗 차이였다.

아르연 로번의 돌파가 이번엔 막혔지만, 다음번엔 성공할 수도 있다. 이민혁이 봐 온 아르연 로번은 그 정도의 실력이 있는 선수다.

팀에 대한 이민혁의 믿음은 강했다.

'기회는 온다.'

절대 지지 않을 거라는 확신을 품은 채.

다시 힘을 내서 뛰기 시작했다.

바이에른 뮌헨의 다른 선수들 역시 마찬가지였다.

동점골을 허용했지만, 승리를 의심하지 않았다.

처음 그랬던 것처럼 계속해서 공을 돌리고 아틀레티코 마드리드의 틈을 찾았다.

전반 40분.

동점골을 허용하기 전과 경기의 내용이 조금 달라졌다.

─토니 크로스! 때립니다! 아~! 이게 빗나가나요? 종이 한 장 차이로 골대를 벗어나네요! 하지만 날카로운 슈팅이었습니다! 아틀레티코 마드리드로서는 큰 위기를 넘겼네요!

바이에른 뮌헨은 수비수들의 라인을 내리고, 미드필더들이 높게 올라가서 적극적인 중거리 슈팅을 시도했다.

특히 토니 크로스에게 많은 기회가 갔다.

웅크리고 있던 아틀레티코 마드리드로서는 중거리 슈팅을 완벽하게 막아 내기 어려웠다.

그리고.

이민혁은 측면을 고집하지 않았다.

계속해서 밑으로 내려와 동료들과 공을 주고받으며 상대의 빈틈을 찾았다.

─이민혁이 공을 잡습니다! 동점골을 허용한 이후부터는 처진 위치까지 내려와서 공을 받아 주고 있죠?

─그렇습니다. 이민혁은 패스가 좋은 선수는 아니지만, 그래도 짧은 패스 위주로 정확도 높은 패스를 구사하는 선수거든요. 이렇게 적극적으로 빌드업에 참여하는 건 좋은 플레이처럼 보입니다.

다만, 이민혁에겐 해설들의 말과는 다른 목적이 있었다.

'어그로가 토니 크로스에게 끌리고 있어. 이제 곧 나한테 기회가 올 거야.'

슈팅을 때릴 타이밍을 잡는 것.

그게 목적이었다.

지금도 그랬다.

─토니 크로스가 공을 잡습니다! 아틀레티코 마드리드! 바로 압박하네요!

몇 차례 중거리 슈팅을 시도했던 토니 크로스가 공을 잡자, 아틀레티코 마드리드 선수들이 슈팅을 방해하기 위해 다급하게 뛰쳐나왔다.

이때, 토니 크로스가 공을 옆으로 툭 밀었다.

데구르르르!

공이 굴러왔다.

이민혁이 서 있는 곳으로.

'지금!'

후웅!

이민혁이 다리를 휘둘렀다.

기다렸던 타이밍. 놓칠 생각은 없다.

집중력을 끌어올렸다. 다리를 휘두르며 공에서 끝까지 시선을 떼지 않았다.

퍼엉!

페널티박스 바깥에서 강하게 때린 슈팅.

그 슈팅을 때린 순간.

이민혁의 눈앞엔 메시지가 떠올랐다.

[상대의 페널티박스 바깥에서 슈팅했습니다!]
['중거리 슈터' 스킬 효과가 발동됩니다!]
[슈팅의 정확도가 대폭 상승합니다.]

새로 얻은 '중거리 슈터' 스킬이 발동되었다는 메시지.

그 메시지를 본 순간 이민혁의 얼굴엔 미소가 떠올랐다.

'좋아!'

공을 때릴 때의 느낌도 좋았다. 발등에 제대로 걸렸을 때의 느낌이었다.

그런 상황에서 뜬 메시지였기에 기분이 좋을 수밖에 없었다.

―이민혁이 때립니다!

공이 발을 떠난 이후.

이민혁은 제자리에 서 있지 않았다.

혹시 모를 세컨볼을 대비해 상대 골키퍼인 티보 쿠르투아의 앞까지 달려갔다.

다만, 결과적으로는 의미가 없는 움직임이 됐다.

―우오오오! 들어갔습니다! 이민혁이 환상적인 중거리 슛으로 두 번째 골을 터뜨렸습니다!

이민혁의 중거리 슈팅은 그대로 골로 연결됐으니까.

―스코어가 2 대 1이 됩니다! 아~! 아틀레티코 마드리드는 전반 전이 끝날 때까지 1 대 1 상황을 지키고 싶었을 텐데요! 이민혁이 기어코 아틀레티코 마드리드의 방패를 뚫어 냈습니다!

―이민혁 선수가 종종 멋진 중거리 슈팅을 보여 주긴 하지만 방금 보여 준 중거리 슈팅은 너무 놀라운데요? 이민혁 선수에게 이렇게 강력한 중거리 슈팅 능력이 있었나요?

해설들의 목소리엔 경악이 담겨 있었다.

실시간으로 경기를 보던 한국 축구 팬들 역시 놀라움을 드러냈다.

ㄴ미친! 이민혁 뭐냐고ㅋㅋㅋㅋㅋㅋㅋㅋ와! 발에서 걍 레이저가 나가네ㅋㅋㅋ

ㄴ리얼 이민혁은 재능도 오지는데, 노력도 엄청 많이 함. 이민혁 데뷔할 때 사진이랑 최근 사진 비교하면 허벅지 굵기 차이 오짐. 이건 노력을 오지게 한다는 증거야.

ㄴ얼ㅋㅋㅋ이러면 아틀레티코 마드리드도 두 줄 수비 못 하지ㅋㅋㅋ이제 이민혁이 중거리 슈팅 때리려고 할 때마다 득달같이 튀어나오겠네ㅋㅋㅋㅋ

ㄴAT마드리드 노잼 축구 역겨웠는데, 이민혁이 제대로 한 방 먹여 주네ㅎㅎ^^

ㄴ이민혁 오늘 진짜 잘하는데? 수비 가담하는 거랑 공격 가담다 엄청 열심히 하고, 골까지 넣었어ㄷㄷ 이렇게 잘해도 되는 거냐? 역시 천재는 다른 건가?

같은 시각.

"크하하! 민혁, 네 덕에 속이 뻥 뚫렸다! 방금 그 슈팅은 뭐야? 굉장하던데?"

"제대로 걸린 슈팅이었어요. 다음에도 기회가 오면 바로 때려 보려고요."

"그럼, 그럼! 네 실력이라면 얼마든지 슈팅을 때려도 되지."

이민혁은 동료들의 축하를 받으며 허공에 뜬 메시지를 바라봤다.

[퀘스트를 완료하셨습니다!]
[퀘스트 내용: UEFA 챔피언스리그 결승에서 2개의 골을 기록하세요.]
[보상으로 경험치가 30% 증가합니다.]

[퀘스트를 완료하셨…….]
…….

떠오른 메시지의 숫자는 10개 정도.

마지막에 떠오른 메시지는 레벨이 올랐다는 내용의 메시지였다.

[스탯 포인트 2를 사용하셨습니다.]
[슈팅 능력치가 2 상승합니다.]
[현재 슈팅 능력치는 94입니다.]

이민혁은 스탯 포인트를 슈팅에 투자했다.

중거리 슈터 스킬의 효과를 확인한 지금, 슈팅 말고 다른 능력치를 올릴 생각은 조금도 없었다.

'어차피 아틀레티코 마드리드 상대로는 중거리 슈팅을 많이

시도해야 하니까.'

앞으로도 슈팅을 때릴 기회는 많이 올 것이다. 기회가 안 온다면 스스로 만들 것이다. 그렇게 생각하며 이민혁은 경기에 집중했다.

곧 전반전이 끝나겠지만, 상대는 한 방이 있는 팀. 끝까지 집중해야 한다.

*　　　　*　　　　*

이민혁이 골을 넣었을 때부터 전반전 시간은 얼마 남지 않은 상황이었고.

경기가 재개된 지 얼마 되지 않아서 주심의 휘슬 소리가 경기장에 울려 퍼졌다.

삐이이익!

전반전이 종료됐고, 양 팀 선수들과 감독은 라커 룸에 들어가 전술을 가다듬으며 후반전을 준비했다.

─후반전이 시작됩니다! 아틀레티코 마드리드가 후반전엔 달라진 경기 운영을 보여 줄까요?

─어쨌든 아틀레티코 마드리드도 챔피언스리그 결승에 올라온 팀이고, 우승을 노리고 있을 거거든요. 이제부턴 골을 넣기 위해 적극적인 운영을 할 수밖에 없을 겁니다.

해설들의 말 그대로였다.

후반전이 시작되자, 아틀레티코 마드리드의 전술이 공격적으로 변했다.

전반전만 해도 라인을 내리고 수비에 집중하던 가비 페르난데스, 코케, 티아구 멘데스, 라울 가르시아가 공격적으로 라인을 끌어 올렸다.

특히, 라울 가르시아는 다비드 비야와 디에고 코스타의 바로 뒷선에 서서 적극적인 슈팅과 날카로운 전진패스를 뿌렸다.

이처럼 아틀레티코 마드리드가 공격적인 움직임을 펼치자, 바이에른 뮌헨은 잠시 웅크렸다.

라인을 내리고 수비적으로 움직이며 아틀레티코 마드리드의 공격을 방해했다.

아틀레티코 마드리드의 패스 템포는 빨랐다. 슈팅도 적극적이었고, 전진패스도 자주 뿌려 댔다.

제대로 막지 않으면 골을 허용할 수도 있을 정도로 강한 화력이었다.

바이에른 뮌헨조차 잠시나마 웅크릴 수밖에 없을 정도로.

"다비드 비야가 침투하잖아! 절대 놓치지 말고 끝까지 쫓아!"

"라울 가르시아가 슈팅하지 못하게 막아! 절대 공간을 내주지 마!"

"민혁! 수비할 때 알라바를 더 도와줘!"

"토마스! 라인 좀 내려!"

그런데.

활발하게 소통하는 바이에른 뮌헨 선수들의 눈빛은 살아 있었다.

이들은 알고 있었다.

지금 아틀레티코 마드리드의 템포가 정상이 아니라는 것을.

저들의 공격을 잘 막아 낸다면, 분명 빈틈이 생길 거라는 것을.

―아틀레티코 마드리드가 골을 넣으려는 강한 의지를 보여 주고 있습니다! 하지만, 바이에른 뮌헨의 역습을 조심해야 할 텐데요! 지금은… 너무 급해 보이지 않습니까?

―맞습니다. 빠르게 동점골을 터뜨리고 싶겠지만, 아틀레티코 마드리드는 좀 더 침착할 필요가 있어요! 지금의 흐름은 아틀레티코 마드리드가 승리할 때의 흐름이 아닙니다!

아틀레티코 마드리드의 익숙하지 않은 스타일 변화.

그 변화는 빈틈을 만들어 냈다.

터엉!

라울 가르시아의 슈팅이 제롬 보아텡의 몸에 맞고 튕겨 나왔다.

―아~! 라울 그라시아 선수! 방금 슈팅은 너무 성급했죠! 앞에 수비벽이 있는데 무작정 슈팅을 때리는 건 좋은 플레이가 아니죠!

―침착하게 측면을 공략하거나 좀 더 패스를 돌리며 확실한 기회를 만드는 게 좋았을 것 같습니다!

튕겨 나온 공을 잡은 건 바스티안 슈바인슈타이거.

그는 달려드는 코케의 압박을 어렵지 않게 벗어난 뒤, 토니 크로스에게로 공을 연결했다.


ㅡ토니 크로스가 공을 받습니다!


토니 크로스는 바이에른 뮌헨 안에서도 패스 능력이 뛰어난 선수.

아틀레티코 마드리드의 코케가 공을 잡았을 때처럼, 바이에른 뮌헨 선수들은 토니 크로스가 공을 잡자마자 전방으로 뛰어나갔다.

토니 크로스가 보낼 패스에 대한 믿음이 있기에 가능한 움직임. 토니 크로스는 동료들의 믿음에 보답하듯 정확한 패스를 뿌려 냈다. 왼쪽 대각선으로 길게 뿌린 롱패스가 이민혁에게로 향했다.

쉬이익!

이민혁이 다리를 길게 뻗었다. 툭! 날아오는 공을 떨어뜨렸다. 아무런 방해도 받지 않았다. 상대 풀백은 아직 이민혁과 거리가 있다. 게다가.

투욱! 타닷!

이민혁이 속도를 내자 상대 풀백과의 거리는 더욱 벌어졌다.

현재 이민혁의 속도 능력치는 92.

웬만큼 빠르다는 선수들도 속도로 이길 수 있는 수준이었다.

휘익!

이민혁이 몸을 틀어 중앙으로 파고들었다. 페널티박스 라인이 눈앞에 보였다. 직접 슈팅을 때릴 수도 있지만, 상대 센터백이 달라붙고 있다. 순간 고민이 됐다.

'패스할까?'

만주키치, 토마스 뮐러, 로번 모두 좋은 위치로 달려오고 있는 게 보였다. 저들에게 패스하는 게 더 나은 방법일 수도 있다.

하지만.

'아니, 내가 직접 마무리한다.'

이민혁은 패스에 대한 생각을 접었다. 집중력을 끌어올렸다. 상대 센터백의 움직임을 주시하며 계속 전진했다. 짧게 공을 치며 속도를 최대한 유지하는 드리블. 능력치가 오르고, 수없이 많이 연습해서 만들어 낸 드리블이다.

달려드는 센터백의 움직임은 급해 보였다. 슈팅 페인팅을 주는 순간 태클을 하거나 차징을 해 올 것 같았다.

그래서 이민혁은 오른발로 슈팅을 때릴 것처럼 빠르게 휘둘렀다.

휘익!

그 즉시, 상대 센터백 주앙 미란다가 어깨를 부딪쳐 왔다.

주앙 미란다는 라리가 내에서도 일대일 수비 능력이 좋은 선수로 정평이 나 있는 남자.

다만, 그의 움직임은 이민혁의 예상 범위 안에 있었다.

툭! 휘익!

이민혁이 몸을 회전했다. 공은 그의 몸에 맞춰서 부드럽게 따라왔다. 마르세유 턴. 화려한 움직임으로 주앙 미란다의 차징을 피해 낸 이민혁이 공을 몰고 페널티박스 안으로 파고들었다. 더 이상 이민혁을 막을 수비수는 존재하지 않았다. 아틀레티코 마드리드의 골키퍼 티보 쿠르투아만이 달려들고 있을 뿐.

톡!

이민혁은 공의 밑부분을 살짝 찍어 찼다.

훈련 때, 골키퍼와의 일대일 상황에서 즐겨 쓰는 칩슛.

그 슈팅으로 아틀레티코 마드리드의 골 망을 또다시 흔들었다.


철렁—


우와아아아아아아!


함성이 터져 나왔다. 우승이 한층 더 다가왔다는 사실에 바이에른 뮌헨의 팬들은 열광하는 걸 넘어 광기에 사로잡혔다. 이민혁의 이름을 연호하고, 바이에른 뮌헨의 응원가를 목 놓아 불러댔다.


―킬러입니다! 이민혁은 무서울 정도의 킬러 본능을 타고났습니다! 이 선수는 방금과 같은 기회를 절대 놓치지 않죠!

―패스 타이밍을 놓친 게 아닐까… 걱정을 했지만, 괜한 걱정이었네요! 이민혁 선수는… 침착하게 주앙 미란다의 움직임을 기다렸던 겁니다! 정말 놀랍습니다……! 토니 크로스의 패스를 받는 트

래핑 동작과, 마르세유 턴을 이용한 돌파, 칩슛 마무리까지! 이민혁 선수가 너무나도 완벽한 플레이를 보여 줍니다! 이민혁~! 해트트릭입니다!

─이민혁이 바이에른 뮌헨을 챔피언스리그 우승에 더욱 가깝게 만들고 있습니다!

이민혁이 경기장에 우뚝 서서 손가락 3개를 펼쳤다.

"또 해트트릭을 해 버렸네?"

해트트릭에 대한 기쁨이 몰려왔지만, 이민혁은 애써 떨쳐 냈다.

동료들의 도움이 없었다면 해트트릭도 없다고 생각했기 때문이다. 실제로 이민혁이 주앙 미란다만을 상대했던 건, 다른 동료들이 각자 어그로를 끌고 있었기 때문이기도 했으니까.

하지만.

눈앞에 떠오르기 시작한 메시지는 전혀 다른 문제였다.

[퀘스트를 완료하셨습니다!]

[퀘스트 내용: UEFA 챔피언스리그 결승에서 해트트릭을 기록하세요.]

[보상으로 경험치가 100% 증가합니다.]

[퀘스트를 완료하셨…….]

…….

[레벨이 올랐습니다!]
[레벨이 올랐습니다!]

"아… 이건 못 참지."
꿈틀!
이민혁의 입꼬리가 높이 치솟기 시작했다.

＊　　　　＊　　　　＊

[스탯 포인트 4를 사용하셨습니다.]
[슈팅 능력치가 4 상승합니다.]
[현재 슈팅 능력치는 98입니다.]

슈팅 능력치가 98이 된 지금.
이민혁은 더욱 적극적으로 슈팅을 시도했다.
원래도 슈팅에 자신감이 있었는데, 이젠 어지간하면 유효슈팅을 만들어 낼 수 있다는 자신감마저 생겼다.

─이민혁 슈티이이잉! 아~! 티보 쿠르투아가 간신히 쳐 냅니다! 오늘 이민혁 선수의 슈팅이 굉장히 날카롭네요! 방금도 쿠르투아 골키퍼의 슈퍼세이브가 아니었다면, 골이 될 만한 슈팅이었습니다!

반면, 아틀레티코 마드리드 선수들의 마음은 급해졌다.

경기를 포기하면 모를까, 이들도 우승을 원하고 있기에 불안한 감정이 생겼다.

'빨리 만회골을 넣어야 해 그러지 못하면……!'

'얼른 막고 공격을 해야 하는데… 젠장!'

'…시간은 얼마나 남았지?'

시간은 흐르고 있고, 경기의 주도권은 바이에른 뮌헨이 잡은 상황.

아틀레티코 마드리드는 불안한 마음과 함께 답답함을 느꼈다.

지금도 그랬다.

이민혁의 중거리 슈팅은 간신히 쿠르투아 골키퍼가 막아 냈지만, 코너킥을 내주지 않았는가.

때문에, 아르연 로번이 코너킥을 준비하는 지금도 아틀레티코 마드리드 선수들이 머릿속엔 만회 골을 넣어야 한다는 생각만이 가득했다.

당연하게도 이들의 집중력은 급격히 떨어졌다.


ー아르연 로번이 코너킥을 찹니다!


터엉!

아르연 로번이 왼발로 강하게 감아 찬 공이 아틀레티코 마드리드의 페널티박스 안으로 날아왔다.

양 팀 선수들이 공중에 몸을 띄웠다. 너도나도 공을 따내기 위해 머리를 가져다 댔다.

그런 상황에서.

공을 머리에 맞힌 선수는 토마스 뮐러였다.

어떤 상황에서도 침착함을 잃지 않는 그는, 헤딩을 하는 상황에서도 집중력을 잃지 않았다.

끝까지 공을 바라봤고, 고개를 돌려서 공의 방향을 바꿔 놨다.

그걸로 충분했다.

아틀레티코 마드리드의 골문을 열기에는.

─고오오오오오오올! 토마스 뮐러입니다! 바이에른 뮌헨이 세트피스 상황에서 또다시 골을 터뜨렸습니다!

─이렇게 되면 스코어는 이제 4 대 1이 되어 버렸죠! 아틀레티코 마드리드 선수들로선 절망적인 순간일 겁니다!

아틀레티코 마드리드는 절망했다.

짙은 패배감을 느꼈다. 더 이상 우승에 대한 욕심은 존재하지 않았다. 강력했던 의지도 전부 사라져 버렸다.

의욕을 잃어버린 아틀레티코 마드리드.

라리가에서 우승하고, 챔피언스리그 결승까지 올라온 이 팀은 후반 41분에 아르연 로번에게 추가골까지 허용하며 완전히 무너졌다.

삐이이이익!

경기가 종료됐다.

최종 스코어는 5 대 1.

승부를 예측할 수 없을 정도로 치열했던 전반전과는 달리, 처참할 정도로 압도적인 결과였다.

―2013/14시즌 UEFA 챔피언스리그의 우승팀은… 바이에른 뮌헨입니다!

바이에른 뮌헨 선수들은 우승 트로피를 바라보며 진한 성취감을 느꼈다.

어떤 선수는 크게 웃음을 터뜨렸고, 어떤 선수는 감격하여 눈물을 쏟아 냈다.

"이야……."

이민혁은 웃지도, 울지도 않았다.

얼떨떨한 얼굴로 꿈에 그리던 챔피언스리그 우승 트로피를 바라봤다.

빅 이어라는 이름으로 불리는 우승 트로피는 은빛을 띠고 있었다. 경기장의 조명을 받는 지금, 빅 이어는 더욱 아름답게 빛나고 있었다.

"정말… 챔피언스리그에서 우승을 해 버렸네."

비현실적인 상황을 받아들이려 애쓰며, 이민혁은 빅 이어를 향해 손을 내밀었다.

＊          ＊          ＊

은빛으로 빛나는 챔피언스리그 우승컵 빅 이어.

이민혁이 그곳을 향해 손을 뻗었다.

스윽!

차가운 금속의 느낌.

그러나 그 느낌이 싫게 느껴지지 않았다.

'이게 챔피언스리그 우승 트로피구나.'

과거의 기억들이 떠올랐다.

축구가 좋아서, 잘하고 싶어서 거머리처럼 간절하게 버텨 왔던 기억들.

기억들이 스치는 시간은 제법 길게 느껴졌다.

'이젠 많은 게 변했어.'

마침내 상념에서 빠져나왔을 때, 이민혁이 인상을 살짝 찌푸렸다.

귀가 먹먹했다.

고막이 아플 정도로 쏟아지는 커다란 함성 때문이었다.

하지만 이민혁은 다시 웃음을 되찾았다.

동료들과 함께 크게 웃으며 우승 트로피를 하늘 높이 들어 올렸다.

"우승이다아아아!"

그와 동시에.

이민혁의 눈앞엔 메시지가 주르륵 떠올랐다.


[퀘스트를 완료하셨습니다!]

[퀘스트 내용: UEFA 챔피언스리그에서 우승하세요.]
[보상으로 경험치가 200% 증가합니다.]

[퀘스트를 완료하셨습니다!]
[퀘스트 내용: UEFA 챔피언스리그에서 팀 내 최고의 활약을 펼치세요.]
[보상으로 경험치가 100% 증가합니다.]

[퀘스트를 완료하셨……]
…….

[레벨이 올랐습니다!]
[레벨이 올랐습니다!]
[레벨이 올랐습니다!]
[레벨이 올랐습니다!]

"……!"
이민혁의 눈이 커졌다.
너무 놀라 버렸다.
4개의 레벨업이라니!
'분데스리가에서 우승했을 때도 이 정도는 아니었는데?'
분데스리가 우승보다 챔피언스리그 우승을 더 높게 평가한다는 건가?
이민혁은 그렇게 생각하며 고개를 끄덕였다.

충분히 이해할 수 있는 일이다. 다만, 4개의 레벨이 오를 줄은 몰랐기에 놀랐던 것뿐.

'우선 스탯 포인트를 빨리 쓰자.'

이민혁은 빠르게 스탯 포인트를 사용할 생각이었다.

지금 이 순간만큼은 상태 창보단 동료들과 기쁨을 더 나누고 싶었으니까.


[스탯 포인트 2를 사용하셨습니다.]

[슈팅 능력치가 2 상승합니다.]

[현재 슈팅 능력치는 100입니다.]


[스탯 포인트 6을 사용하셨습니다.]

[민첩 능력치가 6 상승합니다.]

[현재 민첩 능력치는 86입니다.]


*　　　　*　　　　*


챔피언스리그 일정까지 모두 끝난 뒤.

바이에른 뮌헨 선수들에겐 휴가가 주어졌다.

각자 알아서 몸 관리를 하고, 고향에도 다녀올 수 있는 긴 휴가.

몇몇 선수들은 실제로 여행을 가거나 고향에 가서 가족들과 시간을 보낸다고 했다.

그러나, 몇몇 선수들에겐 사실상 휴가가 없었다.

「2014 FIFA 월드컵, 곧 펼쳐진다!」


FIFA 월드컵.

4년마다 열리는 세계적인 축제!

각 나라의 명예와 자존심이 걸린 전 세계 축구 토너먼트!

그 스케줄을 소화하기 위해, 국가대표에 소집된 바이에른 뮌헨의 선수들은 제대로 휴식을 즐길 여유도 갖지 못했다.

그들은 각자의 조국으로 날아가, 팀 훈련에 참여해야 했다.

월드컵을 대비해 손발이 맞지 않는 동료들과 호흡을 맞추고, 새로운 전술에 적응하는 시간을 보내는 것이다.

그리고.

이민혁은 그런 동료들을 보며 자신과는 상관이 없는 일이라고 생각했다.

분명 그렇게 생각했었다.

"…예?"

갑작스레 집 문을 두드리고 들어온 피터가 놀라운 소식을 꺼내기 전까지는.

"피터……? 지금 뭐라고 했어요……?"

챔피언스리그 우승 기념으로 뮌헨의 집에서 부모님과 맛있는 식사를 즐기고 있었다.

실제로 이민혁의 부모님은 식탁에 앉은 채로 수저를 들고 계셨다.

그런데 지금은 두 분 모두 눈을 크게 뜨고 피터를 바라보고 계신다.

어서 빨리 다시 한번 말해 보라는 눈빛을 보내고 계신다.

그 눈빛을 받은 피터는.

침을 꿀꺽 삼킨 뒤, 재차 정보를 전달했다.

"대한축구협회에서 이민혁 선수를 국가대표팀에 소집하고 싶다는 연락을 해 왔어요."

반응은 즉각 나타났다.

"예?! 국가대표요?!"

"피터! 우리 아들이 국가대표에 뽑혔다고요?"

"어머, 이게 무슨……?! 피터, 농담하는 거 아니죠?"

이민혁과 아버지인 이석훈과 어머니 최연희 모두 놀라서 소리쳤다.

그러자 피터가 미소를 지으며 다시 입을 열었다.

"이민혁 선수는 한국의 고등학교에서 바로 독일에 왔고, 빠른 시기에 분데스리가에 데뷔하셨고, 승승장구하고 계시죠. 그래서 스스로의 가치를 잘 판단하지 못하실 수도 있어요. 하지만, 이제는 이민혁 선수 스스로도 본인의 가치를 아셔야 해요."

"음… 솔직히 전 제가 국가대표에 뽑힐 거라는 생각은 못 해 봤어요. 이제 겨우 분데스리가에서 한 시즌을 보냈고, 나이도 어린 편이니까요. 그런데 피터, 제 가치가 어느 정도인지 알려 주실 수 있나요?"

"당연히 말씀드릴 수 있죠. 우선 이민혁 선수는 분데스리가 데뷔 시즌에서 총 11경기에 출전했어요. 그리고 그 11경기에서 9골 6어시스트를 기록하셨죠. 이 기록은 경기당 평균 0.8골에 해당하고, 경기당 평균 1.3개 정도의 공격포인트를 올린 겁니다. 공격 포인트의 경우 반올림을 하면 평균 1.4개가 되죠. 이민혁 선수도 신인이 데뷔 시즌에, 그것도 분데스리가에서 이런 기록을 세운다는 게 얼마나 대단한 건지 아시지 않나요?"

"…숫자로 들으니까 제가 꽤 잘하긴 했네요."

"'꽤'요……? 이어서 챔피언스리그도 말씀드리면, 이민혁 선수는 총 다섯 개의 경기에 출전했어요. 맨체스터 유나이티드와의 8강 1차전과 2차전, 레알 마드리드와의 4강 1차전과 2차전, 아틀레티코 마드리드와의 결승전에 출전하셨죠. 그리고 이민혁 선수는 이 챔피언스리그에서 총 10골 2어시스트를 기록하셨어요. 겨우 5경기 출전한 챔피언스리그에서 말이죠. 더군다나 이민혁 선수가 넣은 10골은 이번 챔피언스리그의 득점왕인 크리스티아누 호날두 선수의 16골 기록 바로 다음이에요. 파리 생제르맹의 즐라탄 이브라히모비치 선수와 공동 득점 2위죠. 즉, 이민혁 선수는 데뷔 시즌에 분데스리가와 챔피언스리그에서 모두 우승을 하셨고, 챔피언스리그에선 5경기를 뛰고 득점 2위를 기록하셨어요. 마지막으로 가장 놀라운 건, 이민혁 선수가 분데스리가와 챔피언스리그에서 교체로 출전한 경기가 많다는 거죠. 자! 이래도 스스로가 겨우 '꽤' 잘한 수준인 것 같으세요?"

"…제가 많이 잘했네요."

이민혁이 붉게 달아오른 얼굴로 콧잔등을 긁었다.

피터의 말을 들으니, 자신이 데뷔 시즌에 얼마나 미친 활약을 했는지 확실하게 알 수 있게 됐다.

기록에 큰 관심을 두고 있지 않아서 정확히 모르던 부분이었는데, 이렇게 들으니 피터의 말처럼 '꽤' 잘한 수준은 절대 아니었다.

정말 말도 안 되게 잘한 수준이었다.

다만, 바로 앞에서 이런 얘길 들으니 좀 민망했다. 더구나 지금은 부모님도 함께 있는 자리이지 않은가.

특히 어머니는 벌써 핸드폰을 들고 어딘가로 전화를 걸고 계신다. 아무래도 아들의 활약을 자랑하고 싶으신 모양이었다.

아버지는… 아무런 행동도 하지 않고 계시지만, 광대는 이미 하늘로 승천하실 것처럼 보였다.

반면에 피터는 아무렇지 않아 보였다.

그는 조금의 농담도 섞지 않겠다는 듯, 진지한 얼굴로 말을 이었다.

"그래서 제가 드리고 싶은 말은… 지금의 이민혁 선수는 대한민국 국가대표팀에서 충분히 주전으로 뛸 수 있는 수준이라는 거죠."

\*　　　　\*　　　　\*

결과적으로 이민혁은 대한축구협회의 제안을 받아들이기로 했다.

국가대표팀에 들어가기로 결정을 내린 것이다.

거절할 이유가 없었다.

'월드컵에 참여하면 경기 감각을 유지하기도 좋을 거야.'

경기 감각 유지.

그리고 경험.

축구선수에겐 중요한 것들이었다.

이민혁도 그렇게 생각했다. 분데스리가 2013/14시즌은 끝났고, 다음 시즌이 시작되기까진 3달에 가까운 긴 시간이 남아 있다.

월드컵에 참여하는 것이 긴 휴가를 실전 경기 없이 보내는 것보단 훨씬 낫다고 판단했다.

"기대되네."

이민혁이 설레는 마음을 다스리며 이불을 얼굴 위까지 덮었다.

국가대표라니!

그것도 성인 국가대표팀에 들어가게 됐다.

어떤 축구선수가 설레지 않을 수 있겠는가.

이민혁 역시 국가대표가 된다는 생각에 진한 설렘을 느꼈다.

하지만 다른 축구선수들과는 달리, 국가대표로 뛸 수 있게 됐다는 사실 자체에 설렌 건 아니었다.

"월드컵에서 잘하면 경험치 엄청 잘 오르겠지?"

월드컵이라는 무대.

그곳에서 얻게 될 경험치와 레벨.

그것들이 이민혁을 설레게 만드는 가장 큰 부분이었다.

단번에 대한축구협회의 제안을 승낙한 가장 큰 이유이기도 했다.

물론 부모님의 입김도 영향을 미치긴 했지만, 이민혁의 가장 큰 목적은 자신의 성장이었다.

'상태 창 좀 볼까?'

월드컵에서 얻을 경험치를 생각하며, 이민혁은 상태 창을 띄웠다.


[이민혁]

레벨: 87

나이: 20세(만 18세)

키: 182㎝

몸무게: 75㎏

주발: 양발

[체력 75], [슈팅 100], [태클 54], [민첩 86], [패스 71]

[탈압박 76], [드리블 100], [몸싸움 71], [헤딩 62], [속도 92]

스킬: [예리한 슈팅], [예리한 패스], [축구 재능], [바디 밸런스], [강인한 신체], [양발잡이], [프리킥 재능], [중거리 슈터]

스탯 포인트: 0


능력치는 지금도 훌륭했다.

특히, 100을 찍은 능력치들은 그 효과가 무시무시했다.

세계 최고 수준의 수비수들을 제칠 수 있게 됐고, 정확하고 강력한 슈팅을 때릴 수 있게 되지 않았는가.

또, 민첩, 체력, 몸싸움, 패스, 탈압박 능력치의 수치도 준수했다.

하지만.

'아직 아쉬워.'

사람의 심리상 부족한 게 눈에 더 띄게 마련.

이민혁도 그랬다.

'월드컵에서 수비랑 헤딩 능력치도 올릴 수 있었으면 좋겠네.'

항상 부족함을 느끼는 수비랑 헤딩을 보완하고 싶었다.

그 시기가 월드컵 때가 되길 바라며, 이민혁은 천천히 눈을 감았다. 내일, 오랜만에 한국으로 간다. 가자마자 바로 국가대표팀 훈련에 참여해야 한다.

그러려면.

"자야지."

최대한 잠을 푹 자두는 것이 좋다.


\*　　　　　\*　　　　　\*


분데스리가 데뷔 시즌 9골 6어시스트. 그리고 리그 우승.

데뷔 시즌 챔피언스리그에서 10골 2어시스트. 그리고 우승.

이민혁이 해낸 일이다.

출전한 시간에 비해 대단한 기록임에 분명했고.

이런 이민혁에 대한 축구 팬들의 관심은 높아질 수밖에 없었다.

더구나.


「이민혁, 대한민국 국가대표팀 소집 확정! 한국 축구 팬들이 원하던 일이 이루어졌다.」

「분데스리가와 챔피언스리그에서 전부 우승한 이민혁, 2014 FIFA 월드컵에서도 좋은 활약 펼칠까?」

「천재 윙어 이민혁, 한국 대표로는 어떤 경기력 보여 줄까? 월드컵 앞둔 지금, 팬들의 기대감 늘어나!」

이민혁이 2014 FIFA 월드컵에 출전한다는 사실은 한국 축구 팬들을 흥분케 하기에 충분했다.

└미쳤다 진짜!!!!! 이민혁이 드디어 국대로 오는구나!!!!

└당연히 와야지! 분데스리가랑 챔스 우승한 선수가 한국대표팀에 안 오면 안 되지! 아오! 진짜 이번 월드컵은 너무 기대된다ㅋㅋㅋㅋ

└난 그냥 좀 불안함. 이민혁은 지금까지 세계 최고 수준의 선수들이랑 함께 뛰어 왔는데, 한국 국가대표팀 수준 보고 실망할 것 같음. 그리고 월드컵에서 개털리면 자신감도 떨어질 것 같아서…….

└재수 없는 소리는 하지 마. 이민혁이라면 한국 국대에서도 잘해 줄 거야.

└이민혁은 잘하겠지. 근데 우리나라 국대 수준 알잖아? 솔직히 16강 진출도 힘든 게 팩트잖아. 막말로 이민혁한테 방해만 안 되면 다행이지. 물론 국대 이민혁을 볼 수 있다는 것만으로도 기분이 좋긴 해.

└그래도 이민혁이 오니까 희망을 가져 보자. 우리한텐 손흥민도 있잖아?

최근 한국 축구 팬들의 국가대표팀에 대한 기대감은 많이 떨어져 있는 상태였다.

친선전을 할 때마다 승패와 상관없이 시종일관 답답한 플레이를 보여 줬기 때문인데, 문제는 수준이 높지 않은 아시아 팀들과의 경기에서도 그랬다는 것이다.

더불어 조금만 수준이 높은 유럽 팀들을 만나면 무참히 깨지는 모습을 보여 주며, 팬들의 기대감을 더욱 떨어뜨렸다.

때문에, 한국 축구 팬들에게 '이민혁'이라는 존재는 희망이 됐다.

포기했던 한국 축구 대표팀을 다시 믿어 볼 수 있는 계기가 됐다.

그리고 지금.

"이민혁 선수, 도착했어요. 내릴 준비 하세요."

"으음… 피터, 벌써 도착했어요?"

"예. 일어나셔야 해요."

"아으으……! 제대로 잠들었었네요."

"허허! 이민혁 선수는 긴장도 안 되나 봐요? 오랜만에 한국에 오신 거고, 밖엔 기자들이 쫙 깔렸을 텐데요?"

"긴장할 게 뭐 있나요. 다들 각자 할 일을 하러 오신 거고, 전 감사한 마음으로 인사를 드리면 되는 거죠."

이민혁이 한국의 공항에 도착했다.


\*　　　　\*　　　　\*

「이민혁, 챔피언스리그 우승자다운 당당한 발걸음! 인터뷰에서도 '국가대표팀에 좋은 영향을 주고 싶다'라며 자신감 드러내!」

「천재 이민혁, 여심 잡는 미소로 소녀 팬들 마음 흔들어!」

「분데스리가와 챔피언스리그 모두 우승한 이민혁, 이젠 월드컵 우승까지 노린다?」

「여심 사냥꾼 이민혁, 훈훈한 얼굴로 팬들 향해 매력 어필!」

「바쁜 일정 속에서도 팬들과 사진 찍어 주는 이민혁. 실력뿐만 아니라 인성도 최고!」


"아… 미치겠네."

핸드폰으로 기사를 보던 이민혁이 이마를 탁 짚었다.

머리가 지끈지끈했다. 없던 두통이 생긴 느낌이다.

"이민혁 선수? 왜 그러세요?"

옆에서 운전하던 피터가 걱정스러운 얼굴로 질문해 왔다.

"기사가… 너무… 하! 너무 말도 안 되는 제목으로 올라와서요."

"어떻게 올라왔는데요? 보시다시피 전 운전하느라 아직 기사를 못 봐서……."

"저보고… 여심 사냥꾼이라네요. 그리고 전 그런 적도 없는데, 여심 잡는 미소를 띠었다는 제목도 있고… 아오!"

"예? 에이, 설마요."

"빨간불 걸리면 보여 드릴게요."

이민혁은 피터가 운전하는 차가 신호에 걸렸을 때, 자신이 봤던 각종 기사의 제목을 보여 줬다.

그러자.

"으하하하핫! 이게 뭐지? 되게 웃긴데요?"

"아! 피터! 전 쪽팔려 죽을 것 같다고요."

"이 정도 자극적인 기사는 어쩔 수 없어요. 기자들 입장에서
도 이민혁 선수를 주제로 조회수를 뽑아야 했을 테니까요. 그래
도 제목이랑 내용이 나쁘진 않은데요?"

"나쁘진 않지만, 억울해서 그렇죠."

"너무 신경 쓰지 마세요. 앞으로 더 자극적인 기사가 많을 거
예요. 이민혁 선수를 비방하는 내용의 기사가 아니라면, 가볍게
무시할 수 있어야 해요. 뭐, 제가 아는 이민혁 선수는 알아서 잘
하시겠지만요."

"에휴~! 피터의 말처럼 그냥 그러려니 해야겠죠."

이민혁은 핸드폰에 떠 있던 기사를 전부 끄고 창문 밖을 바
라봤다.

사실, 조금 민망했을 뿐 크게 짜증이 났던 건 아니다.

게다가 공항에서 기다리던 많은 팬을 본 건 아직까지 가슴이
뛸 정도로 기분이 좋았다.

'공항까지 찾아올 정도로 나를 좋아해 주시는 분들이 이렇게
나 많을 줄이야.'

분데스리가에서의 인기는 어느 정도 체감하고 있었다.

부모님이나 피터와 식당에 가거나, 쇼핑을 하러 갈 때마다 항
상 팬들이 몰렸으니까.

그러나 한국에서까지 이 정도일 줄은 몰랐다.

한국 팬들의 관심을 눈으로 직접 보니, 진한 책임감이 생겼다.

'더 열심히 해야겠어.'

그때였다.

생각에 잠겨 있던 이민혁의 귀에 피터의 목소리가 들렸다.

"이민혁 선수, 도착했어요."

"오! 벌써요?"

이민혁의 표정이 밝아졌다.

드디어 기다리던 시간이 왔다.

"예. 이 동네에서 유명한 순대국밥집에 도착했어요."

"와우!"

순대국밥.

이민혁이 독일에 있을 때 가장 먹고 싶었던 음식.

드디어 순대국밥을 먹게 됐다는 생각에 이민혁은 재빨리 차에서 내렸다.

"시간은 충분하죠?"

"예. 국가대표팀 훈련장과 거리가 가까워서, 천천히 드시고 가도 돼요. 오랜만에 한국에 오셨는데, 먹고 싶었던 음식 정도는 드셔야죠."

"하하!"

이민혁의 발걸음은 가벼웠다.

이게 얼마만의 순대국밥인지!

벌써 가슴이 설레어 왔다.

후루루루룩!

이민혁은 순대국밥의 뚝배기를 통째로 들고 마셨다.

밥도 두 공기나 비웠다. 그 모습에 피터가 혀를 내둘렀다.

"와……! 이렇게 드시고 싶어서 그동안 어떻게 참으셨어요?"

"부모님이 해 주신 집밥도 맛있었으니까요. 근데 역시 한국에서 먹는 국밥이 최고네요."

"혹시 한 그릇 추가하실 거 아니죠? 그러면 전 말릴 수밖에 없어요."

"에이, 아니죠. 오늘부터 바로 훈련에 참여하게 될 텐데, 너무 많이 먹으면 안 되잖아요."

"이미 많이 드신 것 같은데……."

"…크흠!"

이민혁은 헛기침을 하며 뚝배기를 내려놨다.

이제 정말 국가대표팀 훈련장으로 가야 할 시간이었다.


*　　　　*　　　　*


국가대표팀 훈련장으로 가는 시간이 생각보다 늦어졌다. 시간을 여유 있게 잡지 않았다면 지각을 하게 됐을 정도로.

식당에서 몰려든 팬들 때문이었다.

"이민혁 선수의 인기가 엄청나긴 하네요. 설마 국밥집에서까지 다들 알아볼 줄은 몰랐는데 말이죠."

뚝배기를 내려놓은 순간, 커다란 식당에 있던 사람들이 이민혁에게 몰려들었다.

싸인을 부탁하고, 사진을 함께 찍자는 요청.

이민혁은 웃으며 모든 요청을 받아 줬다.

너무나도 익숙하게 싸인을 하고, 사진을 찍어 줬다.

분데스리가에서 자주 있었던 일이기에 가능한 일이었다.

또한, 펩 과르디올라와 부모님의 가르침 덕분이기도 했다.

'팬이 없으면 프로축구 선수도 없다고 하셨지.'

이민혁이 씨익 웃으며 피터의 말에 대답했다.

"저도 당황스러웠어요. 약속 시간엔 안 늦겠죠?"

"그럼요. 제가 누굽니까. 절대 안 늦습니다."

피터는 거짓말을 하지 않았다.

그가 운전한 차는 약속 시간보다 10분 정도 더 일찍 훈련장에 도착했다.

"태워다 주셔서 감사해요. 피터."

"감사하긴요. 제가 할 일인걸요. 그리고 어차피 월드컵 기간 내에도 계속 붙어 있을 건데 그런 말씀 하지 마세요. 괜히 민망해요."

"그래도 당연하게 생각하는 것보단 낫잖아요?"

"하하! 그건 맞죠."

이민혁은 피터와 함께 한국대표팀 관계자들을 만나 인사를 나눴다.

이어서 대표팀 감독직을 맡은 남자와도 인사를 나눴다.

"네가 민혁이니? 반가워."

'홍명조 선수… 아니, 이젠 감독님이지.'

이민혁은 흥미로운 표정으로 홍명조의 얼굴을 바라봤다.

홍명조가 누구던가.

현재 감독으로서의 능력은 좋은 평가를 받진 못하고 있지만,

선수로서는 한국 최고의 수비수라고 불리던 남자였다.

뛰어난 리더십과 비범한 카리스마를 보유했던 남자.

이제 감독이 된 홍명조였지만, 그의 눈빛에선 여전히 대단한 카리스마가 흘러나왔다.

'카리스마가 대단하시네. 웬만한 사람들은 눈도 못 마주치겠어.'

이민혁은 선수로서의 홍명조를 좋아했다.

다만, 감독으로서는 아니었다.

솔직하게 말하면, 감독 홍명조에 대해선 별 관심이 없었다. 이민혁이 존경하는 감독은 펩 과르디올라뿐이었다.

이민혁은 그런 펩 과르디올라 감독의 앞에서도 위축되지 않는다. 더불어 굉장히 강한 카리스마를 가진 선수들에게도 위축되지 않는다.

당연하게도 홍명조의 앞에서도 위축될 이유가 없었다.

눈앞의 남자는 그저 팀의 감독일 뿐이었다.

이민혁은 씨익 웃으며 홍명조가 내민 손을 맞잡았다.

"안녕하세요, 감독님. 이민혁입니다."

*　　　　*　　　　*

이민혁은 궁금했다.

2014 FIFA 월드컵을 준비하는 한국대표팀의 실력이 어느 정도일지.

솔직히 분데스리가에서 뛴 이후로 한국대표팀의 경기를 잘 챙겨 보지 못했다.

그럴 여유가 없었다.

쉬는 시간이 생기면 분데스리가 팀들과 선수들을 분석하기에 바빴다. 한국대표팀 경기를 챙겨 볼 여유는 없었다.

그래도.

'다들 잘했으면 좋겠네.'

한국 사람인 만큼, 한국대표팀의 전력이 강하기를 바랐다.

이런저런 생각을 하며 홍명조의 뒤를 따라가다 보니, 마침내 선수들과의 만남이 주선됐다.

선수들은 이민혁을 향해 호기심 가득한 눈빛을 보내고 있었다.

'…이건 좀 부담스러운데?'

어색한 상황.

이민혁이 어색함을 이겨 내고 먼저 인사를 하려고 할 때.

전혀 예상하지 못했던, 충격적인 말이 이민혁의 귀에 꽂혔다.

"우와~! 대한민국 최고의 여심 사냥꾼이다!"

'…누구야?'

이민혁이 굳은 얼굴로 목소리가 들린 곳을 바라봤다.

손을 크게 흔들며 환하게 웃고 있는 손훈민이 보였다.

"훈민이 형?"

손훈민은 여전히 웃으면서 뛰어왔다.

"민혁아, 장난쳐서 미안해. 네가 너무 어색해하는 것 같아서 분위기 좀 풀어 주려고 그랬어."

"괜찮아요. 안 그래도 되게 어색했거든요."

이민혁의 표정이 풀렸다.

손훈민과는 독일에서 맞붙은 이후에, 꾸준히 연락을 해 왔고 실제로도 몇 번 만나서 밥을 먹기도 했다.

친분도 꽤 두터워진 상태였다.

'훈민이 형이 있어서 다행이야.'

손훈민의 존재로 대표팀에서의 적응도 한층 편해질 것 같았다.

'그건 그렇고, 분위기 보니까 내가 먼저 소개를 해야겠네.'

이민혁은 국가대표팀 선수들을 보며 스스로를 소개했다.

"반갑습니다. 이민혁입니다. 나이는 95년생 20살이고요. 어차 피 앞으로 계속 붙어 있을 거고, 다들 저보다 형님이실 텐데 말씀들 편하게 해 주세요."

그러자 곧바로 반응이 나왔다.

가장 먼저 반응한 선수는 구지철이었다.

그는 특유의 발랄한 말투로 이민혁을 반겨 줬다.

"오우! 너무 호감이잖아? 안녕! 난 구지철이야. 너 진짜 잘하더라. 그리고 성격 좋다는 말도 훈민이한테 들었어."

"안녕하세요!"

이민혁도 반갑게 구지철과 인사를 나눴다.

사실 다른 선수들보다도 구지철은 특별히 호감이었다. 사람 자체가 착해 보이기도 했고, 같은 분데스리가에서 뛰는 선수였기 때문이다.

"아~! 내가 저번 시즌에 더 잘했으면 민혁이 너랑도 붙어 볼 수 있었을 텐데, 내가 너무 못했다. 흐흐! 내가 꼭 더 잘해져서 다음 시즌에는 바이에른 뮌헨 경기에 나갈 수 있도록 해볼게."

"에이, 왜 그러세요."

이민혁이 어색하게 웃었다.

구지철과는 실제로 분데스리가에서 만난 적이 없다. 객관적으로 봤을 때, 구지철은 그의 소속 팀인 마인츠에서 붙박이 주전 멤버라고 보긴 어려웠다.

하지만 그렇다고 구지철의 실력이 안 좋다고 볼 수는 없다.

2013/14시즌의 마인츠는 분데스리가에서 7위로 마무리했을 정도로 강한 팀이었으니까.

그런 곳에서는 주전이 아니어도, 경기에 자주 출전한 것만으로도 충분히 대단한 일이었다.

"하여튼! 훈민이랑만 친하게 지내지 말고, 앞으로 나랑도 친하게 지내자."

"당연하죠. 같이 유럽에서 외롭게 생활하는 사람들이잖아요. 앞으로 친하게 지내요, 형."

"흐흐! 성격 참 시원시원하니 좋네!"

구지철과의 짧은 대화를 마치고, 이민혁은 다른 선수들과도 연달아 인사를 나눴다.

구지철과 함께 마인츠에서 뛰고 있는 박수호, EPL에서 뛰는 기석용, 도르트문트에서 뛰는 지동운, 아우크스부르크에서 뛰는 홍정후.

그리고 해외에서 뛰는 선수들과 국내 리그에서 뛰는 선수들 모두와 인사를 나눈 뒤.

이민혁의 얼굴이 밝아졌다.

'유럽파 선수들도 되게 많고… 이러면 월드컵에서도 좋은 성적을 낼 수 있지 않을까?'

희망이 생겼다.

이들과 함께한다면 월드컵에서 강팀들과도 경쟁할 수 있을 거라는 희망이.

더불어 이민혁은 국가대표팀 동료들이 든든해 보였다. 다들 경험도 꽤 많고, 국가대표로 뽑힌 선수들이기에 실력이 좋을 것이라는 생각이 들었다.

\* \* \*

이민혁은 홍명조 감독과 코치진들의 지시에 따라 동료들과 가볍게 몸을 풀었다.

이어진 훈련은 즐거웠다.

바이에른 뮌헨의 동료들과 훈련하는 것도 즐거웠지만, 새로운 환경에서 하는 훈련은 색다른 즐거움을 줬다.

게다가 외국인이 아닌, 같은 한국 선수들과 함께 훈련하고 있다는 것도 이민혁에겐 너무나도 즐거운 일이었다.

다만, 모든 시간이 즐겁지는 않았다.

'연습경기에 뛰지 못하게 된 건 아쉽네.'

오늘이 첫 대표팀 합류인 만큼, 홍명조 감독은 이민혁에게 대표팀 선배들의 연습경기를 보고 배우라고 말했다.

조금 씁쓸한 순간이었다.

홍명조 감독이 했던 말은 이민혁의 머릿속에 계속해서 맴돌았다.

'이민혁, 네가 바이에른 뮌헨에서 뛰는 선수든, 챔피언스리그에서 우승했든, 그런 건 나한테 중요하지 않아. 넌 이곳에 오늘 처음 왔고, 저기 보이는 선수들은 너보다 먼저 와서 손발을 맞췄어. 너도 알겠지? 개인이 아무리 뛰어나도 팀을 이기진 못한다는 걸. 그러니 오늘은 선배들이 경기하는 걸 보면서 많이 배워 두도록. 네 포지션에서 뛰는 선배의 움직임과 전체적인 팀 전술을 보면 좋은 공부가 될 거다. 그리고 만약 특별 대우를 기대했다면, 그런 기대는 당장 버리는 게 좋을 거야.'

조금 전의 기억을 떠올린 이민혁이 쓰게 웃었다.

'특별 대우 같은 거, 바라지도 않았는데.'

자신이 유럽파건 뭐건 상관없이 실력으로 경쟁할 생각이었다.

애초에 이민혁은 그런 곳에서 축구를 해 왔으니까.

그의 소속 팀인 바이에른 뮌헨은 철저히 실력으로 평가를 받는 곳이었으니까.

이민혁은 머릿속에 떠오르는 기억을 쓴웃음과 함께 날려 버렸다.

'뭔가 오해가 있으신 것 같은데… 뭐, 곧 해결되겠지.'

긍정적으로 생각하며, 경기장에 들어서는 선수들을 바라봤다.

연습경기가 시작되려 하고 있었다.

'경기력이 어떨지 궁금하네.'

이민혁의 눈이 빛났다.

그토록 궁금했던 한국대표팀의 실력을 보게 되는 순간이었
다.

그런데… 잠시 후.

'…이게 뭐야?'

이민혁은 충격받은 얼굴로 경기장을 바라봤다.

Chapter. 5

홍명조.

현재 대한민국 국가대표팀 감독직에 있는 그는 걱정이 많았다.

"하… 너무 어려운 길을 걸었나?"

작년에 대한축구협회의 제안에 쫓기듯 감독직을 맡았다.

당시엔 절호의 기회라고 생각했다. 위기에 빠진 대표팀을 자신이 구해 줄 수 있을 거라고 믿었다.

그래서 급하게 성인 국가대표팀 감독직에 앉으면서도 자신감이 있었다.

비슷한 경험이 없다면 모를까, 홍명조에겐 청소년 국가대표 감독직을 괜찮게 소화했던 경험이 있었다.

그러나.

"너무 어렵구만……."

실제로 성인 국가대표팀의 감독이 되자, 많은 어려움을 겪었다.

위에서 내려오는 압력, 선수들의 불만, 청소년 대표팀 감독을할 때는 만나 보지 못했던 높은 수준의 상대 팀들.

모든 게 어렵고 힘들었다.

처음부터 컸던 부담감은 이젠 그 끝을 알 수 없을 정도로 커져서 홍명조 감독의 숨통을 조였다.

유럽에서 뛰는 선수들이 있어도 문제였다.

이들은 국내 선수들과 쉽게 융화되지 못했다.

유럽파들은 자존심이 셌고, 국내파들과 실력 차이도 컸다.

실력이 비슷한 선수들을 하나로 만드는 것과 실력 차이가 큰선수들을 하나로 만드는 것의 난이도는 완전히 달랐다.

실력 차이가 큰 선수들을 융화시키는 건 너무나도 어려웠다.

최선을 다했지만, 홍명조 감독은 국가대표팀을 하나로 만들지못했다.

비관적인 미래를 떠올릴 수밖에 없는 상황.

그런 상황에서 홍명조 감독은 희망을 봤다.

이민혁.

고작 20살이라는 나이에 바이에른 뮌헨이라는 세계 최고 수준의 팀에서 활약하고, 분데스리가 우승, 챔피언스리그 우승이라는 타이틀을 얻은 천재.

어린 한국인이 세계적인 유럽 무대에서 미친 활약을 펼치는것. 그 모습을 보면 팬이 될 수밖에 없었다.

홍명조 감독은 이민혁의 팬이 되어 버렸다.

또한, 이민혁은 홍명조 감독의 희망이 되어 버렸다.

'이민혁이 있다면… 어쩌면?'

그래서 대한축구협회에 강하게 어필했다.

지금까지 협회 쪽으로 큰 소리를 내 본 적이 없던 그였지만, 이번만큼은 고집을 부렸다.

이민혁을 꼭 데려와야 한다고 목소리를 높였다.

그렇게 홍명조 감독은 이민혁을 국가대표팀에 데려오는 것에 성공했다.

하지만 그 뒤로도 고민은 많았다.

특히, 이민혁의 성향을 모르는 그는 축구를 하거나 인터뷰를 할 때의 모습을 보고, 유추할 수밖에 없었다.

'다른 한국 선수들처럼 겸손하지 않고, 자신감이 대단해. 물론 저런 자신감이 있기에 유럽에서 살아남을 수 있는 거겠지. 하지만! 저렇게 어린 나이에 저런 자신감이라면… 거만할 수도 있어. 아니, 십중팔구 거만하겠지.'

홍명조 감독은 오랜 시간 '축구'와 함께하며 천재라고 불리던 많은 선수를 봐 왔다. 대부분 자존심이 세고 거만했다.

그런 경험 때문에,

직접 만나 보지 못한 이민혁에게 선입견이 생겼다.

어린 나이에 굉장한 실력을 지녔고, 대단한 타이틀을 가졌지만.

거만한 성격을 지닌 선수.

홍명조 감독이 유추한 이민혁의 성격이었다.

'이민혁을 길들일 필요가 있겠어. 가능할지는 모르겠지만…

팀을 위해서 최선을 다해 봐야지.'

거만하면 팀에 융화되기가 힘들다.

다른 선수들의 심기를 건드릴 것이고, 팀은 더 분열될 것이다.

홍명조는 감독으로서 이민혁과의 기 싸움을 피할 수 없다고
생각했다.

그래서.

홍명조 감독은 이민혁이 훈련장에 도착한 당일, 연습경기에서
제외해 버렸다.

이민혁을 팀에 융화시키기 위한 기 싸움을 시작한 것이다.


\*　　　　　\*　　　　　\*


'…이게 뭐야?'

이민혁은 충격받은 얼굴로 경기장을 바라봤다.

경기장엔 선배 국가대표 선수들이 땀을 흘려 가며 연습경기
를 치르고 있다.

실전을 방불케 할 정도로 치열한 경기!

그토록 궁금해하던 국가대표 선수들의 실력.

그런데 문제는…….

'너무 못하잖아?'

경기력이 처참하다는 것이다.

'이게… 맞나? 다들 연습경기라서 힘을 빼고 하는 건가? 그건
아닌 것 같은데……?'

내가 세계 최고의 팀 중 하나인 바이에른 뮌헨에서 뛰어 왔기

때문에 상대적으로 못해 보이는 건가? 이민혁은 그렇게도 생각을 해 봤지만, 지금 눈앞에 보이는 선수들의 경기력은 그런 수준을 뛰어넘었다.

유럽에서 뛰는 선수들은 그나마 나았다.

손흥민이나 구지철, 기석용, 박수호, 이창용, 홍정후, 지동운 같은 선수들은 확실히 다른 클래스를 보여 줬으니까.

문제는 국내파 선수들과 중동, 일본에서 뛰는 선수들. 이들은 기본적으로 패스 연계가 잘 되지 않았고, 슈팅이나 패스를 할 타이밍에도 과감하게 시도하지 못하는 모습을 보였다.

자신감이 결여된 모습.

이건 실력을 떠나 마인드도 잘못됐다는 생각이 들었다.

'유럽에서 뛰는 선수들한테도 문제가 많아 보여.'

또한, 유럽파 선수들의 플레이도 좋아 보이지 않았다.

확실히 개인의 실력은 좋지만, 유럽파가 아닌 다른 선수들과의 호흡이 너무 안 좋았다.

템포도 다르고 패스 타이밍도 다르다 보니, 경기가 진행되는 내내 삐걱거렸다.

'유럽에서 뛰는 선수들은 국내에서 뛰는 선수들이 자기들의 템포에 따라와 주길 바라고 있어. 유럽파 선수들이 어느 정도는 템포를 맞춰 줘야 호흡이 좀 맞을 것 같은데… 이런 흐름은 좋지 않아. 이 정도면 16강엔 절대 못 올라갈 것 같은데……?'

이민혁이 답답한 마음에 관자놀이를 꾹꾹 눌렀다. 아무리 긍정적으로 생각해 보려고 해도 쉽지 않았다. 이런 호흡과 실력으론 월드컵 조별리그에서 만날 상대들을 이길 수 없을 것 같았다.

게다가 이민혁이 봤을 때, 가장 큰 문제는 전술이었다.

'다들 안 맞는 옷을 입은 느낌이야. 수비진은 어쩔 수 없다고 해도 공격진은 바뀌어야 해.'

항상 손발을 맞추는 게 아니고, 특별한 경우에만 모이는 국가대표팀 특성상 팀 호흡이 잘 맞지 않을 수 있다.

오히려 잘 맞으면 그게 놀라운 거다.

다만, 전술은 충분히 바꿀 수 있다.

팀 호흡이 조금 맞지 않는다고 해도 선수들에게 맞는 옷을 입힌다면, 효율을 최대로 늘릴 수 있다.

그러나 이민혁의 눈에 보이는 국가대표팀은 모든 게 안 되고 있었다.

공격도 수비도.

전부 좋지 못했다.

*       *       *

연습경기가 끝나고.

선수들은 코치진들과 함께 서로를 다독이며 경기를 복기했다.

"수고하셨습니다!"

"수고했어."

"아까 슈팅 좋더라. 고생 많았다."

"조금 전에 세트피스 상황에서 반대편으로 돌아서 들어왔으면 더 좋았을 것 같더라."

"그래요? 다음엔 그렇게 해 볼게요."

그 광경을 보며, 이민혁은 침묵했다.

하고 싶은 말은 많았지만, 우선 참았다.

성급할 필요는 없다. 이제 겨우 연습경기 하나를 봤을 뿐이다. 직접 저 안에 들어가 뛰어 본 뒤에 생각을 정리해 볼 요량이었다.

'훈민이 형은 어떤 생각을 하고 있으려나?'

이민혁은 손훈민의 생각이 궁금해졌다.

현재 독일 레버쿠젠에서 뛰고 있는 손훈민은 한국 최고의 유망주 중 하나로 평가받는 선수다.

레버쿠젠에서도 기복은 있지만, 꽤 잘해 주고 있는 선수인 건 맞다. 그는 현재 국가대표팀을 어떻게 생각하고 있는지 궁금했다.

'표정은 별로 안 좋아 보이는데.'

이민혁의 시선이 향한 곳엔 동료들과 웃고 있는 손훈민이 있었다.

분명 웃고 있지만… 이민혁에겐 보였다. 손훈민의 얼굴에 드러난 불만이.

'이따 대화를 해 봐야겠어.'

이민혁은 말을 아끼며 남은 마무리 훈련에 집중했다.

훈련에서 어려운 부분은 없었다.

체력적으론 바이에른 뮌헨에서 하던 것보다 좀 더 힘들었지만, 세밀한 부분은 훨씬 쉽게 느껴졌다.

"다들 오늘도 고생했어! 저녁 맛있게 먹고 숙소 들어가서 푹 자고, 내일 늦지 않게 보자."

홍명조 감독의 말을 끝으로 선수들은 우르르 저녁을 먹으러

갔다.

국가대표팀의 식사는 이민혁의 상상을 뛰어넘었다.

뷔페식으로 나왔는데, 하나같이 이민혁의 눈이 번쩍 뜨여질 정도로 맛있었다.

식사를 하는 지금만큼은 불편했던 마음이 전부 치유되는 느낌을 받았다.

"우와……!"

이민혁은 감탄하며 음식을 먹었다.

다른 해외파 선수들도 마찬가지였다.

한국에서 뛰는 선수들은 비교적 편안하게 식사하는 반면, 해외에서 뛰는 선수들은 잔뜩 흥분한 얼굴로 음식을 먹었다.

"훈민 형, 밥 너무 맛있는데요?"

"그치? 내가 대표팀 와서 제일 좋은 게 이 밥이야. 독일에도 한식당들이 있긴 하지만, 그 식당들에선 절대 느낄 수 없는 맛이지. 근데 너무 많이 먹지는 마. 진짜 방심하면 살 금방 찐다."

"그럴 것 같아요. 음식이 적당히 맛있어야 하는데, 너무 과하게 맛있으니까."

"우선 먹자. 이렇게 행복한 시간엔 말도 아껴야 해."

"그건 맞죠."

이민혁은 마주 앉은 손훈민과 함께 음식에 집중하려고 했다.

하지만 온전히 음식에 집중할 수는 없었다.

주변에서 쏟아지는 질문들 때문이었다.

"민혁아, 바이에른 뮌헨에서의 생활은 어때? 거기, 좋아?"

"로번은 도대체 얼마나 잘하는 거야? 훈련 때도 날아다녀?"

"프랑크 리베리가 그렇게 잘한다던데, 로번과 비교하면 어때?"

"바이에른 뮌헨에서 한국 선수를 또 영입할 생각은 없대?"

"필립 람이 그렇게 수비를 잘해? 직접 상대해 보면 어때?"

'밥 다 먹고 물어봐도 되는데.'

당장에라도 한숨이 나올 것 같았지만.

이민혁은 밥을 뜨던 숟가락을 내려놓고 대표팀 선수들의 질문에 답을 해 줬다.

저들의 마음을 이해하기 때문이었다.

반대로 생각해 보면 이해하는 게 전혀 어렵지 않았다.

다들 축구를 좋아하는 사람들이다.

그들의 앞에 챔피언스리그에서 우승한 바이에른 뮌헨 선수가 앉아 있다.

그것도 말이 아주 잘 통하는 한국인 선수가.

당연히 궁금한 게 많을 것이다. 지금 하는 질문들도 머릿속에서 거르고 거른 다음에 하는 것일 거다.

실제로 질문하는 선수들의 얼굴엔 조심스러운 감정이 드러나 있었다.

이민혁은 옅게 웃으며 대답해 줄 수 있는 선에서 선수들의 궁금증을 풀어 줬다.

'빨리 대답해 주고 다시 먹지 뭐.'

이후, 길었던 식사 시간이 끝나고.

이민혁은 숙소에 들어가 침대에 누웠다.

대표팀은 2명이 방 하나를 쓰는데, 다행히도 이민혁의 룸메이트는 팀에서 가장 친한 손흥민으로 결정됐다.

"형이랑 같은 방 써서 다행이에요."

"나도 그래."

"형도요?"

"그러엄~! 이번에 제일 어린 네가 들어와서 그렇지, 너 없었으면 내가 막내였어. 다행이지 뭐, 나도 아직 선배님들이랑 같은 방 쓰는 건 좀 불편하거든."

손훈민과의 대화는 길어졌다.

주로 독일에서의 생활에 관한 이야기가 주를 이뤘고, 대화가 끊기지 않을 정도로 할 말은 정말 많았다.

생활 관련 대화가 끝난 이후엔 주제가 '축구'로 바뀌었다.

어느새 두 남자의 얼굴은 어느 때보다도 진지해져 있었다.

"훈민 형, 대표팀… 괜찮을까요?"

많은 의미가 담긴 말.

손훈민은 그 말을 단번에 알아듣고 무거운 표정을 지었다.

"너… 벌써 파악이 끝난 거야?"

"아뇨, 오늘 한 번 봤는데 어떻게 다 파악을 하겠어요. 그냥… 불안한 부분들이 좀 보인 정도죠."

"하아……! 하긴 너 정도 수준의 선수에겐 사태의 심각성이 다 보이겠지. 내 생각에도 지금 대표팀은… 전혀 괜찮지 않아. 이기려고 최선을 다해서 뛰긴 할 건데… 솔직히 높게 올라가는 건 어려울 것 같아."

"16강도 쉽지 않아 보이죠?"

"맞아. 경기력을 개선하지 않으면 16강에 올라가지 못할 거야."

이민혁이 고개를 끄덕였다.

이어서 더 대화를 나눠 본 결과, 손흥민도 비슷한 생각을 하고 있다는 걸 알게 됐다. 마음이 조금은 편해졌지만, 동시에 불편해졌다.

처음으로 들어오게 된 국가대표팀.

아직 특별한 소속감은 없지만, 그래도 이왕이면 한국대표팀이 월드컵에서 좋은 성적을 거두길 바라고 있었다.

'높게 올라갈수록 내 성장은 빨라질 테니까.'

현재 이민혁의 목표는 높게 잡혀 있다.

분데스리가에서 우승하고, 챔피언스리그에서까지도 우승하며, 예전에는 쳐다볼 생각도 못 했던 아주 높은 곳을 바라보게 됐다.

'목표에 더 가까워지려면 월드컵에서 많은 성장을 해야 해.'

이민혁은 지금 능력치와 실력에 만족하지 않는다.

목표를 이루려면 한참은 더 성장해야 한다.

그렇기에.

이 순간, 이민혁은 꼭 이뤄 내야 할 새로운 목표를 설정했다.

'한국대표팀을 어떻게든 월드컵 16강에 올려놓는다.'

새로운 목표이자, 최우선으로 이뤄 내야 할 목표.

대한민국을 2014 FIFA 월드컵 16강에 올려놓는 것으로.

\*　　　　\*　　　　\*

다음 날.

이민혁은 대부분의 훈련을 뛰어난 성적으로 소화했다.

수비와 헤딩을 제외한 모든 부분에서 대표팀 내에서도 상위권에 속하는 모습을 보였다.

특히, 슈팅과 드리블에 관련된 훈련에서는 이민혁의 수준을 따라올 수 있는 선수가 없었다.

그리고 지금.

'어제 본 경기력이 진짜가 아니었으면 좋겠는데……'

이민혁은 연습경기에 참여하기 위해 노란색 조끼를 입었다.

'같은 팀 선수들이……'

노란색 조끼를 입은 이민혁이 같은 편으로 함께 뛸 선수들의 얼굴을 확인했다.

'훈민 형, 기석용 선배… 그냥 다 섞어 놨네.'

노란색 조끼를 입지 않은 팀과 입은 팀. 양 팀 모두 해외파 선수들과 국내파 선수들을 섞어 놨다.

그러나 양 팀의 전술은 다르다. 한 팀은 자유롭게 플레이, 다른 한 팀은 홍명조 감독이 원하는 전술대로 경기를 운영해야 한다.

매일 번갈아 가며 팀을 바꾸니, 선수들은 결국엔 감독의 전술에 익숙해질 수 있게 된다.

이민혁은 오늘, 자유롭게 플레이하는 팀 소속이 됐다.

'이번 기회에 호흡도 맞춰 볼 수 있겠고, 좋네.'

어젯밤.

이민혁은 손훈민과의 대화를 마치고, 바로 잠들지 않았다.

대한축구협회 측에서 준 분석 자료와 피터가 만들어 준 자료를 정독하는 시간을 가졌다.

상대를 분석하는 것. 미리 상대의 플레이를 예상하고 해법을 찾아 두는 것. 함께 뛸 동료들의 정보를 미리 공부하는 것. 이런 건 이민혁에겐 익숙한 일이었고, 당연히 해야 하는 일이었다.

그래서일까?

어제 처음 본 선수들이지만, 어색함은 덜했다.

"자유롭게 각자의 팀에서 하던 대로 플레이하면 돼. 포지션도 다들 어색하지 않을 거니까, 너무 이기적으로 플레이하지 말고, 침착하게 동료들 움직임 잘 보면서 해 보자."

노란색 조끼를 입은 미드필더 기석용의 말과 함께.

둥그렇게 모여서 어깨동무를 하던 선수들이 크게 '파이팅'을 외치며 승리를 다짐했다.

이들은 한국의 대표로 뽑힌 선수들.

비록 연습경기라고 하나, 패배할 생각 따위는 갖지 않았다.

'재밌겠어.'

이민혁은 씨익 웃으며 동료들을 바라봤다.

어제 봤던 경기력은 실망스러웠던 게 사실이지만, 지금 보여 주는 동료들의 기백은 훌륭했다. 어제 느꼈던 실망이 조금은 옅어졌을 정도로.

"으아아아!"

"으어어어! 이기자!"

"무조건 이긴다!"

상대 팀 선수들 역시 소리를 크게 지르며 의지를 다지는 게 보였다.

홍명조 감독의 전술대로 움직이게 될 상대 팀 선수들.

'부담되겠네.'

이민혁은 상대 팀 선수들의 심리를 예상했다.

국가대표팀의 전술로 움직이게 되는 선수들은 자연스레 부담감을 가질 수밖에 없다. 저 전술이 곧 월드컵에서 쓸 전술이기에, 자유롭게 뛰는 선수들을 상대로 패배하면 안 된다는 부담.

'다들 부담감 잘 이겨 내시길.'

이민혁은 여유 있게 주변을 둘러봤다.

경기장의 상태는 나쁘지 않아 보였다. 물론 바이에른 뮌헨의 훈련장에 비하면 좋지 않지만, 이 정도면 플레이하는 데에 있어서 크게 불편함은 느끼지 않을 것 같았다.

'월드컵 경기장은 이것보다 좋겠지.'

이민혁은 집중력을 끌어올렸다.

모두 눈빛이 살아 있다. 지금 펼쳐질 경기를 연습이라고 생각하지 않고 있다. 이민혁 역시 이 경기에서 승리할 생각이었다.

이왕이면 홍명조 감독의 전술을 쓰는 상대를 처참하게 부숴 버려서 강한 충격을 주고 싶었다.

그래서.

이민혁은 경기 초반부터 템포를 올렸다.

\*　　　　\*　　　　\*

삐이이익!

심판을 보는 코치가 호루라기를 불었다.

경기 시작이었다.

그 순간, 이민혁의 눈앞엔 메시지가 떠올랐다.

[퀘스트를 완료하셨습니다!]

[퀘스트 내용: 국가대표팀 연습경기에 출전하세요.]

[보상으로 경험치가 대폭 증가합니다.]


[퀘스트를 완료하셨······.]

······.


메시지의 내용을 힐끗 본 이민혁이 시선을 돌렸다.

특별한 내용은 없었다. 대표팀 연습경기에 만 20세 이하의 나이에 출전하라는 퀘스트를 완료했다는 내용 같은 것들.

레벨업 메시지도 없었다.

연습경기로 레벨이 오르기엔 지금 이민혁의 레벨은 너무 높았다.

선공은 노란색 조끼를 입은 B팀의 것이었다.

B팀 스트라이커로 나선 박주형이 손훈민에게로 공을 돌렸다. 손훈민은 바로 한참 뒤에 위치한 기석용에게 길게 백패스를 했다.

턱!

부드럽게 공을 잡아 낸 기석용이 주변을 둘러보며 천천히 전진했다. 곧바로 상대팀 미드필더 구지철이 압박을 했지만, 기석용은 몸을 돌리며 압박을 벗어났다.

'석용 형, 탈압박이 되게 좋네. 확실히 유럽에서 오래 뛴 선수다워.'

유럽에서 뛰면 강한 압박을 받는 게 일상이다. 그곳에서 살아남으려면 자연스레 탈압박 능력이 좋아질 수밖에 없다.

기석용은 유럽에서 자리를 잡고 있는 선수. 확실히 움직임에 안정감이 느껴졌다.

퍼엉!

기석용은 몸을 돌리며 풀백에게 패스했다.

노란색 조끼를 입은 풀백 이형은 바로 앞까지 공을 받으러 온 이민혁을 바라봤다.

'이민혁… 네 실력이 어느 정도인지 보여 줘.'

이형은 호기심이 담긴 눈을 한 채, 이민혁에게 공을 넘겼다.

하지만 상황은 좋지 않았다. 이민혁이 공을 잡는 순간 두 명의 선수가 강하게 압박을 해 왔다.

퍼억!

A팀의 미드필더 이창용과 풀백 윤성영.

이 두 선수가 이민혁을 막기 위해 달려드는 순간.

그 모습을 본 다른 A팀 선수들의 표정은 편안했다.

이들은 확신하고 있었다.

윤성영과 이창용이 이민혁에게서 공을 뺏어 낼 거라는 걸.

'윤성영은 비록 영국 2부 리그지만, 그래도 작년까진 1부 리그였던 퀸즈 파크 레인저스에서 뛰었던 수비수잖아? 아무리 이민혁이라고 해도 쉽진 않을 거야. 게다가 유럽 경험이 많은 이창용 선배까지 도와주고 있으니, 아무리 바이에른 뮌헨에서 뛰는 이민혁이라고 해도 어쩔 수 없을걸?'

'저 두 명한테 잡히면 절대 못 빠져나오지. 이민혁 네가 유럽에서 잘한 건 알지만, 한국의 실력도 만만치 않다는 걸 깨닫게될 거다.'

'윤성영 하나를 상대하는 것도 어려울 텐데, 이창용까지 붙었으니… 저런 상황에선 이민혁도 어쩔 수 없겠지.'

A팀 선수들의 기대를 받으며.

퀸즈 파크 레인저스 소속 윤성영과 볼턴 원더러스 소속 이창용은 이민혁에게 거칠게 달라붙었다.

이민혁은 당황하지 않았다. 압박은 제법 강했지만, 이런 상황은 분데스리가에서도 많이 겪어 봤다. 아주 익숙한 상황. 게다가 유럽에서 받던 압박에 비하면 한참이나 약했다.

게다가 두 명의 선수 모두 수비수였다면 모를까, 이창용은 윙어다. 그것도 수비 능력이 별로 좋지 못한 윙어.

이민혁은 가능한 한 가장 낮게 자세를 낮추고, 두 선수의 압박을 버텨 냈다.

패스는 생각하지 않았다. 지금의 이민혁은 좋은 경기력으로 챔피언스리그 우승까지 해낸 선수였다. 둘 정도는 뚫어 낼 자신감이 있었다.

'뚫는다.'

두 선수를 등진 상황. 이민혁이 오른발로 공을 컨트롤하며 오른쪽으로 상체를 살짝 돌렸다.

휙!

어김없이 상대가 반응했다. 그 즉시 몸을 왼쪽으로 돌렸다. 오른발로 땅을 찍고 만들어 낸 추진력. 몸을 돌리는 이민혁의 움직임은 기민했다. 이어서 오른발로 공을 밟듯이 찍었다.

퉁!

공이 무릎 높이로 떠올랐다. 이민혁이 오른발을 뒤로 빼며 발

바닥으로 공을 툭 올려 찼다. 동시에 이창용과 윤성영 사이를 파고들었다. 공은 포물선을 그리며 앞으로 날아왔다.

투욱!

발을 뻗어 공을 받았다. 그 즉시 땅을 박차고 스피드를 냈다. 이창용, 윤성영과의 거리가 멀어졌다. 눈앞에 페널티박스가 보였다. 그 앞에 선 수비수 곽태후와 홍정후도 보였다.

다만 곽태후는 반대편으로 돌아가는 손훈민의 움직임을 쫓고 있다.

홍정후 하나만 뚫어 내면 골키퍼와의 일대일 상황을 만들 수 있는 지금, 이민혁은 그대로 슈팅을 때렸다.

퍼어엉!

30m 정도에서 때려 낸 슈팅.

슈팅을 때림과 동시에 2개의 메시지가 떠올랐다.

[상대의 페널티박스 바깥에서 슈팅했습니다!]
['중거리 슈터' 스킬 효과가 발동됩니다!]
[슈팅의 정확도가 대폭 상승합니다.]

[20% 확률로 '예리한 슈팅' 스킬 효과가 발동됩니다!]
[슈팅의 정확도가 대폭 상승합니다.]

이민혁은 그 자리에서 멈춰 섰다.

더 뛸 필요가 없었다.

스킬이 아니더라도, 발등으로 공을 때려 낸 순간 골이라고 느껐으니까.

제대로 걸리는 느낌이 났으니까.

현재 이민혁의 슈팅 능력치는 100.

제대로 걸린 슈팅은 거센 소음을 터뜨리며 대포알 같은 파괴력을 지닌다.

지금 때려 낸 슈팅이 그랬다.

쒜에에에엑!

무시무시한 스피드로 날아간 공이 눈 깜짝할 사이에 골대 오른쪽 상단 그물을 흔들었다.

상대 팀 골키퍼이자, 현재 한국대표팀 주전 골키퍼인 정석룡은 반응조차 하지 못했다.

"……!"

"……!"

고개만 돌려 골대 안에 들어온 공을 바라볼 뿐이었다.

"……."

"……!"

"……."

"……!"

연습경기가 진행되고 있던 경기장이 조용해졌다.

이민혁은 덤덤하게 자리로 돌아갔고.

홍명조 감독, 코치들, A팀과 B팀 선수들 모두 멍하니 이민혁을 바라봤다.

이들 모두 숨이 턱 막힌 듯한 느낌을 받았다.

수준이 다른 실력을 본 것에 대한 충격.

그 충격은 너무 컸다.

＊　　　　＊　　　　＊

경기장의 분위기가 변했다.

그 누구도 쉽게 말을 꺼내지 못했다.

이민혁을 제외하면 경기에 집중하지도 못했다. 모두의 머릿속에 조금 전의 골 장면이 깊게 각인됐기 때문이었다.

"다들 집중하세요."

이민혁이 동료들에게 집중하라는 말을 한 뒤에야 그나마 분위기가 돌아왔다.

하지만, 이민혁을 제외한 모두가 또다시 충격을 받는 데까지는 그리 오랜 시간이 걸리지 않았다.

투욱!

골키퍼에게 공을 받은 이형은 반사적으로 이민혁을 찾았다. 이민혁은 기다렸다는 듯 바로 앞까지 공을 받으러 내려와 있었다.

타닷!

이형에게 공을 받은 이민혁이 고개를 높이 들고 전진했다. 전방에 있는 동료들의 위치와 움직임을 확인했다.

'마땅히 줄 데가 없네.'

지금 패스를 해 봤자 소강상태로 이어질 것 같았다. 백패스를 해도 흐름만 끊길 뿐이다. 이민혁은 그런 상황을 만들기 싫었다. 그래서 좀 더 공을 몰고 전진했다.

좋은 움직임을 보이는 동료가 있다면 공을 줄 것이고, 그게 아니라면 직접 기회를 만들어 볼 생각이었다.

만약 상대가 틈을 보인다면, 그 틈을 후벼 팔 생각이었다.

"막아!"

"붙어서 압박해! 공간 주지 마!"

A팀 선수들이 다급하게 수비 진형을 재정비했다.

바로 직전에 이민혁에게 당했기에, 이들의 움직임엔 긴장감이 드러났다.

그리고.

이민혁의 눈엔 상대 선수들이 긴장하고 있다는 게 보였다.

타다닷!

A팀의 풀백 윤성영이 이민혁의 앞을 가로막았다. 이민혁은 날카로운 눈빛으로 윤성영의 몸을 훑었다.

다른 선수들도 그렇지만, 윤성영은 유난히 더 긴장한 것처럼 보였다. 경기 초반임에도 이마엔 땀이 흐르고 있고, 얼굴은 창백했다. 다리도 빠르게 떨리고 있다. 속임수는 아닌 것 같았다. 저게 연기라면, 당장 축구를 그만두고 연기자의 꿈을 꾸는 게 나을 정도였다.

'왜 이렇게 긴장을 하실까? 긴장 좀 푸셔야 할 건데.'

그렇게 윤성영이 앞을 가로막았음에도, 이민혁은 씨익 웃으며 전진했다. 심리적으로 불안함을 노출하는 건 제법 큰 빈틈이다. 이민혁에겐 그런 빈틈을 드러낸 윤성영이 전혀 겁나지 않았다.

설령 저 모든 게 속임수라고 할지라도 괜찮았다.

그래도 이겨 낼 자신이 있었으니까.

'벌써 이렇게 위축되면.'

이민혁이 왼발로 한 번, 오른발로 한 번 헛다리를 짚었다. 동시에 상체도 좌우로 흔들었다.

이어서 아이페이크로 반대편을 바라본 뒤, 오른발로 땅을 찍고 왼발로 공을 툭 치며 쇄도했다.

순간적으로 여러 개의 페인팅을 섞은 돌파였고, 잔뜩 긴장한 윤성영은 제대로 반응하지 못했다.

'리베리나 로번 같은 선수들은 어떻게 상대하려고 그러시나.'

휘익!

윤성영이 제쳐졌다. 이민혁은 계속 전진했다. 상대 센터백 두 명이 동시에 앞을 막았다.

곽태후와 홍정후.

두 선수 모두 이번엔 반대편으로 침투하는 손훈민을 막는 걸 포기했다.

오로지 이민혁만을 막기 위해 다가왔다.

이민혁은 전진을 멈추지 않았다.

경쾌한 움직임으로 드리블하며 전진했다.

'굳이 두 명을 동시에 상대할 필요는 없지.'

휘익!

이민혁은 왼쪽으로 공을 칠 것처럼 페인팅을 준 뒤 오른쪽으로 공을 끌어오며 몸을 날렸다.

플립플랩.

이민혁이 애용하는 기술 중 하나가 한국대표팀 수비수들의 앞에서 시전됐다.

그래도 분데스리가에서 활약하는 홍정후가 재빨리 몸을 돌리며 이민혁을 쫓았지만, 스피드 차이가 너무 컸다.

이민혁은 공을 짧게 치는 드리블로 단숨에 페널티박스 안으로 파고들었다.

휘익! 툭!

왼발 슈팅을 때리는 척 왼쪽으로 공을 한 번 쳤다. 이 움직임에 다급하게 뛰어오던 곽태후가 중심을 잃었다.

툭!

페널티박스 안에 있던 이민혁은 왼발로 공을 한 번 더 치며 이동했다.

이 움직임에 정석룡 골키퍼의 중심이 흔들렸다.

그 순간.

터엉!

이민혁은 정석룡 골키퍼가 서 있는 곳 반대편 골대 안으로 공을 밀어 넣었다.

국가대표 수비진을 완벽하게 농락한 골.

그 골이 터진 지금.

한국대표팀 훈련장은 또다시 침묵에 휩싸였다.

\*          \*          \*

대한민국 국가대표팀 훈련장.

이곳엔 실력에 자신 있는 선수들만이 모일 수 있다. 한국에서 가장 축구를 잘하는 선수가 모이는 곳이었으니까.

더불어 감독, 코치진들도 국가대표팀 소속이라는 자부심이 대단했다.

그런데 지금.

이 경기장의 분위기가 이상했다.

자신감이 가득했던 선수들과 감독, 코치진들이 침묵했다.

모두 큰 충격에 빠진 얼굴로 한 곳을 바라봤다.

그들의 시선이 향한 곳.

그곳엔 한 선수가 조용히 경기 재개를 기다리고 있었다.

"지금 경기 시작한 지 몇 분 지났지……?"

"한 10분 정도 지난 것 같은데요?"

"근데 저 녀석… 벌써 2골을 넣었네?"

"그러게요… 당황스럽네요."

"하아……! 역시 수준이 다른 건가?"

선수들의 얼굴엔 더 이상 자신감은 보이지 않았다. 힘이 쪽 빠진 얼굴로 2골을 넣은 이민혁을 바라볼 뿐이었다.

당황스러웠다.

황당했다.

팀의 막내이자, 가장 늦게 대표팀에 들어온 선수였건만.

대표팀에 적응하는 시간도 거의 없이 바로 미친 활약을 해 버린다. 전술이나 팀워크 모두 필요 없다는 듯 개인 능력으로만 2골을 넣어 버렸다. 그것도 대표팀 선수들을 손쉽게 뚫어 내며 넣은 골들이다.

홍명조 감독 역시 당황하고 있었다.

"…이게 뭐야?"

그는 이민혁의 실력을 잘 알고 있었다. 경기를 매번 챙겨 볼 정도로 팬이었으니까.

그렇다고 하더라도.

"적응 기간도 필요 없다는 건가?"

아무리 이민혁이어도 대표팀에 적응할 시간은 필요하다고 생각했다.

게다가.

지금 이민혁이 상대하고 있는 A팀이 어떤 팀이던가!

'내 전술이⋯⋯.'

월드컵에 가지고 갈, 홍명조 감독의 전술을 사용하는 팀이었다.

홍명조 감독의 자존심이나 다름없는 팀.

'이렇게 쉽게 무너진다고? 아니! 그럴 리가 없어. 단 한 명의 선수에게 내 전술이 무너질 리는 없다고!'

홍명조 감독은 개인이 팀을 이길 수는 없다고 생각하는 사람이다.

아직 그 믿음은 깨지지 않았다.

'⋯아직 시간은 많아.'

이제 겨우 전반전 10분이 지났을 뿐이다.

이민혁에게 2골이나 헌납했지만, 아직 자신의 전술이 무너진건 아니라고 믿었다.

그렇게, 경기가 재개됐다.


\*             \*             \*


홍명조 감독의 전술대로 움직이는 A팀.

그런 A팀은 B팀을 효과적으로 공략하지 못했다.

'이도 저도 안 되잖아.'

우선 최전방에 있는 김진욱을 잘 이용하지 못했다.

2m에 가까운 큰 키를 지녔음에도 발기술이 수준급인 공격수 김진욱.

이민혁의 눈엔 그를 활용할 방법은 많아 보였다.

'김진욱 선배가 최전방에만 머무르는 건 좋지 않아 보이는 데……'

어제는 A팀의 최전방 스트라이커로 이근오가 출전했었다.

이근오가 최전방 공격수로 나왔을 때의 공격력이 그나마 낫긴 했다. 최전방에서 빠른 공격 전개가 가능했으니까.

그러나 그것도 한계가 보였다.

이근오는 공격수치고 키가 작다. 그렇다고 결정력이 뛰어난 것도 아니다. 많이 뛰고, 체력이 좋지만, 기술이 뛰어나진 않다. 아시아에서는 통할지 모르는 기술이지만 이민혁이 볼 땐 투박하다.

'투박하고 키가 작은 원톱이나, 키는 크지만 유럽 선수들에게 이길 정도로 피지컬이 강하진 않은 원톱이나… 둘 다 좋은 선택은 아닌 것 같습니다. 감독님.'

이민혁은 경기에 집중한 상태로 팀의 문제점을 하나하나 찾아갔다.

감독이 자신을 믿는다는 느낌이 올 때, 정리한 생각을 말할 생각이었다.

그러려면.

A팀을 완전히 박살 내는 게 우선이었다.

철렁—

A팀의 골 망이 흔들렸다.

B팀의 3번째 골.

이민혁이 넣은 골은 아니었다.

페널티박스 안으로 쇄도한 뒤, 강력한 슈팅을 때린 손흥민의 골이었다.

"민혁아, 나이스 어시스트!"

어시스트를 한 선수는 이민혁이었다.

A팀의 측면을 완전히 휘젓고, 수비수들을 잔뜩 끌어들인 다음에 넘겨준 패스.

손흥민은 굴러오는 공을 골대에 집어넣으면 되는, 완벽한 수준의 패스를 받았다.

이민혁은 공격에만 집중한 게 아니었다.

전반전이 진행되는 동안 여러 번 스프린트하며 수비에도 적극적으로 참여했다. 워낙 빠른 스피드를 지닌 이민혁이기에, 풀백을 도우러 가는 속도도 빨랐다.

더구나 바이에른 뮌헨에서 리베리와 로번 같은 선수들을 막아 본 경험이 많은 이민혁이었다.

괴물 같은 선수들을 상대해 왔기 때문인지, 한국대표팀의 윙어들을 막는 건 수월하게 느껴졌다.

후반전의 분위기도 다르지 않았다.

이민혁은 오히려 더욱 강하게 상대를 몰아쳤다.

다만, 플레이 스타일은 조금 바꿨다. 개인플레이보단 동료들과 손발을 맞추는 것에 더 많은 신경을 썼다.

또한, 동료들의 플레이를 주의 깊게 보며 습관이나 스타일을 머릿속에 저장했다.

이건 중요한 작업이었다.

이미 자료를 보고 분석하는 시간을 갖긴 했지만.

실제로 함께 뛰면서 보는 것보다 정확할 순 없으니까.

'월드컵에서 함께하려면 서로의 성향을 최대한 알아 놔야 해.'

그렇게 생각하며, 이민혁은 동료들과 패스를 주고받았다.

이민혁은 다른 능력들에 비해 패스 능력이 좋은 편은 아니었다. 그래도 짧은 패스를 정확하게 구사하는 것에 큰 무리가 없는 수준은 됐다.

툭! 투욱!

이민혁은 기석용과의 2 대 1 패스로 라인을 올렸다. 이민혁은 빠르게 달라붙는 선수 하나를 제쳐 낸 뒤, 전방으로 전진패스를 찔러 넣었다.

오늘 처음으로 시도한 스루패스였다.

터엉!

패스의 퀄리티는 높았다. 이민혁의 패스 수준을 뛰어넘는 스루패스였다.


[20% 확률로 '예리한 패스' 스킬 효과가 발동됩니다!]
[패스의 정확도가 대폭 상승합니다.]


예리한 패스 스킬이 발동되었다는 게 그 이유였다.

'이것도 골이 되겠네.'

이민혁이 씨익 웃었다. 자신이 했다고 믿을 수 없는 훌륭한 패스였다.

공을 받으러 쇄도한 선수는 B팀 스트라이커 박주형.

그는 이민혁이 뿌려 준 공을 잡아 냈다.

투웅!

하지만 퍼스트 터치는 좋지 못했다. 공의 움직임을 완전히 죽여 놓거나, 슈팅하기 좋은 각도로 터치해야 하는데, 박주형의 터치는 그냥 투박했다.

더구나 마무리도 좋지 못했다.

슈팅에 힘이 너무 들어갔고, 그 결과 박주형의 슈팅은 골대를 넘겼다.

박주형은 완벽에 가까운 패스를 받은 것치곤 말도 안 되는 플레이를 해 버렸다.

"아오!"

박주형이 아쉬운 얼굴로 얼굴을 감싸 쥐었고.

그 모습을 본 이민혁은 당황했다.

'박주형 선배의 실력은 저 정도가 아닐 텐데……?'

당황할 수밖에 없었다.

박주형은 유럽에서 뛰었던 경험이 제법 많은 선수였으니까.

최근에 방출되긴 했지만, EPL에 소속된 빅클럽 아스널에서까지 뛰었던 선수였으니까.

'경기 감각이 떨어진 건가?'

그렇게밖에 생각할 수가 없었다.

박주형 정도의 클래스를 지닌 선수가 저렇게 좋은 기회까지 놓칠 정도면, 그만큼 경기 감각이 떨어져 있다는 증거였다.

'월드컵 전까지 경기 감각이 돌아오지 않으면, 박주형 선배는 출전하기 힘들겠어.'

이민혁이 씁쓸한 표정으로 시선을 돌렸다.

박주형에게 많은 신경을 쓸 시간은 없다. 아직 파악해야 할 동료들의 숫자는 많았다.

＊　　　　　＊　　　　　＊

A팀의 전술은 여전히 큰 효과를 발휘하지 못했다.

벌써 후반전 20분이 지났음에도 특별히 전술로 인한 골을 만들지도 못했다.

물론 한 골을 넣기는 했다.

다만, 분데스리가에서 뛰는 구지철이 개인 능력으로 만들어 낸 골이었다.

반면, B팀은 2골이나 더 넣었다.

후반 11분에 이민혁이 중거리 슈팅으로 추가골을 넣었고.

후반 17분엔 기석용이 묵직한 중거리 슈팅으로 멋진 골을 터뜨렸다.

현재 스코어는 5 대 1.

한 골을 허용했음에도 B팀은 A팀을 압도하고 있었다.

문제는 이걸로 끝이 아니었다.

경기가 끝나 가는 시간이 되었을 때.

이민혁이 다시 날뛰기 시작했다.

동료들의 정보를 어느 정도 수집했기에, 다시 과감한 플레이를 펼친 것이다.

이민혁은 A팀의 수비진을 휩쓸고, 정석룡 골키퍼까지 제친 뒤 또다시 골을 넣었다.

삐이이이익!

경기는 그렇게 종료됐다.

최종 스코어는 6 대 1.

홍명조 감독이 자신하던 전술을 사용한 A팀은 자유롭게 뛴 B팀에게 완전히 무너져 버렸다.

"…와… 나 여기 팔 좀 봐. 진심 소름 돋았잖아. 이민혁 클래스가 이 정도였어……?"

"뭐냐… 이러면 유럽으로 나가려던 내 꿈이 너무 멀게 느껴지잖아……."

"분데스리가엔 이민혁 같은 괴물들이 득실거린다는 건가?"

"바이에른 뮌헨에서 뛸 정도면 저 정도 실력은 있어야 한다는 건가……? 저건 너무 괴물이잖아……?"

같은 팀으로 뛴 B팀 선수들은 귀신이라도 본 듯한 얼굴로 이민혁을 바라봤고.

"젠장… 완전히 당해 버렸어. 이민혁은… 내 실력으로 막을 수 있는 선수가 아니야."

"저렇게 잘할 줄이야… 난 지금까지 뭘 해 왔던 거지……?"

"하… 현타 세게 온다… 20살짜리가 저렇게 잘하면……."

"이민혁 하나 들어온 것으로 이렇게 달라질 줄이야……"

A팀 선수들은 완전히 좌절하며 고개를 떨궜다.

이들은 진한 절망감을 느꼈다.

국가대표가 되었음에도, 끝이 보이지 않는 높은 벽을 마주한 것에 대한 절망감이었다.

"이럴 수가……!"

홍명조 감독 역시 A팀 선수들과 크게 다르지 않았다.

완전히 패닉에 빠져 버린 그의 눈동자는 갈 곳을 잃은 채, 크게 흔들렸다.

"…후우!"

크게 한숨을 내쉰 홍명조 감독이 땀에 젖은 머리를 쓸어 넘겼다.

정신을 차릴 때까지는 많은 시간이 필요할 것 같았다.

하지만 얻은 게 없는 건 아니었다.

지금 이 순간, 홍명조 감독은 깨달음을 얻었다.

"이민혁이 대표팀에 있어서 다행이야. 그리고……"

이민혁을 데려온 게 천만다행이었다는 것과.

"이대로 월드컵에 가면 절대 안 돼."

팀에 변화가 필요하다는 것이었다.

＊　　　　＊　　　　＊

연습경기가 끝나고 선수들의 저녁 식사 시간마저 모두 끝난 이후.

"안녕하세요, 감독님."

"왔구나."

홍명조 감독은 이민혁과의 미팅 시간을 가졌다.

누군가에겐 고작 20살짜리 어린 선수일 수 있지만.

이민혁의 실력을 직접 두 눈으로 본 홍명조 감독은 절대 그런 생각을 할 수가 없었다.

"예, 부르셨다고 해서 밥 먹고 바로 왔어요. 무슨 일이시죠?"

홍명조 감독은 이민혁의 얼굴을 바라봤다.

자신감이 넘치는 얼굴. 그러나 거만함은 전혀 느껴지지 않았다.

자신이 도대체 무엇을 보고 감히 눈앞의 대단한 선수를 거만하다고 판단했던 것일까… 홍명조 감독은 깊은 후회감을 느끼며, 입을 열었다.

"미안하네."

"…예?"

"내가 너를 오해했어."

"오해요? 어떤 오해를 하셨는지?"

"난 네가 어린 나이에 천재라는 소리를 들었기 때문에 거만할 것이라고 함부로 판단했어. 그러나 이틀간 훈련에서 본 이민혁이라는 선수는 전혀 거만하지 않았어. 오히려 매 순간에 최선을 다하는 겸손한 선수였지."

"아, 전 괜찮습니다만."

"조언을 구하고 싶네."

"예?"

이민혁의 눈이 커졌다.

이건 예상하지 못한 상황이었으니까.

그가 이틀간 본 홍명조 감독은 자존심과 고집이 센 남자처럼 보였다. 그런데 조언을 구한다니.

"말 그대로야, 민혁아. 난 너한테 조언을 구하고 싶어. 너 정도 실력을 지닌 선수라면 이미 느끼고 있겠지? 한국대표팀이 이대로는 월드컵에서 좋은 성적을 낼 수 없다는 걸……."

"솔직하게 말씀드리면… 그렇죠. 감독님은 선수를 제대로 이용하지 못하고 있어요. 제대로 이용해도 축구를 잘하는 나라들을 이기기 쉽지 않은데, 제대로 이용도 못 하는 지금으로서는 사실상 16강도 어렵다고 생각해요."

"…방법은? 방법은 있다고 생각하나?"

이민혁이 홍명조 감독을 물끄러미 바라봤다.

'되게 간절하신 것 같네.'

지금의 홍명조 감독은 자존심을 다 버린 남자의 모습을 하고 있었다.

진심으로 월드컵에서 성적을 내고자 하는 간절한 모습.

그 모습을 본 이민혁이 옅게 웃었다.

도움이 될지 확신은 없지만, 도울 수 있다면 돕고 싶었다.

한국대표팀이 월드컵에서 더 나은 성적을 낼 수 있다면, 이민혁의 성장에도 도움이 될 테니까.

'내 생각이 정답이 아닐 수도 있지만, 그래도 지금보단 나아질 수 있을 거야.'

그래서.

이민혁은 머릿속에 있던 생각을 꺼내 놓았다.

월드컵을 앞둔 대한민국 국가대표팀.

이 팀은 변화를 맞이했다.

홍명조 감독과 이민혁의 독대 이후에 생긴 변화였다.

"진욱아! 방금은 더 밑으로 빠져 있었어야지!"

"더 많이 움직여야 해! 수비수한테 움직임을 읽히면 안 된다고!"

"계속 움직여!"

홍명조 감독은 이민혁의 조언을 바탕으로 전술을 전체적으로 뜯어고치는 시간을 가졌다.

원래의 그였다면, 고작 20살짜리 선수의 조언 따위는 들을 생각도 안 했을 테지만.

연습경기에서 충격적인 결과를 보고 난 뒤엔 생각이 바뀌었다.

더구나 단순히 어리기만 한 선수의 조언이 아니었다.

바이에른 뮌헨이라는 세계적인 강팀에서 엄청난 활약을 하고 온 선수의 조언이었다.

'확실히 전보다 나아지고 있어.'

홍명조 감독은 팔뚝에 돋은 닭살을 쓸어내렸다.

소름이 돋았다.

이민혁의 조언대로 전술을 뜯어고치는 과정. 완성된 게 아니고 과정일 뿐이었는데도, 경기력이 달라졌다.

A팀은 더 이상 B팀에게 밀리지 않았다.

그리고.

이민혁은 A팀과 B팀을 옮겨 다니며 밸런스를 적절하게 조절해 줬다. 국가대표팀 선수들과 실력 차이가 나기에 가능한 일이었다.

'민혁이도 열심히 해 주고 있고.'

홍명조 감독은 따뜻한 눈빛으로 이민혁을 바라봤다.

그 스스로조차도 놀라고 있었다.

평소 차갑다는 말을 많이 듣던 그였건만, 이민혁에게만큼은 따뜻한 사람이 됐다.

존경심.

나이로도, 선수 경력으로도 한참이나 어린 후배지만, 홍명조 감독은 이민혁에게 존경심을 갖게 됐다.

홍명조 감독이 이럴진대, 선수들은 어떻겠는가.

"민혁아, 이럴 땐 어디로 빠지는 게 나을까?"

"민혁! 상대 수비가 뒤로 뒷걸음질 치면서 막을 때 있잖아? 그럴 때 이렇게 하면 어떤 것 같아……?"

"민혁 선생~! 드리블 좀 알려 주시죠."

홍명조 감독이 이민혁을 존중하는 모습을 보이는 것 정도였다면.

대표팀 선수들은 대놓고 이민혁에게 존경심을 드러냈다.

창피함 같은 건 버려 두고, 과감하게 조언을 구했다.

이민혁도 그런 선수들을 받아 줬고, 대표팀의 분위기는 한층 밝아졌다.

자연스레 전술 변화의 속도와 경기력이 좋아지는 속도는 매우 빨라졌다.

그럼에도.

홍명조 감독의 얼굴엔 초조함이 드러났다.

'시간이 흐르는 게 더 빠르다는 게 문제야.'

월드컵까지 남은 기간은 이제 겨우 2주 정도.

선수들이 괜찮게 손발을 맞추기에도 부족한 시간이다. 바뀐 전술을 완벽하게 적용하기엔 당연히 부족한 시간이다.

더구나 전술을 제대로 적용하려면 경기를 치러야 한다. 연습 경기로는 한계가 있다.

월드컵이 펼쳐질 브라질로 떠나기까진 열흘 정도 남았다.

그때까지 대표팀의 경기 스케줄은 2개.

국내 대학 팀 하나와 국내 프로 팀 하나가 도와주기로 했다.

'브라질로 떠나기 전까지는 선수들이 변화에 적응해야 할 텐데……'

\*　　　　　\*　　　　　\*

최근 대한민국 축구대표팀을 향한 한국 축구 팬들의 관심은 대단했다.

월드컵을 앞둘 땐 늘 관심이 대단했지만, 이민혁이 대표팀에 들어온 이후론 그 수준이 한참 더 높아졌다.

당연하게도 한국 축구 팬들은 한국대표팀이 국내 대학 팀을 상대로 좋은 경기력을 펼쳤다는 것에도 반응을 보였다.

「한국대표팀, 경천대 상대로 4 대 1 승리! 바뀐 전술이 돋보인 경기 펼쳐.」

「이민혁, 경천대와의 친선전에서 1골 1어시스트 기록해.」

「손훈민, 1골 기록하며 월드컵에서의 활약 예고!」

자연스레 곧 펼쳐질 국내 프로 팀과의 경기에도 큰 기대를 했다.

하지만, 기대하는 팬들이 있다면 실망하는 팬들도 있게 마련.


ㄴ대학 팀 상대로 4 대 1이 잘한 거냐? 더 압도적으로 이겼어야 하는 거 아닌가? 그리고 그 와중에 한 골 먹힌 거 실화야?ㅋㅋㅋ ㅋ 아오~! 갱 불안하다. 월드컵 조별리그에서도 털릴 것 같네.

ㄴ이민혁이 그래도 1골 1어시스트를 하긴 했네. 근데 생각보다 잘하진 않던데? 별로 과감하게 하지도 않고, 너무 패스 위주로 하더라. 국대 오면서 현지화된 건가?ㅠㅠ

ㄴ이민혁은 굳이 무리하지 않았던 것 같긴 한데, 만약 경천대전에서 보여 준 게 진짜 실력이라면… 그동안은 그냥 팀빨이었던 거겠지.

ㄴ이민혁;;; 바이에른 뮌헨에서는 날아댕기드만 국대 오니까 그 정돈 아니네ㅋ

ㄴ좌훈민 우민혁 조합이 좋아 보이기는 하지만… 대학 팀이랑 이 정도는 좀 아쉬운데?


주로 이민혁에 대한 아쉬움이 컸다.

분데스리가에서, 그리고 챔피언스리그에서 굉장한 모습을 보여 줬던 이민혁이기에 국가대표팀에서도 압도적인 모습을 보여 주길 기대했지만.

그런 모습은 보여 주지 못했으니까.

다만, 실망하는 팬들이 모르는 게 있었다.

"민혁아, 전체적인 내용이 어땠던 것 같아? 연습했던 플레이가 잘 나오진 않은 것 같지?"

"예, 감독님. 좀 아쉬웠어요. 근데 원래 연습이랑 실전은 다르잖아요? 아직 브라질 넘어가기 전까지 한 경기 더 남았으니까, 그때까지 잘 다듬으면 한층 나아질 것 같아요."

"그래. 맞춰 주면서 하느라 고생했다."

"고생은요 뭘. 팀에 도움이 되는 거면 당연히 해야죠."

이민혁은 대학 팀과의 경기에서 일부러 실력을 드러내지 않았다.

또, 대표팀이 전술에 익숙해질 수 있게 최대한 돕는 플레이만을 했다.

당연히 팬들이 알긴 힘든 내용이었다.

그리고.

"서울 유나이티드전에선 제대로 뛸 거라고 했지?"

"예. 어차피 그땐 팀 전술이 어느 정도 자리도 잡혔을 것 같고, 저도 경기 감각을 끌어올리려면 제대로 뛰는 게 맞을 것 같아요."

이민혁은 며칠 뒤에 펼쳐질 국내 프로 팀과의 경기에선 가진 실력을 제대로 드러낼 생각이었다.

*          *          *

서울 유나이티드.

한국의 프로리그에서 상위권을 유지하며, 늘 강팀이라 불리는 구단.

이 팀 선수들은 서로를 향해 기운을 북돋아 주고 있었다.

"국가대표들이라고 해도 어차피 매일같이 훈련하는 우리보단 팀플레이가 안 좋을 수밖에 없어. 이번에 국가대표팀 상대로 제대로 실력 보여 주면서 구단의 명예를 높여 보자."

"당연하지! 이왕이면 제대로 찍어 눌러 주자. 한 3 대 0으로 이겨서 충격요법을 써 주자고."

"이번 대표팀 명단을 보면 해외파 선수들이 많던데, 그 사람들한테 국내 프로리그 선수들이 얼마나 잘하는지 보여 줘야겠어!"

서울 유나이티드 선수들은 자신감을 드러내며 라커 룸을 빠져나왔다.

"자! 그럼 이기러 가자!"

"최강 서울! 화이팅!"

국가대표팀 선수들과 서울 유나이티드 선수들이 경기장에 모습을 드러냈다.

경기장에 카메라는 존재하지 않았다.

전력 노출을 방지하기 위해 이 경기는 방송에 나가지 않기로 되어 있으니까.

경기장 밖엔 양 팀 감독들과 코치진들, 후보 선수들 같은 관계자들만이 자리를 지키고 있었다.

양 팀의 벤치의 분위기는 조금 달랐다.

국가대표팀 선수들이 모인 벤치는 신중한 분위기를 하고 있었고.

서울 유나이티드 선수들이 모인 벤치는 비교적 밝은 분위기를 보여 줬다.

"이번 국대의 실력이 어느 정도일지 궁금하긴 하네."

"너무 큰 기대는 하지 마. 한국 국대가 강했던 적이 있냐? 아, 선배님들 말로는 2002년도엔 좀 강했다고 하더라."

"에이~! 그건 벌써 10년도 더 된 얘기잖아. 최근 10년간 국가대표팀이 강했던 기억은 없어. 오늘도 뭐… 별로 강해 보이진 않네."

"그래도 이번 국대는 무시할 순 없지. 기석용, 손훈민, 지동운, 이창용, 구지철, 이민혁 같은 선수들도 있잖아?"

"앞에 나열한 선수들은 인정하지만, 이민혁은 아직 국대에서 보여 준 게 없잖아? 바이에른 뮌헨에서 잘했다고 국대에서 잘한다는 보장은 없지."

"그것도 맞는 말이긴… 해?"

서울 유나이티드 벤치에서 흘러나오던 대화는 갑자기 멈췄다.

경기가 시작된 지 30초 만에 날카로운 공격을 전개한 국가대표팀 때문이었다.

국가대표팀은 경기가 시작되자마자 뒤로 공을 돌렸고, 공을 받은 기석용이 최전방으로 정확한 롱패스를 뿌렸다.

그 공을 서울 유나이티드 수비 뒷공간으로 침투한 이민혁이 손쉽게 받아 냈다.

기석용의 롱패스를 쫓는 엄청난 스피드와 깔끔한 볼트래핑.

"어어……?!"

"엇……?"

"뭐야!"

서울 유나이티드 선수들과 벤치에선 당혹스러운 반응을 보였고.

페널티박스 안에서 공을 잡은 이민혁은 그대로 오른발을 휘둘렀다. 조금도 지체하지 않은 빠른 타이밍에 나온 슈팅.

퍼엉!

이민혁이 때려 낸 공은 강력하고 정확하게 쏘아졌다. 서울 유나이티드의 골 망을 너무나도 쉽게 흔들었다.

경기가 시작된 지 32초 만에 일어난 일이었다.

\*                    \*                    \*

서울 유나이티드의 분위기는 더 이상 좋지 못했다.

경기장 위에 있는 선수들과 벤치에 앉은 선수들 모두 당황스러운 얼굴로 서로를 바라봤다.

"이게 뭐야……?"

"우리가 이렇게 빨리 골을 먹힌다고……?"

"…방금 뭐였지?"

어리둥절한 상황에서, 서울 유나이티드의 감독만이 냉정함을 유지하고 있었다.

"야 이 새끼들아! 다들 정신 안 차려?! 정식 경기 아니라고 대충할 거야? 너희들이 제대로 해 줘야 대표팀한테도 도움이 된다는 거 몰라?"

그 순간, 서울 유나이티드 선수들의 눈빛이 변했다.

기습적인 공격에 한 골을 허용하긴 했지만, 말 그대로 한 골이다. 아직 시간은 많다. 서울 유나이티드는 조직력이 좋을 리가 없는 국가대표팀을 상대로 빠르게 동점골을 넣을 자신이 있었다.

"지금 움직임 좋다! 계속 몰아치자!"

"상대 수비 별로 안 좋아! 계속 흔들면 뚫린다!"

확실히 국가대표팀의 조직력은 좋다고 하기 힘들었다. 패스 실수도 종종 나왔고, 손발도 잘 맞는다고 하긴 힘들었다.

특히, 국가대표팀은 수비가 불안해 보였다.

수년간 고치지 못했던 수비적 고질병이 여전히 드러났다.

그럼에도.

"걷어 내!"

"막아! 막을 수 있어!"

"집중해!"

국가대표팀 수비진은 쉽게 뚫리지 않았다.

흔들리면서도 집중력을 잃지 않았다. 끈기 있게 상대를 따라갔고, 몸을 사리지 않고 과감하게 던졌다.

서울 유나이티드 선수들은 당연히 알지 못했다.

이게 바로 이민혁이 대표팀에 들어온 뒤에 생긴 첫 번째 변화라는 것을.

그리고.

국가대표팀의 두 번째 변화도 곧 드러났다.

"동운이 형!"

이민혁이 지동운의 이름을 외치며 오른쪽 측면으로 튀어 나갔다. 빠른 스피드. 서울 유나이티드 선수들의 시선이 끌렸다.

하지만 이민혁은 가짜였다.

진짜 공격을 할 선수는 손훈민이었다. 왼쪽 측면으로 달려나가는 손훈민. 공격수로 출전했지만, 줄곧 앞선과 뒷선을 오갔던 지동운이 다리를 휘둘렀다. 처진 위치에 선 그는 최전방으로 뛰어나가는 손훈민을 향해 롱패스를 뿌렸다.

퍼엉!

지동운은 공격수로서의 재능도 뛰어나지만, 킥 정확도도 준수한 선수였다.

지금도 지동운의 롱패스는 좋은 파워와 궤적을 그리며 날아갔다. 정확도가 상당한 패스였다.

서울 유나이티드엔 왼쪽 깊숙이 파고드는 손훈민의 속도를 따라올 수 있는 수비수가 없었다.

투욱!

손훈민은 가슴으로 공을 떨어뜨려 놨다.

그 즉시 다리를 휘둘렀다. 슈팅 시도였다. 손훈민은 오른발과 왼발 모두 잘 쓰는 선수. 서울 유나이티드의 골키퍼로선 저 슈팅이 속임수인지 진짜인지 알 방법이 없었다.

그래서 몸을 날렸다.

다행히 손훈민의 슈팅은 속임수가 아니었다. 골을 넣기 위한 진짜 슈팅이었다.

그러나.

철렁!

손훈민의 슈팅은 알고도 막을 수 없을 만큼 강력했다.

삐이이익!

골이 인정됐다.

국가대표팀 선수들이 손흥민을 중심으로 몰려들었다. 모두가 기뻐했다.

열심히 연습한 전술 변화. 그 변화로 만들어 낸 골이었기 때문이었다.

그때였다.

'메시지네?'

이민혁의 눈앞엔 메시지가 떠오르기 시작했다.

다만, 이민혁은 크게 흥미를 느끼긴 못했다.

'경험치가 올랐다는 메시지겠지.'

최근 레벨이 잘 오르지 않고 있다. 열심히 대표팀 훈련에 참여하고 대학 팀과의 경기가 끝난 뒤에도 레벨을 올리지 못했을 정도였다.

그런데 지금.

"…어?"

이민혁의 눈이 커졌다.

직접 골을 넣은 것도 아니고, 어시스트를 기록하지도 않았는데, 그토록 오르지 않던 레벨이 올랐기 때문이었다.

그것도 2개씩이나.

……

[레벨이 올랐습니다!]
[레벨이 올랐습니다!]

'뭐야? 왜 레벨이 2개나 올랐지?'
놀란 이민혁은 위에 떠 있는 메시지의 내용을 확인했다.
조금 전, 관심이 없었을 때와는 달라진 반응이었다.

[퀘스트를 완료하셨습니다!]
[퀘스트 내용: 국가대표팀의 경기력이 좋아지는 것에 큰 역할을 하
세요.]
[보상으로 경험치가 100% 증가합니다.]

[퀘스트를 완료하셨습니다!]
[퀘스트 내용: 강력한 영향력으로 국가대표팀의 전술에 변화를 만
드세요.]
[보상으로 경험치가 50% 증가합니다.]

[퀘스트를 완료하셨……]
……

"아……."
이민혁이 고개를 끄덕였다.
이제야 이해가 됐다.

대표팀의 변화에 이민혁의 영향이 큰 건 사실이었고, 이 부분이 높게 평가된 모양이었다.

[스탯 포인트 2를 사용하셨습니다.]
[체력 능력치가 2 상승합니다.]
[현재 체력 능력치는 77입니다.]

[스탯 포인트 2를 사용하셨습니다.]
[패스 능력치가 2 상승합니다.]
[현재 패스 능력치는 73입니다.]

　스탯 포인트를 사용한 뒤, 이민혁은 동료들을 바라보며 씨익 웃었다.
　'방금 공격에서 움직임은 좋았어. 지동운 선배가 가짜 공격수 역할을 하며 역습 때 공을 측면으로 뿌려 주는 패턴… 이건 충분히 월드컵에서도 통할 수 있는 전술이야.'
　희망이 보였다.
　월드컵 16강에 오를 수 있겠다는 희망이.

　삐이이익!

　경기가 재개됐다.
　한국대표팀의 가장 큰 변화는 수비에서의 집중력이 좋아졌다는 것과 가짜 공격수를 이용한 역습 전개를 적극적으로 이용하게 됐다는 것이다.

그러나 변화는 이것뿐만이 아니었다.

각각 왼쪽과 오른쪽에 위치한 손훈민과 이민혁이 측면을 고집하지 않고 꾸준히 중앙에 가까운 위치로 이동했다.

대표팀 동료들을 그런 손훈민과 이민혁에게 망설임 없이 공을 넘겼다.

그리고.

공을 받은 손훈민과 이민혁은 중거리 슈팅을 뻥뻥 때려 댔다.

지금도 그랬다.

퍼엉!

양발을 자유자재로 쓰는 손훈민은 스텝오버로 상대 수비수의 타이밍을 뺏고 왼발 슈팅을 때렸다. 상대 수비는 손훈민의 슈팅을 방해하지 못했고, 공은 골키퍼가 막기 힘든 반대편 골대 구석으로 강력하게 쏘아졌다.

철렁!

서울 유나이티드의 골 망이 또다시 크게 흔들렸다.

'슈팅이 기가 막히시네.'

이민혁은 손훈민의 슈팅에 감탄했다.

손훈민의 슈팅은 훈련 때도 대단했지만, 실전에서 저런 슈팅을 구사할 수 있다는 건 그보다 더 대단한 일이다.

'엄청난 노력이 느껴지는 슈팅이야.'

감히 상상할 수 없었다.

손훈민이 얼마나 필사적으로 노력해 왔는지를.

'멋있는 사람이야.'

이민혁은 즐거웠다.

한국에도 훌륭한 실력을 지닌 선수들이 많이 있다는 게 즐거웠고, 그런 선수들과 함께 뛰는 것도 너무나도 즐거웠다.

독일에서도 즐거운 생활을 하고 있지만, 어쩔 수 없는 한국인이라 그런지 한국 사람들과 있을 때 더 진한 즐거움을 느꼈다.

\*　　　　\*　　　　\*

이민혁은 경기를 즐겼다.

그렇다고 집중력이 떨어지진 않았다. 즐겁게 뛰면서도 경기에 집중했고, 홍명조 감독이 요청한 것들을 어렵지 않게 수행했다.

'재밌네.'

이민혁에게 서울 유나이티드를 상대하는 건 어렵지 않았다.

동료들과 손발이 원활하게 맞지 않는 건 조금 불편했지만, 동료들의 템포에 맞춰 주는 것도 나쁘지 않았다.

더구나 중거리 슈팅 기회도 많이 생겼다.

서울 유나이티드는 적극적으로 이민혁을 압박했지만, 압박을 벗어나는 건 쉬웠다.

'기석용 선배가 되게 든든하네.'

기석용.

현재 스완지 시티에서 뛰는 그는 프리미어리거다운 클래스를 뽐냈다.

탈압박 능력은 물론이고, 넓은 시야와 냉철한 판단력, 정확한 패스 능력은 이민혁의 기대치를 뛰어넘었다.

지금도 그랬다.

터엉!

기석용은 이민혁이 원하는 타이밍에 리턴패스를 뿌려 줬다. 이 패스로 인해서 이민혁은 쉽게 서울 유나이티드의 압박을 벗어날 수 있었다.

개인기로 상대를 제칠 필요가 없으니, 체력을 유지하는 것에도 도움이 됐다.

'때려도 되겠는데?'

슈팅 거리가 나왔다.

골대와의 거리는 25m 정도. 이민혁에겐 멀게 느껴지지 않는 거리였다.

휘익!

이민혁이 다리를 휘둘렀다.

오른발 슈팅. 대각선으로 강하게 때려 내는 슈팅이었다. 제대로 걸리기만 하면 상대의 골대를 위협할 수 있다.

퍼엉!

'좋았어!'

발등에 걸리는 느낌이 좋았다. 공은 어김없이 날카로운 궤적을 그리며 서울 유나이티드의 골대로 향했다.

"이익!"

서울 유나이티드의 골키퍼가 입술을 깨물며 몸을 날렸다.

현재 스코어는 3 대 0.

더는 골을 허용하고 싶지 않았다.

상대가 뛰어난 선수들만을 모아놓은 국가대표팀이라고 해도.

서울 유나이티드는 지고 싶지 않았다.

현재 국내 프로리그에서 상위권을 유지하고 있고, 매일 손발을 맞추고 있는 팀이 아니던가.

자존심을 지키려면 이 슈팅만은 막아야만 했다.

그러나.

"아오, 씨! 무슨 슈팅이……!"

서울 유나이티드의 골키퍼는 원하는 바를 이루지 못했다.

국내 프로리그에서 겪어 보지 못한 슈팅이었다. 너무 빠른 타이밍에 쏘아진 강력한 슈팅이었다. 궤적도 골키퍼로서 손도 쓰기 힘들었다. 또, 공의 무브먼트도 문제였다. 공의 방향을 예측했어도 막기 힘들 정도로 공의 움직임이 지저분했다.

"우와……!"

"미쳤다……."

"저런 슈팅을 어떻게 하는 거지……?"

서울 유나이티드 선수들은 자신들도 모르게 감탄을 내뱉었다.

클래스가 다른 선수를 보는 그들의 눈빛엔 경외심마저 떠올랐다.

상대에게 경외심을 느끼자, 자연스레 서울 유나이티드의 움직임은 위축되기 시작했다.

전반전이 끝날 때까지 제대로 된 역습을 시도하지도 못한 채,

국가대표팀의 공격을 막는 것에만 급급했다.

삐이이이익!

전반전이 종료됐고.

삐이이익!

후반전이 시작됐다.

친선전인만큼, 양 팀 모두 선수교체를 적극적으로 활용했다.

서울 유나이티드도 선수 3명을 한 번에 교체했고.

한국대표팀도 3명의 선수를 교체했다.

교체되어 들어온 선수는 박종운, 이창용, 김진욱.

박종운은 한국형의 역할을, 이창용은 손훈민의 역할을, 김진욱은 지동운이 하던 역할을 대신 수행하기 시작했다.

전술에 맞는 선수들을 교체하며 로테이션을 돌리는 방법. 나쁘지 않은 방법이었다.

여러 선수가 전술에 적응할수록 꺼낼 수 있는 카드도 많아지는 것이었으니까.

'이창용 선배가 들어오는구나.'

현재 볼턴 원더러스에 소속된 이창용.

과거에 당했던 부상만 아니었다면, 프리미어리그에서 훨훨 날아오르고 있을 선수였다.

끔찍한 부상 이후, 신체 능력이 떨어져 지금은 영국 2부 리그에 속한 볼턴에서 뛰는 이창용.

그렇다고 해도 한때 프리미어리그에서 수준급 기량을 보였던 그의 클래스는 여전히 살아 있었다.

그를 존경하는 한국 축구선수들도 여전히 많았다.

'멋진 분이지.'

이민혁은 들어오는 이창용을 보며 왼쪽 측면으로 이동했다. 이창용과 위치를 바꾼 것이다.

이창용은 양발잡이에 가까울 정도로 양발을 잘 사용하지만, 이번 대표팀에선 오른쪽 윙어 역할을 더 좋아했다.

반면, 이민혁은 오른쪽과 왼쪽 측면 모두 자신이 있기에 얼마든지 자리를 바꿔도 상관이 없었다.

왼쪽 측면으로 뛰면서 불편한 것도 전혀 없었다.

오히려 불편해진 건 갑작스레 이민혁을 막게 된 서울 유나이티드의 풀백이었다.

"아오! 쟤는 왜 이쪽으로 와서……!"

전반전은.

한국대표팀이 서울 유나이티드를 압도했다.

전반전에만 4골을 넣었으니, 압도했다는 말은 전혀 과장이 아니었다.

하지만 후반전은.

서울 유나이티드가 더 좋은 모습을 보였다.

양 팀 모두 선택한 3명의 선수교체.

이 교체가 만들어 낸 변화였다.

"다들 집중해! 새로 들어온 사람들은 빨리 정신 차리고 전술대로 움직여!"

중원에 선 기석용이 크게 소리쳤다.

박종운, 이창용, 김진욱은 몸이 풀리지 않은 모습을 보였다. 전술을 잘 이행하지도 못했다.

시간이 필요한 것이다.

실전에서 적응할 시간이.

반면에 서울 유나이티드는 적응할 시간이 필요하지 않았다. 이들은 서로가 늘 손발을 맞춰 오던 선수들이고, 늘 써 왔던 전술이었기에 실전에 빠르게 적응할 수 있었다.

분위기가 넘어갔다.

서울 유나이티드는 전반전에 당했던 걸 갚아 주겠다는 듯, 제법 날카로운 공격을 전개했다.

하지만 이민혁이 볼 땐 전혀 위협적이지 않았다.

'한 번만 끊어 내면 흔들 수 있겠는데?'

빈틈이 너무 많이 보였다.

비록 이민혁은 수비 능력이 좋지 않아서, 저들의 공격을 직접 끊어 낼 수는 없지만.

누군가 끊어 주기만 한다면 단숨에 서울 유나이티드를 흔들 자신이 있었다.

그리고.

대표팀엔 서울 유나이티드의 공격을 끊어 줄 선수가 있었다.


홍정후.

현재 아우크스부르크에 소속된 수비수.

즉, 홍정후는 분데스리가에서 뛸 정도로 뛰어난 실력을 지닌 수비수였다.

그는 자신이 왜 분데스리가에서 뛰는지, 빠른 타이밍에 나온 태클로 증명했다.

촤아악!

홍정후는 서울 유나이티드의 날카로운 전진패스를 끊어 냈다. 다리를 길게 뻗어 공을 걷어 낸 것이다.

이어서 홍정후는 최전방으로 단번에 긴 패스를 뿌렸다.

공이 향한 곳에 있는 선수는 김진욱.

그는 2m에 가까운 거대한 큰 키에 제법 날렵한 움직임과 준수한 발기술까지 갖춘 만능 공격수였다.

물론 국내용이라는 평가를 받고 있긴 하지만.

투웅!

김진욱이 머리로 공을 떨어뜨렸다. 공중볼 경합 상황에서 원하는 곳에 정확히 떨어뜨릴 정도의 정교한 헤딩 능력은 없지만.

그가 머리로 떨어뜨려 놓은 공은 동료에게로 연결됐다.

'이 정도면 받을 수 있어.'

이민혁이었다.

김진욱이 헤딩을 할 때, 그의 주변을 맴돌며 공을 받을 준비를 했고.

결국 공을 받아 내는 것에 성공했다.

휘익!

이민혁이 몸을 틀었다. 동시에 공을 컨트롤하며 위치를 이동했다. 이 움직임으로 몸을 부딪쳐 오는 상대 선수를 피해 냈다.

이어서 이민혁은 공을 몰고 전진했다. 물 흐르듯 움직이는 드리블과 폭발적인 스피드가 만난 전진.

상대 골키퍼가 골대를 비우고 나오는 게 보였다.

투욱!

이민혁은 공을 가볍게 찍어 차며, 끝까지 상대 골대를 향한 시선을 유지했다.

공은 골키퍼의 키를 넘겨 날아갔고.

곧이어 서울 유나이티드의 골대 안으로 통통 튕겨 들어갔다.

'3골 넣었네.'

이민혁이 씨익 웃었다.

해트트릭.

비록 친선전이긴 하지만, 국가대표팀 소속으로 첫 해트트릭을 해냈다.

기분이 좋지 않다면 거짓말이었다.

　　　　*　　　　　*　　　　　*


「대한민국 국가대표팀, 서울 유나이티드와의 친선전에서 7 대 0 대승! 월드컵 16강을 향한 희망의 불씨 살아나!」

「이민혁, 서울 유나이티드와의 친선전에서 3골 2어시스트 기록하며 압도적인 실력을 증명하다.」

「챔피언스리그 우승의 사나이 이민혁, 수준이 다른 실력으로 대표팀의 전력을 바꿔 놔.」


이민혁은 서울 유나이티드와의 경기 후반전에 2개의 어시스트를 추가하며 팀의 승리를 더욱 빛냈고.

이 경기는 한국 내에서 큰 화제가 됐다.

약한 팀이라면 모를까, 서울 유나이티드는 국내 축구 팬들에게 잘 알려진 강팀이었다.

아시아에서만큼은 손에 꼽힐 정도로 강한 팀.

그럼에도 한국 국가대표팀에게 7 대 0이라는 스코어로 철저하게 무너졌다.

이 사실은 한국 축구 팬들을 열광하게 하기엔 충분했다.


ㄴ이 경기 왜 중계 안 해 주냐고오오오오! 이민혁 3골 2어시스트한 거 보고 싶다고ㅠㅠㅠㅠ

ㄴ너 바보냐? 월드컵 앞두고 전력 노출할 일 있어? 제발 생각 좀 해라. 대표팀이 미쳤다고 공개를 하겠냐.

ㄴ근데 이민혁이 클래스가 다르긴 한가 봐. 서울 유나이티드가 약한 팀이 아닌데도 걍 처발랐네? 그리고 서울 유나이티드 선발 명단 보면 죄다 주전 선수들이야;;;

ㄴ역시 대학 팀이랑은 살살한 게 맞았네ㅋㅋㅋㅋ 안 봐도 뻔함. 손발 맞추려고 이민혁이 무리하지 않았겠지. 근데 손훈민도 역시 레버쿠젠에서 뛰는 선수답게 2골 넣어 줬네.

ㄴ하… 월드컵은 기대할 때마다 실망했는데, 이번엔 이민혁이
있으니까 마지막으로 기대해 본다!

ㄴ괴물이 괴물했다.

ㄴ역시 좌훈민, 우민혁;;;ㅎㄷㄷㄷㄷ


이처럼 팬들의 기대감이 높아진 지금.

한국 축구 국가대표팀은 브라질로 향하는 비행기에 올라탔다.


『레벨업 축구황제』 4권에 계속…